古典文獻研究輯刊

六　編

潘美月・杜潔祥　主編

第 23 冊

《龍陽逸史》之「小官」文化研究

賴　淑　娟　著

國家圖書館出版品預行編目資料

《龍陽逸史》之「小官」文化研究／賴淑娟著 — 初版 — 台北縣
永和市：花木蘭文化出版社，2008〔民97〕

目 2+184 面：19×26 公分
（古典文獻研究輯刊 六編；第 23 冊）

ISBN：978-986-6657-21-4（精裝）
1. 章回小說　2. 研究考訂
857.44　　　　　　　　　　　　　　　　　97001080

ISBN 978-986-6657-21-4

古典文獻研究輯刊
六 編　第二二冊　　　　　　　ISBN：978-986-6657-21-4

《龍陽逸史》之「小官」文化研究

作　　者　賴淑娟
主　　編　潘美月　杜潔祥
企劃出版　北京大學文化資源研究中心
出　　版　花木蘭文化出版社
發 行 所　花木蘭文化出版社
發 行 人　高小娟
聯絡地址　台北縣永和市中正路五九五號七樓之三
　　　　　電話：02-2923-1455／傳眞：02-2923-1452
電子信箱　sut81518@ms59.hinet.net
初　　版　2008 年 3 月
定　　價　六編 30 冊（精裝）新台幣 46,500 元

《龍陽逸史》之「小官」文化研究

賴淑娟　著

作者簡介

賴淑娟，台灣省雲林縣人，一九六八年生。中興大學中文系、中正大學中文所畢，現任國立土庫商工國文教師。

提　　要

　　中國古代男色到明代呈現「復盛」的情形，男風從上階層宮廷、文人之嗜，吹向中下階層的市井百姓，迅速蔓延並造成「舉國若狂」的現象。明末崇禎年間密集出現三部令人注目的專門描寫男色的話本小說──《龍陽逸史》、《宜春香質》、《弁而釵》。其中《龍陽逸史》刻露、如實的紀錄了當時「小官階層」的興起及其藉由男色賣淫營生的狀況。是至目前所能見到的文獻中，一部主題性強、焦點集中，具體的反映小官從業時所形成特有的各種文化面，男色主題豐富突顯，並廣泛反映當時社會好男風的盛況。這一類的文獻，在一般正史中並不易被記錄留存下來，但對於瞭解當代的市井文化、性愛風俗、性別關係，以及男色的具體型態，是很有意義的，具有不可忽略的重要性與價值。

　　本論文擬以《龍陽逸史》的主要人物──小官為重心，先介紹小官自身所體現出的形象，以及小官營生活動時的生活態度與具體的營生方式。再由小官自身擴展到與性對象的互動關係，以及對家庭制度的衝擊。最後將小官置於大環境的階層互動場域，觀察小官與各色人等產生互動時的社會角色，以及因小官行業所衍生特有的習俗信仰與傳說。透過三大面向的層層揭開，比較全面的關照小官階層在文本中所呈現的豐富男色文化，從其展現複雜多采的男色活動文化中，並揭示明末以同性賣淫營生的小官特殊階層與新興行業，釐清小說中男色生態背後所蘊涵的文化意識，重新看待具有獨特時代意涵的晚明男色風潮。

目

次

第一章　緒　論

第一節　研究動機與目的

　　同性戀是一種在任何地區、時代、社會都可能出現的文化現象。隨著近代社會風氣的開放、性禁忌的揭開、同志小說書寫的興盛、性別研究的受重視，同性戀為性文化重要一部分，亦成為注意的焦點。回顧中國歷史，發現有著一個豐富而博雜的同性戀現象。早從《史記·佞幸列傳》：「非獨女以色媚，而士宦亦有之。」〔註1〕到《漢書·佞幸傳》：「柔曼之傾意，非獨女德，蓋亦有男色焉。」〔註2〕史家們都已重視到，除了女色能惑人外，男子同樣可以以其色貌得到帝王寵幸，而納之為嬖臣、男寵，也重視這些色臣專寵誤國的問題。〔註3〕到了《宋書·五行志》：「自咸寧、太康之後，男寵大興，甚於女色，士大夫莫不仿效，或至夫婦離絕，怨曠妒忌。」〔註4〕男色已超出以色獲得寵貴的範圍，流風所及擴大影響到社會家庭中。最早寫男色的文獻記載雖始於史傳，一些文學作品及文獻中也不乏看到對士大夫以上階層男同性戀風氣的描繪，但都是把男色當作弄臣、亂風來寫，很少說明同性之間情慾的具體行為。相對來看，民間的同性戀風氣，因資料的明顯缺乏及史家文人記載上主觀的取捨，難以一窺究竟。

　　明代中葉以後，由於多重的社會條件，男風興盛到席捲各個階層，造成「舉國

〔註1〕《史記》（台北：鼎文書局，1992年）卷一二五，〈佞幸列傳〉第六五，頁3191。
〔註2〕《漢書》（台北：鼎文書局，1993年）卷九三，〈佞幸傳〉第六三，頁3741。
〔註3〕《漢書》：「咎在親便嬖，所任非仁賢。故仲尼著『損者三友』，王者不私人以官，殆為此也。」卷九三，〈佞幸傳〉第六三，頁3741。《史記》：「甚哉，愛憎之時！」卷一二五，〈佞幸列傳〉第六五，頁3191。皆對佞幸提出警策之論。
〔註4〕沈約：《宋書》（台北：鼎文書局，1979年）卷三四，〈五行志〉二四，頁1006。

若狂」〔註5〕的地步而受關注，男色題材在各類文獻資料中被大量反映出來。《豔異編‧男寵部》〔註6〕及《情史‧情外類》〔註7〕開端專爲男風列類，透露出男風意識的勃發。除了文士的筆記雜談、春宮畫〔註8〕（見附圖 1-1），更多記載在當時流行的小說、戲劇、笑話中。尤其是當時已形成一股風潮的豔情小說之推波助瀾，如《金瓶梅》、《繡榻野史》、《浪史》等，皆已有夾雜赤裸露骨的同性戀題材，當作描寫男女性愛之外的點綴或補充。〔註9〕同性戀爲性愛題材的一部分，到明末崇禎年間竟密集的出現三部專書描寫男同性戀的小說──《龍陽逸史》、《宜春香質》〔註10〕、《弁而釵》〔註11〕。此段時期，文人相繼表現中下階層的男同性戀題材，成爲一個

〔註5〕 謝肇淛：「今天下言男色者動以閩、廣爲口實，然從吳越至燕雲，未有不知此好者也。……則風流縉紳，莫不盡力邀致，舉國若狂。」詳見《五雜俎》（《筆記小說大觀》八編，台北：新興書局，1984 年）卷八「人部」，頁 3744。

〔註6〕 王弇洲（1526～1590）編《艷異編》（瀋陽：春風文藝出版社，1988 年）。收錄歷代筆記傳奇、史傳雜記中愛情與怪異兩類故事。其中卷三一〈男寵部〉收自戰國到魏晉六朝著名男色 19 人。

〔註7〕 馮夢龍（1574～1646）《情史》（《馮夢龍全集》，上海：上海古籍出版社，1993 年）。收錄歷代筆記小說和其他著作中有關「情」的故事 902 篇，分 24 類，包括了男女情愛生活的各個方面，是一部中國的情愛論，可謂集古代「情」文化之大成。其中卷二二〈情外類〉收集了歷代筆記小說中的同性戀故事三十九篇，上至帝王將相，下至歌伶市民。

〔註8〕 晚明有名的春宮畫《花營錦陣》二十四幅春宮圖收錄在荷籍漢學家高羅佩的《祕圖戲考》，其中第四圖是描繪男同性戀的圖幅，詞牌名爲〈翰林風〉：「座上香盈果滿車，誰家年少潤無瑕，爲探薔薇顏色媚，賺來試折後庭花。半似含羞半推脱，不比尋常浪風月，回頭低喚快些兒，叮嚀休與他人説。」詳見（荷）高羅佩著，楊權譯：《秘戲圖考》（廣東：人民出版社，1992 年），頁 237。

〔註9〕 現存最早的一部專寫性行爲的小說最早當推《如意君傳》。參見陳東有：《人欲的解放》（南昌：江西高校出版社，1996 年），頁 293。其反映武則天帝宮性生活的描寫，但到了《金瓶梅》、《繡榻野史》、《浪史》等已轉向反映市井百姓的性愛題材。

〔註10〕 《宜春香質》存世有明崇禎年間筆耕山房刊本，現藏日本天理圖書館，卷首署「醉西湖心月主人著」，「且笑厂芙蓉癖者評」，「般若天不不山人參」。分風、花、雪、月四集，每集五回演一個故事，專以張揚龍陽小官的卑鄙惡劣行徑爲主，並在說明「男竊女淫，深犯陰陽之忌；女顰男效，大亂乾坤之綱」的思想。

〔註11〕 《弁而釵》分〈情貞紀〉、〈情俠妓〉、〈情烈紀〉、〈情奇紀〉四集，每集五回，演一個故事。有圖像三十二幅，與《宜春香質》取大致相同的題材，但思想觀點傾向卻迥然相異，所寫小官都是正面人物，把男性同性戀與男女間的正當愛情相提並論，冠之以「情貞」、「情俠」、「情烈」、「情奇」的美稱，明顯受到馮夢龍《情史》的影響。與《宜春香質》同是筆耕山房刊本，同一作者，兩書中均有遼東失陷事，時間應在天啓元年（1621）之後，《弁而釵》又提及「八千女鬼」影射魏忠賢事發，應作於崇禎元年（1628）魏忠賢事敗以後，應是崇禎年間作品。詳見李時人：《中國禁毀小說大全》（合肥：黃山書社，1992 年），頁 183。《弁而釵》中稱「國朝」又有「錦衣衛」，「由」字均作「繇」字，「校書」、「校場」一律刻作「較書」、「較場」，顯是

值得研究的社會文化課題。

選擇《龍陽逸史》為主要研究文本，是它比其他兩本更為刻露、如實具體的紀錄當時一群年紀十四五至二十幾歲賣淫營生的小官階層。有關其興起及營生的狀況，《龍陽逸史》可說至目前所能見到的文獻中，第一部把焦點集中放在這群身份卑下的小官及其所形成的各種文化面，男色主題豐富突顯，並廣泛反映當時社會養男僮、包小官等好男風盛況的短篇話本小說集。當中包含了具體的小官形象、史籍上較不易見到的男妓賣淫各種具體營業情形、對相同行業女妓的衝擊、與同性男子間的情慾互動、對家庭的影響等等皆有生動的紀錄；小官們甚至自己還衍生民俗方面的信仰，留下特殊的文化資料，另外由小官行業又引出與其他相關下階層人物的互動，開展更廣的社會面。市井百性猥鄙的情慾之事本來就為正史所不容，但這部分豐富的文獻，有超出文學之外的社會學及文化史料方面的珍貴價值，誠如陳慶浩說：

> 中國政治史甚發達而社會生活史料較欠缺，明清小說是了解當時社會
> 的重要材料。艷情小說除了提供當時一般社會生活史料外，又特別反映了
> 當時的性風俗、性心理等，為後人研究此一時期的性文化提供豐富的資
> 料。〔註12〕

《龍陽逸史》對於瞭解當代市井文化、性愛文化、性別關係及男性同性戀的具體型態是很有意義的。可進一步深掘中國性愛文化中的諸多意義與面向，對於明清文學研究、社會文化研究，甚至性別關係研究，均具有不可忽略的重要性與價值。

男色小說為艷情小說之一，在明清，艷情小說屬禁毀書刊，即使知道這類書籍存在，也無從閱讀，故長期以來較沒有受到學界足夠的關注。有些在本土消失的書籍，早年流傳到海外，獲得保存，如這本《龍陽逸史》，目前保存於日本佐伯市圖書館之佐伯文庫，尚無足夠資料知道其如何、何時流傳至日本。幸賴陳慶浩、王秋桂主編的《思無邪匯寶》，在1994年出版一系列分散於各國的艷情小說而得以面世。他們進而期待該叢書出版之後，能有相關研究成果的出現。

但傳統上對於性愛議題的避諱態度，及有些學者認為此類作品文字俚俗、內容粗鄙穢褻，本身在文學藝術成就上的價值有限，不值得探討。加上在異性戀霸權的

避崇禎皇帝朱由校諱所致。另外書中「不日起兵援邊」、「此去援遼剿退凶虜，恢復遼陽」的話，皆可為書出崇禎年間之證，且可能是遼東事尚有可為的崇禎初中期。而《宜春香質》中出現「遂使南寇北虜，需無寧日」及「鈕後死中求活一語，是今日平虜滅寇下手功夫」，另有「因遼陽失陷，挈家南遷」等語，似作者寫作《弁而釵》在前，作《宜春香質》在後。詳見蕭相愷：《珍本禁毀小說大觀——稗海訪書錄》（鄭州：中州古籍出版社，1998年），頁220～221。

〔註12〕陳慶浩，《思無邪匯寶‧總序》（台北：大英百科出版公司，1994年），頁6。

社會，同性戀因超越傳統性別角色的願望，此類研究材料及議題具有疑慮上的爭議性，使研究者卻步。「同性戀」從一個帶有醫學上屬「障礙」的專有名詞走出來沒幾年，〔註13〕但一般社會大眾仍往往以變態、道德敗壞、享樂等視之，同性戀飽受社會輿論的責難、群眾歧視的壓力及法律上的不平等待遇。價值被扭曲，因而缺乏一個比較全面關照的研究視角。同性戀不是由某種特殊的社會結構產生出來的，而是在各種不同文化背景下，人類性行為普遍會發生的一種形式。同性戀行為模式既然是普遍存在的一種現象，就值得去正視它。誠如李銀河所說：

> 同性戀是一種獨特的文化現象，是社會學研究的理想課題。因為同性戀現象外延清晰，內涵獨特；同性戀作為一種亞文化（subculture），有它獨特的游離于主流文化的特徵；同性戀者作為一個亞文化群體，具有獨特的行為規範和方式。大量已有的研究表明，同性戀者雖然在整個人口中占少數，但其絕對數量並不少；尤為重要的是，它是一種跨文化而普遍存在的現象。〔註14〕

故本論文以客觀的態度、關切的心態去研究中國同性戀小說中同性戀行為的各種現象和意涵，而不以道德評判的態度作價值判斷。試圖去詮釋其在當時何以成為文化中的一個重要側面，對於社會文化上的研究有不能偏廢及扭曲價值。

回顧整個中國文學史的脈絡，幾乎看不到有關探討同性戀文學的影子。直到近代同性戀小說被注意時，焦點卻又大多集中在《品花寶鑑》一書上。明代既然已密集出現同性戀題材小說的創作，這股創作潮流在文學史中當然不可被忽視，它反而是文學史中一個具開創性且重要的里程碑。小說反應人生百態，尤其《龍陽逸史》這樣的男色小說更涉及社會、性別、心理等研究範圍，故可視為是一種跨領域的研究。近代的性別論述一直以「單一性向模式」為主流，性除了生理上的性徵（sex），更有社會文化性別（gender）的豐富面向，包括了心理（自我認同）、精神、感情、文化等各個重要的層面。周華山認為：

〔註13〕 同性戀一詞是匈牙利精神科醫生柯本尼（Kertbeny）（本名 Benkert，1824～1882）於1869 年所提出，本具有醫學意涵的專有名詞。參見 Jacques Corraze 著，陳浩譯：《同性戀》（台北：遠流出版社，1992 年），頁 7。從此，社會就用「性身份」去界定不同的人：異性戀者或同性戀者。1973 年美國精神醫療協會正式將同性戀從「精神錯亂」的診斷除名，修正為「性向困擾」；1992 年聯合國世界衛生組織將同性戀正式排除於「精神病態和心理疾患」。參見布洛 Vern L.Bullough & Bonnie Bullough 著，咸堅衛譯：《性態度——神話與真實》（台北：桂冠圖書，1998 年），頁 285。
〔註14〕 李銀河，《同性戀亞文化》（北京：中國友誼出版社，2002 年），頁 1。所謂的同性戀亞文化包括同性戀性愛方式和關係、同性戀文學、同性戀商業經濟等在內的同性戀文化各方面。

　　　　單一性向模式把這些多元豐富的生命空間扼殺了。淪爲某種「性別」
　　　角色規範，失去了「人性」。人被壓縮還原爲兩大生物類別：女與男，硬
　　　生生的把女男壓縮到陰陽兩端。〔註15〕

這類男色小說打破了傳統陰陽對立的框架，顛覆兩性性別的遊戲規則，表現出同性
情慾之可能狀態與內容的多重組合，爲邊緣情慾的正當性提出深富戰鬥力的思考。
思索一個人身上可能呈現多種性別風貌，人類慾望的原本眞相是否有標準？同性戀
現象對人類社會發展有何啓示？傳統中兩性間的人際關係、婚姻關係和家庭關係重
新面臨跳戰，原有陰陽上下的倫理秩序、兩性性別空間與男女傳統的互動關係，都
出現重新調整的可能。它有可能形成一種更廣義的文化，一種發明出新的人際關係、
生存類型、價值類型等等的問題探討。

第二節　研究範圍與研究方法

一、研究範疇

　　陳慶浩、王秋桂主編的《思無邪匯寶》叢書，蒐集分散於各國的艷情小說，校
刊仔細、印刷精美，是出版界難得有的精品〔註16〕，爲此一領域提供了堅實的文本
基礎。《龍陽逸史》得以以較接近完整的原貌在國內問世，誠如該書編者陳慶浩先生
所說：「這套書將過去被禁毀最慘烈、流散在世界各地的明清艷情小說，鉅細靡遺，
盡數收集，經過校刊整理，匯爲一編，這是研究明清艷情小說的堅實基礎。」〔註17〕
此也是本論文採用的最主要材料。另外陳益源師提供藏於日本佐伯市圖書館佐伯文
庫之《龍陽逸史》全影印本，更有助了解原書出版狀況及裝訂情形。台北雙笛國際
事業出版公司 1996 年出版的《中國歷代禁毀小說海內外珍藏秘本集粹》第 6 輯第 3
冊《龍陽逸史》，輕便好讀，可以爲輔。

　　本論文以《龍陽逸史》爲主要考察中心，觀看明代男色形成和發展的過程，但
社會流風的影響大多是長段時期所造成的，故會以《龍陽逸史》爲一時間點，再上
下延伸的輔以明末清初年代相近且涉及男性同性戀風氣、道德觀念、審美傾向、賣

〔註15〕周華山，《同志論》（香港：同志研究社，1995 年），頁 5～6。
〔註16〕該叢書計收書五十種，採用版本超過百種，另又收若干附錄、書影、插圖，可使研
　　　　究者對原始資料有比較具體之認識。尤其書前所附的「版本說明」及概述故事梗概，
　　　　說明所用版本情況及校刊各類技術問題、作者考據、該書的研究成果等巨細靡遺，
　　　　爲國內研究明清艷情小說較好的版本。
〔註17〕陳慶浩：《思無邪匯寶・總序》（台北：大英百科出版公司，1994 年），頁 8。

淫營業狀況等資訊的通俗作品，如小說、戲劇、笑話、春宮畫等等；當時文人的私人筆記雜談及地方方志風俗的記載也提供不少這方面資料，與之對照作印證，重新看待晚明社會中的兩性現象，尤其是男色以何條件佔上風，以及當時男色文化及倫理方面有關情色的概念，勾勒出晚明的時代風貌，思考多元性文化意義。

近年來學界對於身體、情慾之研究的展開，可以顯示情慾世界不但是主觀的個人感受或少數人之間的私密活動，也可以成爲嚴肅的學術研究探討的對象。目前研究有關同性性愛現象等相關情慾知識的理論觀點，大多還是受近代西方學派的影響，而中國人文化中的情慾內容和面貌有其背後特殊的歷史條件，非西方的理論與價值所能適用或指涉，故應澄清中國古代看待同性情慾之一般態度與現代同性戀之別。

二、研究方法

性的概念與情慾都是社會互動的結果，[註18] 性別角色的區分與性愛對象的選擇也皆非先天而成，[註19] 後天的社會文化脈絡反而是塑造一個人在性認同上的決定性因素。小說是時代的產物之一，小說商品與其背後的社會背景是息息相關的，故本文將以小說學、社會學等基本理念來思考解析。再從文本細讀下的綜觀、宏觀與微觀研究方法，以小說的文本分析爲經，社會歷史事件、風俗文化、法律與其他文本的比較對照爲緯，交織成一龐大豐富的連結網絡。從文本的表層結構發掘其深層的意蘊，對於明清小說研究、社會文化研究而言，均爲一個值得深入開發的研究領域。

由於性所涉及的層面很廣，尤其同性戀的性現象和性問題與社會、歷史、文化、藝術、哲學思潮、宗教、人的生理、心理等領域皆息息相關，爲性學研究的重要一支，故另試以西方的新歷史主義 [註20] 與文學社會學、心理學及性學理論、同志理論、兩性性別研究等作爲理論參考架構，以全方位角度來剝析文本所透露出來的訊息，及其與社會脈動的關聯性，期求更接近歷史眞相的原始風貌。

〔註18〕 孫琴安：「性的生理性是通過它的社會性表現出來的；性心理也是在一定的社會影響下產生和變化的；性道德的觀念也是隨著社會發展而變化。因此，人的兩性關係有受生產關係和社會關係制約的一面。」詳見孫琴安：《中國性文學史》（台北：桂冠圖書，1995 年），頁 8。

〔註19〕 性至少可分成生物的、社會的及心理的。從生物學角度看，兩性間不能截然劃分爲雄性和雌性，哈夫洛克.靄理士（Havelock Ellis）著，潘光旦譯註：「在一個完全雄性與一個完全雌性之間，有許多發育程度不同的中間狀態。」詳見《性心理學》（台北縣：左岸文化出版社，2002 年），頁 190。生理性別和社會性別的意義更是一種複合式的競逐，它們所建構出來的性的多樣性，都有可能瓦解單一性向的可能。

〔註20〕 新歷史主義是一種不循規蹈矩，大膽跨越歷史學、人類學、藝術學、政治學、文學、哲學、經濟等各學科的界線，也有人泛稱其爲「跨學科研究」。參見張京媛編：《新歷史主義與文學批評》（北京：北京大學出版社，1997 年），頁 2。

　　本論文主要分為二大部份的研究面向：一是《龍陽逸史》的外緣研究，一是《龍陽逸史》文本的內在探討。外緣研究把焦點放在作品的外在關係上，包含當時政治經濟、社會文化背景、道德價值觀，男風觀念、文學思潮與作者創作動機等相關影響。內在探討以小說的主要人物——小官為重心，拓展到與之形成重要互動網絡的人事物之探討，除了觀察小官階層生活的文化，也可涉及到較全面的關照。

　　本論文篇章的架構及安排開展論述方式如下：

　　第二章：關於各朝代男色的歷史風貌，尤其秦漢以前，近人多已根據古籍記載作探討論述，〔註21〕故直接切入探討明代何以有大量男色題材作品湧現。從文獻、史料所載的宮廷帝王、大臣及士人儒生至社會民間的男色情況，再看小說中所反映出的，從中分析男風盛行因素。

　　第三章：對於《龍陽逸史》一書的基本認識，探究版本、作者及流傳的問題，從小說序跋中呈顯的創作意旨、價值判斷，以及當時的文化背景、小說理論做一個有機的連結與評判。再介紹故事內容梗概及其所呈現的男色現象，試以表格整理簡列二十回故事的人物、身份，以便下文的論述。

　　第四、五、六章：為本論文的重心，進入小說文本中勾勒出小官階層的種種生活文化，因包羅範圍豐富，故分成上、中、下來論述。第四章先介紹小官自身所體現出的形象審美、營生活動等生活態度與具體謀生方式。第五章由自身擴展至他人及社會的人際網絡中，與其生活密切的性對象及其家庭的互動；對同行女妓營生的影響種種，探討同性戀雙方間的情慾內涵，以及當時的倫理觀念、價值取向。第六章再將其置於大環境下的階層互動場域，觀察其社會角色，介紹一群因小官行業而興起的一群「食利」階層人物——牽頭、人口販子和無賴光棍，其與小官命運有重要互動牽連，在當時市井中成為不可忽視的階層。另外因小官行業所衍生的習俗行為與傳說信仰等特有的文化。透過層層揭開《龍陽逸史》中小官的風貌，希望可以更全面呈現此階層特有的文化。

〔註21〕關於歷代同性戀的文獻資料，可參考潘光旦：〈中國文獻中同性戀舉例〉（哈夫洛克．靄理士（Havelock Ellis）著，潘光旦譯註：《性心理學》），頁 512 ～533；矛鋒：《同性戀文學史》（台北：漢忠文化，1996 年），頁 33～115；小明雄：《中國同性愛史錄》（香港：粉紅三角出版社，1984 年）；王書奴：《中國娼妓史》列出各朝代男色（長沙：岳麓書社，1998 年）；史楠：《中國男娼秘史》（北京：中國華僑出版社，1994 年）；康正果：《重審風月鑑——性與中國古典文學·男色面面觀》（台北：麥田文化，1996 年），頁 109～162；張在舟，《曖昧的歷程——中國古代同性戀史》（鄭州：中州古籍出版社，2001 年）；徐淑卿：《漢代皇帝的感情生活》（清華大學歷史研究所碩士論文，1993 年）；蔡勇美、江吉芳《性的社會觀·中國歷史文獻中的男同性戀》（台北：巨流出版社，1987 年），皆有詳細豐富記載。

第三節　關鍵字用詞界定

（一）艷情小說

　　艷情小說或被稱爲風流小說、猥褻小說、穢藝小說、淫蕩小說等，內容乃是專以敘寫性愛或以敘寫性愛爲重點的小說。〔註22〕因猥褻、穢藝、淫蕩皆帶有負面意涵，其中艷情小說已普遍爲學界所通用，不單是指男女異性間，也包括《龍陽逸史》這種專寫同性間，只要情節有涉及大量性行爲描寫的小說就叫做「艷情小說」。也有學者強調艷情小說與世情的關連，認爲「以寫市民的性愛和情欲爲主，將性愛世界的愉悅與貪淫縱欲而招致的懲罰混雜在一起，或告誡，或宣染，或擊節讚嘆，或貶毀醜化，成爲明末清初人性（情）世態小說中很突出的一部份。」〔註23〕不可否認的《龍陽逸史》在描寫性行爲的同時，也展示出當時社會文化的若干面向。

（二）龍　陽

　　《戰國策·魏策四》提及龍陽君泣魚固寵的手段竟讓魏王更對其寵愛有加。〔註24〕康正果認爲「龍陽」成爲後來同性戀的原型，「龍陽之興」也常常被用作男色癖好的文飾性代稱。〔註25〕與後來的「分桃」或「餘桃」及「斷袖」成爲中國古代同性戀最有名的典故。「龍陽君」成爲男同性戀身分的代稱，但「龍陽」也可以指男子之間的同性性行爲，如小說《宜春香質·風集》「經學先生，姓鍾名萬錄，是個少年秀才，生得有幾分姿色，小時也替人龍陽。」〔註26〕所以《龍陽逸史》觀其書名，即清楚知道書寫的對象即是男男關係的同性戀故事。

　　明清以前常以「外寵」、「佞幸」、「嬖臣」、「男色」、「男寵」、「變童」等詞彙表示同性戀行爲。《龍陽逸史》中對於同性性行爲出現的術語及代稱則爲「拐小官」、「好小官」、「尋小朋友」、「好南風」、「好男色」、「後庭花」等等。

〔註22〕陳慶浩：《思無邪匯寶·總序》（台北：大英百科出版公司，1994年），頁7。
〔註23〕杜守華、吳曉明〈試論明末清初艷情小說〉（《上海師範大學學報》，1993年第1期），頁20〜23。
〔註24〕《戰國策·魏策四》：「魏王與龍陽君共船而釣。龍陽君得十餘魚而涕下。王曰：『有所不安乎？如是何不相告也？』對曰：『臣無敢不安也。』王曰：『然則何爲涕出？』曰：『臣爲王之所得魚也。』王曰：『何謂也？』對曰：『臣之始得魚也，臣甚喜，後得又益大，臣直欲棄臣前之所得矣。今以臣之兇惡，而得爲王拂枕席；今臣爵至人君，走人於庭，避人于途，四海之內，美人亦甚多矣，聞臣之得幸于王也，必褰裳而趨大王，臣亦猶曩臣之前所得魚也，臣亦將棄矣，臣安能無涕出乎？』魏王曰：『誤，有是心也，何不相告也？』於是布令於四境之內，曰：『有敢言美人者，族。』」（台北：藝文印書管，1983年），頁518〜519。
〔註25〕康正果：《重審風月鑑——性與中國古典文學》（台北：麥田文化，1996年），頁117。
〔註26〕《宜春香質·風集》第二回，頁110。

（三）男　色

「男色」一詞，語出《漢書・佞幸傳》：「柔曼之傾意，非獨女德，蓋亦有男色焉。」明代謝肇淛《五雜俎》：「男色之興，自伊訓有比頑童之戒，則知上古已然矣。」〔註27〕強調男子以「色」事人，指對同性具有吸引力的男性美色。小說中強調一個人有同性戀傾向時，常以「好男色」指稱他們的行為。

（四）男　風

明代李詡《戒庵老人漫筆》云：「今人謂淫於色者為風，即馬牛其風之風。」〔註28〕謝肇淛說：「男色之好，人以為始於龍陽君，非也。《伊訓》曰：『比頑童時，謂亂風。』此男色之始也」。〔註29〕「男風」與「好男色」相似，但特別強調出「淫」及「亂」的貶義，例如明人痛罵賊僧拐帶幼童道：「好男風者，禽獸之行。……世有負男子之軀者，豈可襲此僧之惡行哉！」〔註30〕

（五）南　風

《無聲戲》中談及：「南風一事，不知起于何代，創自何人，沿流至今，竟與天造地設的男女一道爭鋒比勝起來，豈不怪異？……此風各處俱尚，尤莫盛於閩中。」〔註31〕李漁把南方特別是福建流行的男風稱為「南風」，「南風」一詞也因同性戀有其特殊的地域性而出現。這個後起的同性戀用語不但與「男風」正好音義雙關，而且把男色的風習明確界定為南方特有的習俗。晚明人認為東南地區特別是福建好男色之風盛行，這與當地「契兄弟」風俗有關，〔註32〕因此也稱「南風」。但明代男色興盛在南北地區皆可見，並無特別強調「南風」的地區性，與「男風」同是用來泛指好男色。

（六）小官、大老官

《龍陽逸史》中男男性關係的兩大群人，主要是小官及好小官者，小官的性對象如果是多金的富豪，通常又被冠以「大老官」。在中國，「老」字有其霸權意味，

〔註27〕謝肇淛：《五雜俎》，（《筆記小說大觀》8 編 6 冊，台北：新興書局，1984 年）卷八「人部四」，頁 3743。

〔註28〕李詡：《戒庵老人漫筆》（北京：中華書局，1997 年）卷三〈淫色為風〉，頁 97。

〔註29〕謝肇淛：《文海披沙》（台北：新文豐出版公司，1978 年）卷七〈男色〉，頁 81。

〔註30〕張應俞：《江湖奇聞杜騙新書》（天津：百花文藝出版社，1992 年）第二三類「法術騙」，〈摩臉賊拐帶幼童〉頁 171～172。

〔註31〕李漁：《無聲戲》（《李漁全集》第八卷，杭州：浙江古籍出版社，1987 年）第六回〈男孟母教合三遷〉，頁 107～108。

〔註32〕沈德符：「閩人酷重男色，無論貴賤妍媸，各以其類相結。長者為契兄，少者為契弟。其兄入弟家，弟之父母愛之如婿。弟後日生計及娶妻諸費，俱取辦於契兄。其相愛者，年過而立，尚寢處如伉儷。」詳見《萬曆野獲編》補遺卷三〈契兄弟〉（北京：中華書局，1997 年），頁 902。

故二者間有明顯的權力、階級之分。〔註33〕全書大都以「拐小官」、「好南風」、「好男色」等詞來指涉此種同性性行為的活動，並沒有發展出一個類似像現在「同性戀」之專詞來統稱彼此之間的關係。

《新編百妓評品》提到男性賣淫者有三類：一是「男色妓」：「淫巧亂雄雌，要相逢，啓後扉，腰間別有風流。」此類明顯為男性性行為交易。二是「優妓」：「梨園並做勾欄院，這行也兼，那行兒也兼，兩般風月伊都佔。」此類即是當時在社會負盛名的小唱、男優，除了有些唱演才華，也行兼職的同性賣淫。三是「小官」，此類是專事性交易的男童。〔註34〕

據陸澹安編的《小說詞語匯釋》，「小官」一詞是「古時尊稱成年男子為『官人』，青年為『小官人』，『小官人』或簡稱『小官』。」〔註35〕吳存存認為小官是「明代江南一帶對在同性戀行為中只扮演被動角色，並以此獲得報酬的少年之稱謂。」〔註36〕王振忠認為「小官」之稱呼與福建蜑蚄習俗大概有關聯，稱呼「某官」與「小官」之間可能是一種擬制的親屬關係，即「契父─契子」的另一表述；又認為「小官」在明清時代是同性戀涵義，而後來的「相公」則與戲劇演員相關。〔註37〕可知小官本是對少年男子的親切稱謂，但在明清時期，一些描寫好男色的小說中，從其情節及上下文可看出他是指同性戀者。顯然，《龍陽逸史》中的賣淫小官較適用吳存存的說法。

另有「小朋友」一詞，意近小官。在《龍陽逸史》第九回：「這位松江客官，要尋個小朋友白相白相。」（頁 223）十九回：「范公子，就是府城中范鄉宦的兒子，專肯在小朋友身上用三五百兩。」（頁 383）《宜春相質‧雪集》第二回記大老官商新「有一毛病，好相處小朋友。」（頁 240）「小官」、「小朋友」皆有特別強調年紀輕的特徵，《龍陽逸史》中的小官，年紀幾乎集中在「未冠」的十四五歲左右，小官年齡的重要性在本書也有值得注意及研究處，留待後面章節再論。

〔註33〕康正果：「權力可以在很大的程度上把一個男人改變成女人，並通過強加在他身上的女性角色將他馴服成奴才。」並認為古人常常臣妾並舉，所謂的「臣妾之道」，便十分體現這種關係。詳見康正果：《重審風月鑑──性與中國古典文學》（台北：麥田文化，1996 年），頁 111。

〔註34〕詳見林中澤：《晚明中西性倫理的相遇》（廣州：廣東教育出版社，2003 年）頁 171。

〔註35〕陸澹安編：《小說詞語匯釋》（上海：古籍出版社，1983 年），頁 65。

〔註36〕吳存存：《明清性愛風氣》（北京：人民文學出版社，2000 年），頁 138。但是主動、被動之分值得商榷，也應定義清楚，是指雙方年齡、社經地位而言，或是尋求男色的行動上或雙方性行為時所扮演的角色（施姦者或受姦者）。《龍陽逸史》中的小官賣色性質強，故有的是主動尋找主顧的，但在性行為中多扮演受姦者的被動角色。

〔註37〕王振忠：〈契兄、契弟、契友、契父、契子─《孫八救人得福》的歷史民俗背景解讀〉，《漢學研究》，第 18 卷第 1 期，2000 年 6 月，頁 173～178）。

（七）同性戀

　　同性戀是近代西方一個包含著多樣性，且有著豐富意涵的模糊術語。給同性戀下定義是非常困難的，因它包括異常多樣的二體關係以及個人精神狀態和行為模式。許多學者曾分別從性心理學、性行為學乃至醫學、社會學的角度提出了多種定義，但是至今沒有一個完全明確的公認。

　　最早在 1948 年，著名的金賽博士（Dr. Alfred Kinsey）他曾發展出一套量表，將一個人的性取向，依照其與同性間性行為的頻率為基準，從絕對的同性戀到絕對的異性戀劃分為七個等級。〔註38〕但是如果只用「性行為」觀點來做定義，是有所偏頗的。例如：某些人利用同性間的性行為來牟利，但在心理上卻仍認同本身的性別，將之劃入同性戀的範疇，便會忽略了這些人的心理狀態，如《龍陽逸史》中大部分靠同性性行為交易利益的小官。法國心理學家 Corraze、美國精神病理學家 Isay 則認為，必須將當事人的心理成熟程度、本身性別認同考慮進去，才能涵蓋較完整的同性戀定義。因此，在他們的定義裡，「性行為」便不是區辨同性戀的唯一依準，而只是其中的一項標準罷了。真正的同性戀者除了在生理方面外，在心理、情緒上也都會渴望同性的慰藉，並期望與同性建立親密的關係與行為，但對於異性，則完全沒有這方面的興趣。〔註39〕靄理士則把同性戀分成一種是真正的先天性的現象，一種是男女兩性俱可戀的現象，一種是擬同性戀者。〔註40〕

　　中國古代男色的代稱，沒有類似於同性戀、同性愛、同性情慾之類的術語，Bret Hinch 指出：「中國用語並不強調內在本質的性取向去界定身分，而只針對行動、傾向和癖好。換言之，中國的作者不說某人『是』什麼，而說他『像』誰，

〔註38〕0：完全異性戀，無任何同性戀成份；1：大部份為異性戀，只有偶然同性戀；2：大部份為異性戀，多於偶然同性戀；3：異性戀與同性戀程度相等；4：大部份為同性戀，多於偶然異性戀；5：大部份為同性戀，只是偶然異性戀；6：完全同性戀。這七個等級，大致上可分為三種狀況：絕對的同性戀、絕對的異性戀、以及處於兩極端之中的中間狀態。這種分法，金賽博士認為，除了少數的「絕對的異性戀者」之外，絕大多數的人們則或多或少都有同性戀的傾向。大部分學者都同意這種量表仍可繼續使用，但為加強其功能，增加了其他個別的度量因素，如愛、性吸引力、性幻想、自我認同等。另一個重點是，個人的度量也會因時間而改變；換句話說，金賽量表不應該被當做是僵硬的、固定的描述，或被用來形容個人所有的行為或預測未來的行為。詳見瓊・瑞尼絲（June M. Reinisch）、露絲・畢思理（Ruth Beasley）作，王瑞琪等譯：《金賽性學報告》（台北：張老師出版社，1992 年），頁 225。

〔註39〕Jacques Corraze 著，陳浩譯：《同性戀》（台北：遠流出版社，1992 年），頁 3。

〔註40〕擬同性戀者，或因一時的曠怨，或因老年而性能萎縮，或因一種好奇愛異的心理，故意要在性的生活裡尋求一些反常的經驗。詳見哈夫洛克・靄理士（Havelock Ellis）著，潘光旦譯註：《性心理學》（台北縣：左岸文化出版社，2002 年），頁 225～226。

『做』什麼或喜歡什麼。」〔註 41〕餘桃、斷袖、龍陽之癖、好男色、好男風這些代稱皆是強調男性同性性行為。周華山也認為「中國文化從不會按『性行為』把人分類，同性愛者、異性愛者或雙性愛者這些概念、詞彙通通不存在。」〔註 42〕吳瑞元強調「同性戀」這個字彙的概念在歷史的過程中不斷地被建構而變動，是含有豐富的現代意涵，它帶有性、愛戀、癖好等廣泛的多重指涉，而在指涉古代情慾現象時，未必貼切。〔註 43〕中國由於國情的特殊，古代的同性戀常常又與狎優，一種變相的嫖娼行為糾纏不清，同性間的性愛關係，有些可能是權力、金錢的支配，有些是性變態上的變童癖；有些性關係則具有異性性別互動的特質。要涵蓋如此多樣的同性性型態，很難找到精準的詞彙。《龍陽逸史》中小官或大老官大多是男妓與嫖客的關係，雙方「戀」的成份或許不多，但在人性情慾流動難測之下，目前無其他較洽當的名詞可供代替，來涵蓋較寬泛的同性性愛傾向，故筆者行文時或採用傳統「男色」、「男風」術語，或借用廣義且目前使用較廣泛的「同性戀」一詞來形容中國古代同性之間的曖昧關係，並無意拿現代「同性戀」概念去詮釋之。所以同性戀是否是一種性畸變現象，是否破壞了社會道德，是否該遭到非議和指責，是否該受法律的禁止……，這些皆不在本文討論的範圍。本文意欲探討作品是如何呈現出同性戀這一現象，雖然用詞或許不精確，但男色確實是通過同性戀的形式而存在發展的。另外本文所指的「同性戀」，大多針對「男同性戀」而言。〔註 44〕

　　綜觀中國古代的同性戀名詞是相當豐富的，〔註 45〕但所關注的不完全是性的問題，它們的含義經常或者比較含蓄，或者比較寬泛，從而顯得缺乏直指性、確指性，

〔註 41〕Bret Hinch，Passions of the Cut Sleeve：The Male Homosexual Tradition in China，（LA：University of California Press，1990），p7。
〔註 42〕周華山：《同志論》（香港：同志研究社，1995 年），頁 325。
〔註 43〕吳瑞元：〈古代中國同性情慾歷史的研究回顧與幾個觀點的批評〉，（何春蕤編：《從酷兒空間到教育空間》，台北：麥田出版社，2000 年），頁 159～195。他主張用「同性情慾」代替「同性戀」，「同性」二字仍可能犯了以性取向去界定古代這些男色「身分」，所以不管是「同性情慾」或「同性戀」，只是借用其詞來形容古代的男色現象。
〔註 44〕女同性戀現象也是存在的，但比起男同性戀的記載資料相對明顯不足，無法有深入探討的空間。根本的原因在於女性社會地位的卑下，她們的活動假如不是和男性主導的事件發生關聯，就很難獲得記錄。
〔註 45〕有關中國古代的同性戀術語及代稱，近人研究頗豐，可詳見於張在舟：《曖昧的歷程——中國古代同性戀史》，頁 10～18。殷登國：《古典的浪漫》（台北：聯經出版，1987 年），頁 106～116。鄭生仁：〈同性戀是不是舶來品？〉，（《國文天地》，第 6 期，1985 年），頁 88～90。殷登國：〈追溯同性戀歷史檔案〉，（《自立早報》大地副刊，1993 年 11 月 17、18 日）。

這從一個側面反映了古代同性戀存在狀態的曖昧特徵。〔註46〕這也註定了中國長久以來的同性戀族群只是處於曖昧狀態，而不能夠認識、發展出其主體性的價值來。

第四節　前人研究概況

　　男色議題較早是被放在娼妓歷史脈絡中探討，如王書奴《中國娼妓史》列出各朝代男色，史楠《中國男娼秘史》以男娼角度分為供有財勢貴婦洩慾的「面首」及以身侍奉同性的男妓、男寵；另有閻愛民〈斷袖之歡——歷史上娼妓中的男色〉〔註47〕。對於男色歷史材料的彙整，專書有小明雄的《中國同性愛史錄》、張在舟的《曖昧的歷程——中國古代同性戀史》，其皆注重史料的陳列；Bret Hinch（韓獻博）的 Passions of the Cut Sleeve：The Male Homosexual Tradition in China，依朝代順序而編，強調中國不以性偏好身分標定個人特色。另外雖不是專書但也關注到此議題的有吳存存《明清性愛風氣》之〈明清社會男性同性戀風氣〉，焦點深入放在明清社會同性戀的狀況及同性戀文學的展示；矛鋒《同性戀文學史》之上篇〈中國同戀文學〉以美學角度收入不少讚詠同性情愛的詩文；孫琴安《中國性文學史》注意到明代同性戀文學；另有潘光旦〈中國文獻中同性戀舉例〉、康正果《重審風月鑑——性與中國古典文學》之〈男色面面觀〉、郭立誠《郭立誠的學術報告》之〈中國的同性戀〉、蔡勇美、江吉芳《性的社會觀》之〈中國歷史文獻中的男同性戀〉、袁書菲〈規範色欲：十七世紀的男色觀念〉〔註48〕。學位論文有徐淑卿《漢代皇帝的感情生活》〔註49〕、周淑屏：《清代男同性戀文學作品研究》〔註50〕、何志宏《男色興盛與明清的社會文化》〔註51〕、林慧芳的《〈弁而釵〉、〈宜春香質〉與〈龍陽逸史〉中的男色形象研究》〔註52〕及蕭涵珍《晚明男色小說：〈宜春香質〉

〔註46〕張在舟：《曖昧的歷程——中國古代同性戀史》（鄭州：中州古籍出版社，2001年），頁9～10。
〔註47〕閻愛民：〈斷袖之歡——歷史上娼妓中的男色〉，（《歷史月刊》107期，1996年），頁36～40。
〔註48〕袁書菲〈規範色欲：十七世紀的男色觀念〉，（張宏生編：《明清文學與性別研究》，南京：江蘇古籍出版社，2002年），頁380～389。
〔註49〕徐淑卿：《漢代皇帝的感情生活》（清華大學歷史研究所碩士論文，1993年）。
〔註50〕周淑屏：《清代男同性戀文學作品研究》（香港：能仁書院中國文史研究所碩士論文，1997年）。
〔註51〕何志宏：《男色興盛與明清的社會文化》（清華大學歷史研究所碩士論文，2001年）。
〔註52〕林慧芳：《〈弁而釵〉、〈宜春香質〉與〈龍陽逸史〉中的男色形象研究》（中正大學，2004年）。

與〈弁而釵〉》。〔註53〕皆針對男色議題各有側重的豐富成果展現。單篇論文有陳益源〈明末流行風——小官當道：明代的三部同性戀小說〉及〈《紅樓夢》裡的同性戀〉、施曄〈明清同性戀現象及其在小說中的反映〉、吳存存〈《龍陽逸史》與晚明的小官階層〉、張瀛太〈照花前後境，情色交相映——《品花寶鑑》中的男色世界〉、矛鋒〈斷袖——漫談《紅樓夢》、《品花寶鑑》中的同性情愛〉等等，由男色歷史的論述進到男色文學的探討，尤其皆以明清同性戀小說爲探討的重心。

其中針對《龍陽逸史》的研究探討，雖已有一些分析成果出現，但目前尙未有作專門研究的專著，只零散的出現幾位學者的單篇論文，或在近幾年書籍中的一小部分。如：

1. 陳益源：〈明末流行風——小官當道：明代的三部同性戀小說〉〔註54〕，內容對《龍陽逸史》、《宜春香質》、《弁而釵》三本男色小說作一番概述，也點出了《龍陽逸史》的社會性強，而《宜春香質》、《弁而釵》則文學性強。把明代「男色三書」集中拿來論述，觸發筆者對明代同性戀小說的關注及引發以此爲研究重點的動機。

2. 吳存存：〈《龍陽逸史》與晚明的小官階層〉〔註55〕，有較更深入談到小官階層生活的種種，基於篇幅所限，無法全面拓展論述。但是其所提出的側重點，提供筆者的研究面向。

3. 孫琴安的《中國性文學史》對明代性文學專列一節〈以描寫同性戀爲主的小說〉，當中已注意到這三本小說在明代同性戀文學創作的代表性，但卻在論述時，只敘述了《宜春香質》和《弁而釵》。

4. 矛鋒的《同性戀文學史》，對《龍陽逸史》僅以淡淡幾筆交代過去。

5. 張在舟的《曖昧的歷程——中國古代同性戀史》，著重於古代同性戀史料的搜羅與呈現，對於《龍陽逸史》的介紹僅標出小說二十回的回目及簡述幾回中小官當道之風，無再有深入介紹。

6. 博碩士論文方面，何志宏的《男色興盛與明清的社會文化》〔註56〕偏重探究

〔註53〕蕭涵珍：《晚明的男色小說：〈宜春香質〉與〈弁而釵〉》（政治大學中文所中文研究所碩士論文，2004年）。

〔註54〕陳益源：〈明末流行風——小官當道：明代的三部同性戀小說〉，（《聯合文學》13卷第4期，1997年2月，頁41～44）。後收錄在其著作《古典小說與情色文學》（台北：里仁書局，2001年），頁377～383。

〔註55〕此兩篇後散見於其著作《明清性愛風氣》（北京：人民文學出版社，2000年），頁114～149。

〔註56〕何志宏：《男色興盛與明清的社會文化》（清華大學歷史研究所碩士論文，2001年）。

明清社會文化史中，男色興盛的原因與評價問題，提供一些思考面。《龍陽逸史》爲其材料之一，但只略提到當中小官負面的愛財、男色性交易及壓倒娼妓的的材料。2004 年同時有兩本論文針對晚明男色三書的研究，林慧芳的《〈弁而釵〉、〈宜春香質〉與〈龍陽逸史〉中的男色形象研究》及蕭涵珍《晚明男色小說：〈宜春香質〉與〈弁而釵〉》。林慧芳只針對男色形象部分，忽略小說的社會性；蕭涵珍則認爲《宜春香質》和《弁而釵》二書的豐富性已可涵蓋《龍陽逸史》的部分，但忽略《宜春香質》和《弁而釵》二書屬文人的創作成分高，而《龍陽逸史》近實錄的方式更能反映出真實性。雖然本論文的企圖並非以小說來證史，基於有關當時社會的男色資料缺乏具體詳細的記載，而《龍陽逸史》所寫到的豐富內容，或許可拿來當佐證。

　　考察現有的研究成果，學者們已揭示開發了男色文學研究的部份課題及面向，但《龍陽逸史》實應尚有諸多研究空間，希望藉此作爲立論研究的基礎，從中思考本文所能突破處。

附圖 1-1：《花營錦陣‧翰林風》

第二章　明代男色的盛行及其原因

　　古今中外同性戀者不乏其人，特別是中國歷史上有著一個源遠流長且豐富的男色現象。人物從帝王、名士到平民、倡優，構成了古代中國一個曖昧的人群。多數學者認爲，明代男色呈現「復盛」〔註1〕的情形，所謂的「盛」指的是史料文獻中，除了正史文獻外，文人小說筆記也大量記錄各階層上至天子下至庶民好男色的具體資料，〔註2〕甚至集中出現了中國歷史上首次整本內容專以男色爲主題的話本小說。〔註3〕在多種因素的綜合交織下，中晚明社會瀰漫著淫逸縱欲之風，男色現象確實有盛行和蔓延的現象，上自皇帝、官僚、儒生，下至平民、流寇，皆染此風。本章先詳述明代各階層男色盛行及當時小說所反映好男色的景況，再探討其盛行之因。

第一節　明代男色盛行景況

　　明代謝肇淛《五雜俎》中，道出中國古代至明代間男風流行的盛衰情形：

〔註1〕　王書奴：「北宋南宋京師及郡邑，男色號稱鼎盛。元代此風似稍衰，至明復盛。上至天子，下至庶民，幾無一不狎男娼。」詳見王書奴《中國娼妓史》（長沙：岳麓書社，1998年9月），頁156。小明雄：「明代的男風自元復盛。」詳見小明雄《中國同性愛史錄》（香港：粉紅三角出版社，1984年），頁128。

〔註2〕　有關明代男色的文獻資料，據張在舟所掌握的書籍資料統計，「洪武至弘治年間（1368～1620）包含相關記載的書籍只占總書量的3%，正德至泰昌年間（1506～1620）則占47%，天啓崇禎年間（1621～1644）占50%」，且其認爲「資料缺乏在某種意義上可以說明相關事件實際會比較缺少。」詳見張在舟：《曖昧的歷程——中國古代同性戀史》（鄭州：中州古籍出版社，2001年），頁224。可見中晚明之後，風氣的開始敗壞，相應的也增加了同性戀的活動。

〔註3〕　醉西湖心月主人著的《宜春香質》、《弁而釵》及京江醉竹居士的《龍陽逸史》。

男色之興，自伊訓有比頑童之戒，則知上古已然矣。安陵龍陽，見於傳冊，佞幸之篇，史不絕書，至晉而大盛。世說之所稱述，強半以容貌舉止定衡鑑矣。史謂咸寧太康以後，男寵大興，甚於女色，士大夫莫不尚之，海內仿效，至於夫婦離絕，動生怨惡。宋人道學，此風亦少衰止，今復稍雄張矣，大率東南人較西北為甚也。〔註4〕

謝肇淛提到男色盛行歷代以來有消長，到明代確實是興盛的，而且有地域性的差異，可能東南經濟文化比西北發達。但在同書中又記載：「今天下言男色者動以閩、廣為口實，然從吳越至燕雲，未有不知此好者也。」〔註5〕意謂從南至北充斥著這種風氣，這可從北方泰山腳下小城的百姓平民，上山虔心參佛進香，下山後馬上狎孌童取樂的情景看得出來：

渡江以北，齊晉燕秦楚各諸民，無不往泰山進香者，其齋戒盛服，盛心一志，……及禱詞已畢，下山舍逆旅則居，停親識皆為開齋宰殺，狼籍醉舞喧呶，孌童歌倡，無不狎矣。〔註6〕

事實上，北方的社會男風亦是普遍之況，更別說當時像北京、南京這樣的大城市。雖不能單以這兩條材料概括明代男色現象，但可以從以下各類文獻史料中所呈現各個階層所發生對男色喜好的情形，說明舉國上下、全國各地沈浸在這股靡風之中。以下針對宮廷帝王及官吏、士儒豪商、市井份子及明代小說中所反映的男色現象予以介紹。

一、宮廷帝王及官吏

好男色在明代皇室，大致的情況先簡列如下表，〔註7〕於後再具體詳述。

帝　王	在位年	同性戀對象	文　獻　記　載
英　宗	1457～1464	馬　良	《萬曆野獲編》卷三〈英宗重夫婦〉
孝　宗	1488～1505	張鶴齡、侯延齡	《萬曆野獲編》卷六〈何文鼎〉
武　宗	1506～1521	錢寧、江彬、許泰、馬昂	《明史》卷一八八、三〇七

〔註4〕 謝肇淛：《五雜俎》（《筆記小說大觀》八編第六冊，台北：新興書局，1984 年）卷八「人部四」，頁 3743。

〔註5〕 謝肇淛：《五雜俎》卷八「人部四」，頁 3744。

〔註6〕 謝肇淛：《五雜俎》卷四「地部二」，頁 3421～3422。

〔註7〕 此表主要綜合參考《明史》、《萬曆野獲編》、《武宗外紀》及張在舟：《曖昧的歷程——中國古代同性戀史》、吳存存：《明清性愛風氣》、小明雄：《中國同性愛史錄》等學者的著作資料。

			《武宗外紀》
			《明史》卷一六〈武宗本紀〉
		老兒當	張志淳《南園漫錄》卷十〈老兒當〉
			徐充《暧姝由筆》卷三
			《萬曆野獲編》補遺卷一〈老兒當〉
		楊芝（歌童、賜名羊脂玉）	《萬曆野獲編》補遺卷三〈正德二歌者〉
			李詡《戒庵老人漫筆》
		臧賢（伶人）	《萬曆野獲編》卷二一〈士人無賴〉
			《萬曆野獲編》卷二一〈伶人稱字〉
			《明史》卷六一〈樂〉一
			于慎行《穀山筆麈》卷六〈闇伶〉
		八虎（八黨，尤以劉瑾最惡）	《明史》卷三〇四、一八六
			高岱《鴻猷錄》第十二卷〈劉瑾之變〉
			清・查繼佐《罪惟錄》〈列傳〉卷二九下〈劉瑾傳〉
		把男寵收為義子，賜姓「朱」	《明史》卷一六〈武宗本紀〉
			《明史》卷三〇七〈江彬傳〉
			《明史》卷一八八〈周廣傳〉
		義子錢寧，自稱「皇庶子」	《明史》卷三〇七
			清・查繼佐《罪惟錄》〈列傳〉卷三十〈錢寧傳〉
		江彬（出入豹房同臥起）	《明史》卷三〇七〈佞幸列傳〉
			清・查繼佐《罪惟錄》〈列傳〉卷三十〈江彬傳〉
		徐霖（善音律）	何良俊《四友齋叢說》卷十八
			李詡《戒庵老人漫筆》卷四〈徐子仁寵幸〉
神　宗	1573～1620	十俊、元宰之曾孫	《萬曆野獲編》卷二一〈十俊〉
			《明史》卷二三四〈雒于仁傳〉
			《棗林雜俎》
熹　宗	1621～1627	高永壽（太監）	《明宮詞》
		小內侍	《檮杌閑評》二三回
		魏忠賢	清・查繼佐《罪惟錄》〈列傳〉卷二十九〈魏忠賢傳〉
福　王	1644	梨園子弟	《漁洋山人精華錄訓纂》引《續倖存錄》
		「狎伶演戲」	《甲申朝事小記》
		「進優童豔女」	《明史》卷三〇八〈馬士英傳〉
		「日將童男女誘上」	《明季南略》卷三〈聲色〉

　　上表中所列的帝王好男色事件及對象，除正史資料外，明代文人的各種筆記、野史中，也可見大量的相關記載。由於文獻資料的龐雜，無法一一羅列，茲舉出幾則較具代表性的事例以具體說明。

　　《萬曆野獲編》曾記載英宗有嬖臣馬良，「少以姿見幸於上，與同臥起」〔註8〕。同書中又記弘治年間「時壽寧侯張鶴齡、建昌侯延齡，以椒房被恩，出入禁中無恒度」〔註9〕。

　　明代皇帝的好男風，明武宗是最突出的一個，他的荒淫無道，不僅表現於女色上，從表中更可看出武宗對男色的酷嗜。其以各種方法搜羅大量男寵，作為「義子」，〔註10〕這些義子中，大多是皇帝的一些爪牙、玩伴，部分是貼身的男寵，當中的人物身份複雜，舉凡武夫、健兒、小吏、優伶、方伎、雜流，有美色者，輒加寵幸。一旦侍寢，就與這些男寵在「豹房」〔註11〕徹夜交歡，而其中劉瑾等更以內監身份「日進鷹犬、歌舞、角牴之戲」〔註12〕，帶頭引導武宗行樂而固寵，並號為「八虎」，權勢驚人。另外武宗也從宮裏的小內臣中遴選孌童作貼身隨從，如：

　　　　武宗初年，選內臣俊美者以充寵倖，名曰「老兒當」，猶云等輩也。

　　　時皆用年少者，而曰老兒，蓋反言之，其後又有金剛老兒當，其人皆用事大璫，如張忠輩皆在其中。〔註13〕

雖言「老」兒當，若依常理來看，應是年少俊美者以其姿色較易受到寵幸。而「金剛老兒當」是以掌握著權柄為特點的。〔註14〕

　　當時錢寧、臧賢、江彬、許泰、馬昂等也都是其著名的男寵，《明史‧佞幸列傳序》大致記載了武宗的淫佚及其男寵的恃寵而貴：「武宗日事般遊，不恤國事，一時

〔註 8〕 沈德符：《萬曆野獲編》（北京：中華書局，1997 年）卷三〈英宗重夫婦〉，頁 79。
〔註 9〕 沈德符：《萬曆野獲編》（北京：中華書局，1997 年）卷六〈何文鼎〉，頁 160。
〔註10〕 張廷玉：《明史》記：「（正德）七年，……賜義子一百二十七人國姓。」（台北：鼎文書局，1982 年）卷一六〈武宗本紀〉，頁 113。同書又記：「武宗收京師無賴及宦官廝養為義子，一日而賜國姓者百二十七人。」卷一八八，〈列傳〉七六，〈賀泰〉。談遷也記載正德七年九月：「丙申，賜義子百二十七人國姓，皆中官蒼頭及市獪，偶當上心，輒云義子。」詳見《國榷》（北京：中華書局，1958 年）卷四八，頁 3035。
〔註11〕 張廷玉：《明史》卷一六〈武宗本紀〉載：「（正德）二年，……秋八月丙戌，作豹房。」頁 111。另毛奇齡：「造密室於兩廂，勾連櫛列，名曰豹房。初日幸其處，既則歇宿，比大內，令內侍環值，名豹房祇候，群小見幸者皆集於此。」詳見《武宗外紀》（《百部叢書集成》之《藝海珠塵》，台北縣：藝文印書館，1965 年），頁 3。
〔註12〕 張廷玉：《明史》卷三○四〈劉瑾傳〉（台北：鼎文書局，1982 年），頁 7786。
〔註13〕 沈德符：《萬曆野獲編》（北京：中華書局，1997 年）補遺卷一〈老兒當〉，頁 820。
〔註14〕 張在舟：《曖昧的歷程——中國古代同性戀史》（鄭州：中州古籍出版社，2001 年），頁 202。

宵人並起，錢寧以錦衣幸，臧賢以伶人幸，江彬、許泰以邊將幸，馬昂以女弟幸。禍流中外，宗社幾墟。」〔註15〕關於錢寧：

> 性獷狡，善射，拓左右弓。帝喜，賜國姓，爲義子，傳升錦衣千戶。……其名刺自稱皇庶子。引樂工臧賢、回回人于永及諸番僧，以祕戲進。請于禁內建豹房、新寺，恣聲伎爲樂，復誘帝微行。帝在豹房，常醉枕寧臥。百官候朝至晡，莫得帝起居，密伺寧，寧來，則知駕將出矣。〔註16〕

「醉枕寧臥」明顯的道出其中曖昧關係，錢寧由此恃寵跋扈，又引進伶人臧賢，伶人的柔媚特質當然更得武宗寵幸，故「臧賢甚被寵遇，曾給一品服色。」〔註17〕而武宗與江彬的關係：

> 彬狡黠強狠，貌魁碩有力，善騎射，談兵帝前，帝大說，擢都指揮僉事，出入豹房，同臥起。〔註18〕

與錢寧「善射，拓左右弓」同，江彬以「貌魁碩有力，善騎射」的男性陽剛美見幸於武宗，不僅與武宗共同出入豹房，「同臥起」雖不確定兩人間性行爲的程度，但江彬竭力的在武宗性生活上的「導帝尋樂」，兩人並常出遊到處搜掠良家婦女。〔註19〕另外武宗和后妃同寢，一個月不過四五天，其他時間都和宮廷中的小太監、男寵私混，並常流連宮外而忘返，〔註20〕由此可知其「性」趣。除了對朝中俊美臣僚有興趣外，武宗也常外出獵男色，其中有樂人徐霅仙〔註21〕及歌童楊芝。〔註22〕

〔註15〕張廷玉：《明史》卷三〇七〈列傳〉一九五，頁7875。

〔註16〕張廷玉：《明史》卷三〇七〈列傳〉一九五，頁7890～7891。

〔註17〕于慎行：《穀山筆麈》（北京：中華書局，1984年）卷之六〈闇伶〉，頁67。

〔註18〕張廷玉：《明史》（台北：鼎文書局，1982年）卷三〇七，〈列傳〉一九五，頁7885～7888。

〔註19〕《明史》：「彬導帝微行，數至教坊司；進鋪花氈幄百六十二間，制與離宮等，帝出行幸皆禦之。……彬既心忌寧，欲導帝巡幸遠寧。因數言宣府樂工多美婦人，且可觀邊釁，瞬息馳千里，何鬱鬱居大內，爲廷臣所制。帝然之。……彬爲建鎮國府第，悉輦豹房珍玩、女禦實其中。彬從帝，數夜入人家，索婦女。帝大樂之，忘歸，稱曰家裏。……彬等掠良家女數十車，日載以隨，有死者。」卷三〇七〈列傳〉一九五，頁7885～7888。《明史》記載，武宗曾於正德十二、十三、十四年至大同、宣府巡遊。詳見《明史》卷十六〈武宗本紀〉，頁209～210。毛奇齡亦有相同記載：「初上駐偏頭時，大索女樂于太原。偶於眾妓中遙見色好而善謳者，拔取之。」詳見《武宗外紀》，頁13。

〔註20〕毛奇齡：《武宗外紀》：「文書房內官，每記上幸宿所在及所幸宮嬪年月，以俟稽考；上悉令除卻省記注，掣去尚寢諸所司事，遂遍游宮中，日率小黃門爲角觝蹋踘之戲，隨所駐輒飲宿不返，其入中宮及東西兩宮，月不過四五日。」頁3。

〔註21〕何良俊：《四友齋叢說》：「徐霅仙少有異才，……後武宗南巡，獻樂府，遂得供奉。武宗數幸其家，在其晚靜閣上打魚。隨駕北上，在舟中每夜常宿御榻前，與上同臥起。官以錦衣衛鎮撫，賜飛魚服，亦異數也。」（北京：中華書局，1985年）卷十

綜觀武宗所好的男色對象，人數之多、身份之複雜，從內監、邊將、歌童、優伶乃至街巷賤輩、蒼頭市猾等，這些人一旦寵幸，予以干預朝政的權力，敗壞國政。武宗縱情聲色的生活受到當時官員士人的普遍指責，也對社會上的縱欲風氣產生帶頭作用而群起效尤。

明神宗亦與所寵的孿童同臥起，並使之掌握大權，內廷指為「十俊」〔註23〕。「十俊」都是些年輕慧麗的小太監，神宗沉溺其中，以致有朝臣直諫道：「寵十俊以啓幸門，此其病在戀色者也。」〔註24〕也就是說自此將有更多人為了要通往權力中心而大興自閹之風，這反映出當時有些人利用男色與政治權力的結合。神宗還曾在一次往天壽山祭祀先皇的途中，讓元宰之曾孫「荷董聖卿之寵」〔註25〕，即指神宗對他的男色活動。

到了明熹宗，一些文獻資料曾記載他對異性沒有太大興趣，有關其軼事在民間流傳頗廣，小說《檮杌閒評》二十三回中便寫道：

> 皇上萬幾之暇，不近妃嬪，專與眾小內侍頑耍，日幸數人。太監王安屢諫不聽，只得私禁諸人，不得日要恩寵，有傷聖體。〔註26〕

明朝覆亡後，避難南京建立新朝的南明弘光皇帝福王，有優童之好，社會上也傳聞他亦好男色，甚而有佞徒自宮求寵事件：

> 夏國祥，直隸寧國人，美姿容，以孿童游狹邪。……聞聖安皇帝喜外嬖，乃焚書自宮，求入內廷，未及寵用。……江國泰者，亦寧國人也，自宮入南都求用。〔註27〕

比較明代帝王和漢代帝王的情況有些相仿，都有不少佞臣及親男色的事例，對象也不全是女性化的男子。有些事例，史料記載不是具體明顯，很難判準是否是真正意義上的同性戀者，但可看出這些帝王與佞臣之間，也具有相當一部分同性戀行為。

八，頁158。此事亦記載於（明）李詡：《戒庵老人漫筆》（北京：中華書局，1997年）卷四〈徐子仁寵幸〉，頁133。

〔註22〕沈德符：《萬曆野獲編》：「武宗南幸，至楊文襄家，有歌童侍焉。上悦其白皙，問何名，曰楊芝。賜名曰：『羊脂玉』，命從駕北上。」補遺卷三〈正德二歌者〉，頁891。

〔註23〕沈德符：「今上壬午癸未以後，選垂髫內臣之慧且麗者十餘曹，給事禦前，或承恩與上同臥起，內廷皆目之為十俊。」詳見《萬曆野獲編》卷二一〈十俊〉，頁548。

〔註24〕張廷玉：《明史》卷二三四〈雒于仁傳〉，頁4773。

〔註25〕沈德符：《萬曆野獲編》：「其時又有一緹帥，為穆廟初元元宰之曾孫，年少姿，扈上駕幸天壽山，中途停頓，亦荷董聖卿之寵，每為同官訕笑，輒慚恚避去。」（北京：中華書局，1997年）卷二一〈十俊〉，頁548。

〔註26〕不題撰人：《檮杌閒評》（北京：人民文學出版社，1983年），頁280。

〔註27〕王夫之：《永曆實錄・宦者列傳》（長沙：岳麓書社，1982年），頁213～214。

除了皇帝以外，當時遼王朱憲㸅因寵愛原遼蕃弄兒頭陀生，肆行不法，被免爲庶人，頭陀生爲避難而祝髮入道。徐學謨曾作長詩〈頭陀生行〉詠歎。〔註28〕

朝中大臣也好男風，其大多憑藉權勢，玩弄男童。陳洪謨《治世餘聞》記：

> 時朝政寬大，廷臣多事遊宴。……席間出教坊子弟歌唱，內不檢者，私以比頑童爲樂，富豪因以內交。予官刑曹，與同年陳文鳴鳳梧輒不欲往，諸同寅皆笑爲迂，亦不相約。既而果有郎中黃暐等事發，蓋黃與同寅顧謐等俱在西角頭張通家飲酒，與頑童相狎，被緝事衙門訪出挐問，而西曹爲之一玷。然若此類幸而不發者亦多矣。〔註29〕

可知當時官場文化的宴集風氣，朝中大臣宴聚時，已習慣找來歌童獻唱，私下也玩弄取樂這些歌童，貴族視之爲一種性時尚，有此癖好的彼此還結爲一個社交圈子常聚會以內交廷臣。陳洪謨說明他自己曾拒絕這種享樂，而被人笑斥過於正經不從流俗。

明代官吏因耽溺男色而最惡名昭彰是明世宗當政時的首席大學士嚴嵩之子嚴世蕃，《見只編》有段記載：「吾鹽有優者金鳳，少以色幸于分宜嚴東樓侍郎。東樓晝非金不食，夜非金不寢也。金既衰老，食貧里中，比有所謂《鳴鳳記》，而金復塗粉墨，身扮東樓矣。」〔註30〕據有限資料可知，金鳳是當時一名色、藝俱佳的藝人，年輕時被嚴世蕃霸佔，色衰後被遺棄，老年重新登臺，扮演那個糟蹋過自己的嚴世蕃。對於嚴世蕃的男色癖好可說盡人皆知，許多文學作品並都以驕縱淫肆的負面形象記載。〔註31〕

吳存存認爲上階層胡作非爲的勇氣，使侷促於枯淡嚴厲的道德教條之下本來就渴望享樂的人們大開眼界，他們在潛意識裏豔羨這種生活，酷好男風的性傾向對於餘桃斷袖之風在晚明的迅速蔓延，應該說是有著某種潛移默化的作用的。〔註32〕

二、豪商士儒

從憲宗到神宗近一百五十年的色情腐化及擴散，上行下效，使得這股風氣往下流竄，影響到民間各個層面。尤其是有經濟能力的豪奢之家，這包含了士紳及商人

〔註28〕陳田輯撰：《明詩紀事》「是時頭陀生幾午，鬟雲繚繞垂兩肩。宮娥望幸不得前，眾中一身當三千。」（上海：上海古籍出版社，1993年）己籤，卷十，頁2033。

〔註29〕陳洪謨：《治世餘聞》（北京：中華書局，1985年）下篇卷三，頁53。

〔註30〕姚士麟：《見只編》（北京：中華書局，1985年）卷中，頁93。

〔註31〕例如李漁：《十二樓·萃雅樓》：「東樓素有男風之癖，北京城內不但有姿色的龍陽不曾漏網一個，就是下僚裏面頂冠束帶之人，若是青年有貌，肯以身事上台的，他也要破格垂青，留在後庭相見。」（台北：三民書局，1998年），頁118。

〔註32〕吳存存：《明清性愛風氣》（北京：人民文學出版社，2000年），頁119。

階層。經濟條件支撐他們捧狎優伶、蓄養孌童、玩弄男妓；而倡優男色也能討其歡心且滿足炫耀的心理。男風在當時的士商階層成為一種習尚，被視為一種風流韻事而津津樂道，男色在這時也得到發展的空間。

富豪階層的同性戀情形，李樂《續見聞雜記》記：

> 余館潯中及見錢姓號石崖者，家可二三千斤爾，雇畫船歌童演戲，出入聲聞邑侯，至簽極繁解，戶不三十年，子孫產業蕩盡，至賃房棲故居水濱，足為侈靡不安分之鑒。〔註33〕

當時有經濟能力支撐的富豪之家，可以在歌童身上消費到蕩盡家產。同書中又載：「溫飽富貴之家不能廢僕從，勢也；彼僕從求悅其主人，何所不至？」〔註34〕顯示富豪家中的人情世態，僕從求悅主人的「何所不至」中，也可能是成為主人的狎邪對象。

陳懋仁《泉南雜志》記當時：「優童媚趣者，不吝高價，豪奢家攘而有之，蟬鬢傅粉，日以為常。」〔註35〕如果為主人所畜養的男優，以柔雅嫵媚的形象出現，為主人提供演藝娛樂的同時，也容易成為主人同性戀的對象。

「翰林風月」〔註36〕一詞在明代產生，證明了在官僚士大夫群體中存在著極為明顯的龍陽斷袖之風，而引起社會的普遍關注。在文人中，湯顯祖曾寫詩美化兩位因龍陽斷袖之癖而丟官的才子。萬曆十二年（1584年）屠隆同時與宋小侯夫婦縱欲行樂，放肆不檢，穢聞狼藉，以淫縱罪，遂遭彈劾。湯顯祖在詩中曾寫到屠隆的私生活，全無顧忌地坦白道出他的男女性伴侶。〔註37〕對屠隆這種同時與同性、異性的淫蕩苟且，雖不是予讚美褒揚，但也沒有任何責讓和不以為然的口吻。

另一位臧晉叔（懋循），為當時著名的戲曲家，並任南京國子監博士。在屠隆事件隔年，為官期間「風流放誕」、「與所歡小史衣紅衣，並馬出鳳台門」，〔註38〕後

〔註33〕李樂：《續見聞雜記》（《筆記小說大觀》第44編9冊，台北：新興書局，1988年）卷八，三十三，頁687～688。

〔註34〕李樂：《見聞雜記》（《筆記小說大觀》第44編8冊，台北：新興書局，1988年）卷三，一百七十，頁298。

〔註35〕陳懋仁：《泉南雜志》（北京：中華書局，1985年）卷下，頁25。

〔註36〕詳見天然癡叟《石點頭》：「那男色一道，從來原有這事。讀書人的總題，叫做翰林風月。」（台北：三民書局，1998年）十四卷，頁337。

〔註37〕湯顯祖：《湯顯祖詩文集》〈懷戴四明先生並問屠長卿〉：「赤水之珠屠長卿，風波跌宕還鄉里。豈有妖姬解寫姿？豈有狡童解詠詩？枕邊折齒寧妨穢，畫裏挑心是絕癡。古來才子多嬌縱，直取歌篇足彈誦。……」（上海：古籍出版社，1982年），頁202。

〔註38〕錢謙益：《列朝詩集小傳》（上海：古籍出版社，1983年）丁集上〈臧博士懋循〉，頁465。

也因情色事件被貶，謫歸故里。湯顯祖在送行的詩中，舊事重提，從「一官難道減風流」〔註39〕詩句看，湯對這兩位朋友的情色事件，都看作是一種高尚的名士風流、灑脫不羈的表現。一介文人能視淫亂爲風流，視荒唐爲平常，視無恥爲瀟灑，或許是當時注重個性張揚的時代風氣所然。

著名的公安派作家之一袁中道曾提到其對李贄有「不能學者有五，不願學者有三」〔註40〕，其中對其人品讚美和仰慕，稱其「不入季女之室，不登冶童之床。而吾輩不斷情欲，未絕嬖寵，二不能學也。」〔註41〕可見其明顯的斷袖之癖。其曾自言：

> 分桃斷袖，極難排豁，自恨與沈約同癖。皆由遠游，偶染此習。……
> 吾因少年縱酒色，致有血疾。……見痰中血，五内驚悸，自嘆必死。……
> 及至疾愈，漸漸遺忘，縱情肆意，輒復如故。〔註42〕

又說：「惟見妖冶龍陽，猶不能無動。」〔註43〕如此縱情聲色的表現，部分的反映了晚明士人的生活態度。

另一位文學家張岱身處明末清初，親身經歷了晚明的繁華風貌，在其感懷之作《陶庵夢憶》中充分展現了明末社會的淫奢景象。身處其中，張岱在年輕時享盡了鬥雞走狗、錦繡肥甘的貴公子生活。《琅嬛文集》曾載張岱「少爲紈袴子弟，極愛繁華」當中聲稱自己有「十二好」〔註44〕，其中之一就是「好孌童」。其更以好友祁止祥的一段同性戀情事，充分表現自己對同性戀的看法和態度：

> 止祥出阿寶示余，……阿寶妖冶如蕊女，而嬌癡無賴，故作澀勒，不

〔註39〕錢謙益：《列朝詩集小傳》丁集上〈屠儀部隆〉（上海：古籍出版社，1983 年），頁445。

〔註40〕袁中道：《珂雪齋集》：「其人不能學者有五，不願學者有三。公爲士居官，清節凜凜，而吾輩隨來輒受，操同中人，一不能學也。公不入季女之室，不登冶童之床，而吾輩不斷情欲，未絕嬖寵，二不能學也。公深入至道，見其大者，而吾輩株守文字，不得玄旨，三不能學也。公自少至老，惟知讀書，而吾輩汨沒塵緣，不親韋編，四不能學也。公直氣勁節，不爲人屈，而吾輩膽力怯弱，隨人俯仰，五不能學也。若好剛使氣，快意恩仇，意所不可，動筆之書，不願學者一矣。既已離仕而隱，即宜遁跡山林，而乃徘徊人世，禍逐名起，不願學者二矣。急乘緩戒，細行不修，任情適口，驚刀狼藉，不願學者三矣。夫其所不能學者，將終身不能學；而其所不願學者，斷斷乎其不學之矣。故曰雖好之，不學之也。」（上海：古籍出版社，1989 年）卷十七〈李溫陵傳〉，頁 724～725。

〔註41〕袁中道：《珂雪齋集》（上海：古籍出版社，1989 年）卷十七〈李溫陵傳〉，頁 724。

〔註42〕袁中道：《珂雪齋集》（上海：古籍出版社，1989 年）卷二十二〈心律〉，頁 955。

〔註43〕袁中道：《珂雪齋集》（上海：古籍出版社，1989 年）卷二十五〈與錢受之〉，頁 1102。

〔註44〕張岱：《琅嬛文集》：「好精舍，好美婢，好孌童，好鮮衣，好美食，好駿馬，好華燈，好煙火，好梨園，好鼓吹，好古董，好花鳥，兼以茶淫橘虐，畫蠹詩魔。」（上海：上海古籍出版社，1991 年）卷五〈自爲墓志銘〉，頁 364。

肯著人。如食橄欖，咽澀無味，而韻在回甘；如吃煙酒，鯁詰無奈，而軟同沾醉。初如可厭，而過即思之。止祥精音律，咬釘嚼鐵，一字百磨，口口親授，阿寶輩皆能曲通主意。乙酉，南都失守，止祥奔歸，遇土賊，刀劍加頸，性命可傾，阿寶是寶。丙戌，以監軍駐台州，亂民擄掠，止祥囊篋都盡，阿寶沿途唱曲，以贍主人。及歸，剛半月，又挾之遠去。止祥去妻子如脫屣耳，獨以孌童崑子為性命，其癖如此。〔註45〕

對嗜同性戀為癖的朋友，予以慷慨讚賞，無所忌諱的褒揚，並認為這是十分寶貴的人之「深情真氣」所在。

文人的筆記雜談中也有不少儒生好男色之事例。沈德符《敝帚軒剩語》記：

周用齋汝礪，吳之崑山人，文名藉甚，舉南畿解元，久未第，館於湖州南潯董宗伯家，賦性樸茂，幼無二色。在塾稍久，輒告歸。主人知其不堪寂寞，又不敢強留，微及龍陽子都之說，即恚怒變色，謂此禽獸盜丐所為，蓋生平未解男色也。主人素稔其憨，乃令童子善淫者乘醉納其莖，夢中不覺歡洽驚醒。其童愈嬲之不休，益暢適稱快。密問童子，知出主人意，乃大呼曰：「龍山真聖人！」數十聲不絕。明日，其事傳佈，遠近怪笑。龍山為主人別號，自是遂溺於男寵。不問妍媸老少，必求通體。其後舉丁丑進士，竟以羸憊而歿。〔註46〕

原本視男色為「禽獸盜丐所為」的嚴謹儒生，在一次偶然經歷同性戀的快感體驗後，竟從此耽溺追逐這樣的情慾活動，當他經歷此種快樂，便習慣於此種生活模式。他所做的事決定他成為何種人，當成為這種人後也決定去作這種事。在明代的男色小說中也常出現這種被動者經過誘導而身歷其境後，終陷於不可自拔之地的故事情節模式。〔註47〕《耳談》也記一秀才：「吉安呂子敬秀才嬖一美男韋國秀，國秀死，呂哭之慟，遂之迷惘，浪遊棄業。」〔註48〕同性間的情感篤厚甚至超越夫妻之情。

吳存存認為宮廷中的同性戀風氣當然會有一定的社會影響，但真正使男性同性戀風氣在晚明形成為一種社會風氣的，應該說還是取決於整個社會的性觀念和性取

〔註45〕張岱：《陶庵夢憶》（台北縣：漢京文化，1984年）卷四〈祁止祥癖〉，頁39。
〔註46〕沈德符：《敝帚軒剩語上‧周解元淳樸》（台北：廣文書局，1969年），頁63～64。
〔註47〕如最典型的是《弁而釵‧情真記》中翰林風翔誘導書生趙王孫。詳見醉西湖心月主人：《弁而釵‧情貞記》，頁63～125。《石點頭》十四卷〈潘文子契合鴛鴦塚〉中王仲先誘導潘文子，都出現相同的情節。詳見天然癡叟：《石點頭》（台北：三民書局，1998年），頁337～358。
〔註48〕王同軌：《耳談》（《四庫存目叢書》子部第248冊，據北京圖書館明刻本，台南縣：莊嚴文化，1995年）卷九〈呂子敬秀才〉，頁49。

向的改變，尤其是廣大士人和官員的積極參與。在中國古代，士人是社會潮流的領導者，他們的趣味和傾向有時往往會比朝廷的詔令更具號召力。〔註49〕

有這些士人儒生爲之張目，同性戀就成爲一種時尙的標誌。試想，當整個社會「則得志士人，致變童爲廝役；鍾情年少，狎麗曁若友昆」〔註50〕，都不以爲恥，反而以此爲榮的時候，即使沒有同性戀傾向的人，處在這種場合，也要順水推舟，否則反而被視爲落伍。

三、市井份子

在士大夫的示範引領下，晚明的同性戀習尙成俗，廣泛流傳至下層社會的市井份子，家奴隨僕、倡優伶童、獄犯刑徒、士卒兵丁、乞丐流民，甚至寺廟僧院、妖仙鬼神之中，都存在著許多的同性戀故事。男風興盛已呈現一股無所不在的普遍及流行。從謝肇淛《五雜組》中的敘述：

> 今天下言男色者動以閩、廣爲口實，然從吳越至燕雲，未有不知此好者也。……今京師有小唱專供縉紳酒席，蓋官伎既禁，不得不用之耳。其初皆浙之寧紹人，近日則半屬臨淸矣，故有南北小唱之分。然隨群逐隊，鮮有佳者，間一有之，則風流諸縉紳，莫不盡力邀致，舉國若狂，此亦大笑事也。外之仕者，設有門子以侍左右，亦所以代便辟也。而官多惑之，往往形諸白簡。至於媚麗儇巧，則西北非東南敵矣。〔註51〕

大致可知民間社會男色的部分情況主要有專供縉紳酒席的「小唱」、主人左右服侍的「門子」及閩、廣的「契兄弟」習俗。謝肇淛認爲當時同性戀風氣由南至北，四佈充斥，是眾所皆知之事，加上禁官妓制度，小唱一時竄紅，有絕色媚麗者，還造成「舉國若狂」的搶手。沈德符《萬曆野獲編》中也有類似的觀察：

> 至於習尙成俗，如京中小唱、閩中契弟之外，則得志士人致變童爲廝役，鍾情年少狎麗曁若友昆，盛於江南而漸染於中原，至今金陵坊曲有時名者，競以此道博游婿愛寵，女伴中相誇相謔以爲佳事，獨北妓尙有不深嗜者。〔註52〕

沈德符也是注意到小唱、閩中契弟、廝役等階層，可見當時市井間同性戀現象以這三種情況最普遍，也最爲人所熟悉。他同時也認爲同性戀風氣盛行於江南，而漸染

〔註49〕吳存存：《明淸性愛風氣》（北京：人民文學出版社，2000年），頁121。
〔註50〕沈德符：《萬曆野獲編》（北京：中華書局，1997年）卷二四〈男色之靡〉，頁662。
〔註51〕謝肇淛：《五雜組》卷八「人部四」，頁3744～3745。
〔註52〕沈德符：《萬曆野獲編》（北京：中華書局，1997年）卷二四〈男色之靡〉，頁662。

於中原，是普遍存在的。此風盛行到連娼妓亦仿雞姦行為來獻媚遊客。以下就針對此三種情況介紹。

（一）小　唱

　　小唱在明代是指當時京中對那些專以陪酒唱曲、充當同性戀行為中被動角色來謀生的人的稱呼。〔註53〕《萬曆野獲編》記：「京師自宣德顧佐疏後，嚴禁官妓，縉紳無以為娛，於是小唱盛行。」〔註54〕對於小唱，謝肇淛、沈德符都有共同的看法，認為官妓制度被禁後，使得縉紳把目標轉往小唱身上，小唱替代了妓女角色而使男娼盛行起來。官妓之革是否對此有絕對的影響，讓小唱取得替代性？有無其他複雜的因素造成小唱興盛？這值得進一步討論，留待下節再申論。明末史玄《舊京遺事》也提到：

> 唐宋有官妓侑觴，本朝惟許歌童答應，名為小唱。而京師又有「小唱不唱曲」之諺。每一行酒，止傳唱上盞及諸菜，小唱伎倆盡此焉。小唱在蓮子胡同與娼無異，其姝好或乃過於娼，有耽之者往往與托合歡夢矣。〔註55〕

這裡明白道出小唱的基本服務並非獻唱，實與妓女無異，可確定的是他們還形成一個有規模的男妓賣淫行業場所——「蓮子胡同」。晚明小說《檮杌閒評》也有關於「簾子胡同」較具體的描寫，可以側面應證之：

> 西邊有兩條小胡同，喚做新簾子胡同、舊簾子胡同，都是子弟們寓所。……只見兩邊門內都坐著一些小官，一個個打扮得粉妝玉琢，如女子一般，總在那裏或談笑、或歌唱，一街皆是。又到新簾子胡同，也是如此。
> 〔註56〕

田藝蘅《留青日札》也說：「今吳俗此風尤盛，甚至有開鋪者，何風俗之澆薄至于此乎？又何怪于淫婦之多也。今京師盛行名之曰小唱，即小娼也。」〔註57〕以上皆指出了江南與北京小唱色情化的嚴重。

（二）契兄弟、契父兒

　　同性戀具有濃厚地方民俗色彩的當數閩地的契兄弟、契父兒，大量的史料都提

〔註53〕吳存存：《明清性愛風氣》（北京：中華書局，1997年），頁126。

〔註54〕沈德符：《萬曆野獲編》卷二四〈小唱〉，頁621。

〔註55〕史玄：《舊京遺事》（北京：北京古籍出版社，1986年），頁25。

〔註56〕不題撰人：《檮杌閒評》（北京：人民文學出版社，1983年）第七回，頁75。

〔註57〕田藝蘅：《留青日札》（《續修四庫全書》子部雜家類1129，上海：上海古籍出版社）卷三〈男娼〉，頁41。

及此地域同性戀的特殊風俗。當時閩地同性戀流行的程度，沈德符《萬曆野獲編》有詳細說明，記錄了福建沿海同性戀的情況：

> 閩人酷重男色，無論貴賤妍媸，各以其類相結。長者為契兄，少者為契弟。其兄入弟家，弟之父母愛之如婿。弟後日生計及娶妻諸費，俱取辦於契兄。其相愛者，年過而立，尚寢處如伉儷。至有他淫而告訐者，名曰雞奸。雞字不見韻書，蓋閩人所自撰。其呢厚不得遂意者，或相抱繫溺波中，亦時時有之。此不過年貌相若者耳。近乃有稱兒者，則壯夫好淫，輒以多貲聚姿首韶秀者，與講衾裯之好。以父自居，列諸少年於子舍，最為逆亂之尤，聞其事肇於海寇。云大海中禁婦人在師中，有之輒遭覆溺，故以男寵代之，而酋豪則遂稱契父。〔註58〕

契兄弟的關係如同夫妻般，契兄負責契弟的一切生計，包括長大後的娶妻費用。後來也有契父兒的關係，以錢收買俊秀的契兒，用來洩慾的成分重。清代乾嘉時期的地方文學《閩都別記》〔註59〕更是把福建男風的各個方面都詳盡具體地展現出來。古代福建普通百姓家庭的「二難一少」——成年男性求偶難，籌措結婚資金難，夫妻相聚時間少，造成古代福建人性壓抑現象比較嚴重，同性戀便成了渲泄口。此外，古代福建僧侶、寺觀數量多，海上商人、水手之間皆是成為滋生同性戀的直接土壤。〔註60〕

　　福建男風反映在明代在小說中，只要喜歡分桃斷袖的人物便經常屬於閩籍，看似隨手寫出，其實有深刻的背景依據。如《弁而釵·情貞記》：「原來這翰林乃是風月場中主管，煙花寨內主盟，而平生篤好最是南路，乃福建人氏，姓風名翔。」〔註61〕《拍案驚奇》：「那縣裏有一門子，姓俞，年方弱冠，姿容嬌媚，心性聰明。

〔註58〕沈德符：《萬曆野獲編》（北京：中華書局，1997年）補遺卷三〈契兄弟〉，頁902。

〔註59〕該書作者署名里人何求，是一部福建人所寫的福州方言文學作品，書中民風內容的時間大致是以清朝乾嘉年間為下限，至少可以向前涵蓋到明朝中後期。對於民風的男風內容豐富，描述具體而全面。可分為（1）契兄——契弟（2）海寇同性戀（3）曲蹄同性戀（曲蹄即疍民）（4）同性戀結交（5）同性戀戲謔（6）優伶同性戀（7）僧人同性戀（8）道士同性戀。另外還有兩性人的同性戀、女同性戀、仙鬼同性戀、閹男做妾等都曾寫到。全書涉及同性戀多達七十回以上。詳見張在舟：《曖昧的歷程——中國古代同性戀史》（鄭州：中州古籍出版社，2001年），頁703～715。

〔註60〕徐曉望另外還舉出由於古人重男輕女，溺斃女嬰現象嚴重，尤其是江南地區，男女性比例失調十分嚴重，據乾隆《浦城縣誌》載，明萬曆四十八年（1620），浦城縣的男子有32906人，女子11628人，性別比例為2.8：1。詳見徐曉望：〈從「閩都別記」看中國古代東南區域的同性戀現象〉，（《尋根》，第1期，1999年，頁36～41）。

〔註61〕醉西湖心月主人：《弁而釵·情貞記》第一回，頁67。

原來這家男風是福建人的性命，林斷事喜歡他，自不必說。」〔註62〕《型世言》第三十回：「這陳代巡是福建人，極好男風。那繼良已十七歲了，反把頭髮放下，做個披肩。代巡一見，見他短小標致竟收了。」〔註63〕文學作品在講某人是同性戀時順便寫出他的籍貫所在，這就是把男風和地域相聯繫，福建因名聲在外，是較易被聯繫上的。〔註64〕《石點頭》也提及此地男子酷好此道，因而常發生同性戀雞姦引起之訴訟：「漳州詞訟，十件事倒有九件是爲雞奸事，可不是個大笑話？」〔註65〕同書也提到了有關閩地契兄弟嫁娶的風俗：「福建有幾處，民家孩子若生得清秀，十二三歲，便有人下聘。」〔註66〕至清代小說仍經常指出此地男色情況非同尋常。〔註67〕

（三）門 子

再說門子，「外之仕者，設有門子以侍左右，亦所以代便辟也。」指的是外任的官吏因爲在外地不便帶家眷，也或許碰不上標致小唱時，故以「門子」代之。門子、廝役通常有固定主人，以奴僕身分出現的孌童。其以卑幼的身分，進入主人家後是主人的財產和工具，無條件供人役使。其爲勢所迫，也常被主人馴服，充當同性戀的被動角色。主人外出時，門子經常隨侍，通常也就拿來一時「性」起的發洩之用。這些門子的來源，有人認爲：

〔註62〕凌濛初：《拍案驚奇》（江蘇：古籍出版社，1990年）卷二六，頁456。

〔註63〕陸人龍：《型世言》（北京：中華書局，1993年）三十回，頁424。

〔註64〕康正果：《重審風月鑑──性與中國古典文學》，頁692。

〔註65〕天然癡叟：《石點頭》（台北：三民書局，1998年）十四回，頁338。

〔註66〕天然癡叟：《石點頭》（台北：三民書局，1998年）十四回，頁337～338。李漁《無聲戲》中更具體寫出閩地契兄弟聘娶的風俗：「福建的南風，與女人一般，也要分個初婚、再醮。若是處子原身，就有人肯出重聘，三茶不缺，六禮兼行，一樣的明婚正娶。若還拘管不嚴，被人嘗了新去，就叫做敗柳殘花，雖然不是棄物，一般也有售主，但只好隨風逐浪，棄取由人，就開不得雀屏，選不得佳婿了。……福建地方，南風雖有受聘之例，不過是個意思，多則數十金，少則數金，以示相求之意。」（杭州：浙江古籍出版社，1987年）第六回〈男孟母教合三遷〉，頁115。

〔註67〕如夏敬渠在《野叟曝言》提及：「他們這裏，當著是家常茶飯，小廝們若是沒有契哥，便是棄物。」（台北：文化圖書，1992年）六七回，頁575。李漁在《連城璧》中也特別提及福建的男風：「從來女色出在揚州，男色出在福建，這兩件土產是天下聞名的。」（杭州：浙江古籍出版社，1987年）第九回，頁369。李漁在《無聲戲》裡也寫出契兄弟、契父兒間彼此的依存關係：「或者年長鰥夫，家貧不能婚娶，借此以泄欲火；或者年幼姣童，家貧不能糊口，借此以覓衣食，也還情有可原；如今世上，偏是有妻有妾的男子酷好此道，偏是豐衣足食的子弟喜做此道，所以更不可解。此風各處俱尚，尤莫盛於閩中。」（杭州：浙江古籍出版社，1987年）第六回〈男孟母教合三遷〉，頁108。

明代立國，崇尚酷刑峻法，罪至流徙，則妻孥子女，皆沒入官，女的成爲倡妓，男則成爲賤民。比較面目姣好的，則撥充一些權貴之家作爲廝役。因爲他們本身的自由已被剝奪，而且一切皆隸屬於主人，於主人的命令是不能抗拒的，所以只要主人具有後庭之好，也就可以隨便將他們加以享樂，使充下陳，或者是授以歌舞，作爲遊宴飲樂時助興侑酒的娛樂工具。……明初靖難之變忠臣家屬，皆沒爲男女伎樂户。每逢一次大獄興起，往往也就是這些男色好尚者一次最好的購買孌童機會。〔註68〕

門子的身份低賤，被買入後無人身自由，面目姣好些的就是充當孌童，與主人之間是一種被奴役的性關係。

上述小唱、閩地的契兄弟及門子等三種情況，閩地的契兄弟與男女正式的婚姻儀式相同，其特殊性與京城和江南的小唱及門子的情況不同，前者不是賣淫性質，反而近似於正式的婚姻儀式、關係，且是公開性的得到社會、親朋的認可，加上雙方多爲平民百姓，屬於較平等的關係。反觀小唱及門子，通常是被當作一種上對下的性娛樂玩弄對象。

市井下層同性戀的情況較爲複雜，除了小唱、門子外，成員包含很廣，如《萬曆野獲編》提到有囚犯之間的同性戀：

罪囚久繫狴犴，稍給朝夕者，必求一人作偶。亦有同類爲之講好，送入監房與偕臥起。其有他淫者，至相毆訐告，提牢官亦有分剖曲直。〔註69〕

獄中長期監禁的囚犯，有能力者會帶名同性伴侶和他住一起。沒有能力的，常發生姦淫他人而引起糾紛之事。另有發生在兵卒之間的，《萬曆野獲編》：

西北戍卒，貧無夜合之資，每於隊伍中自相配合。其老而無匹者，往往以兩足四代之，孤苦無聊，計遂出此。〔註70〕

同性戀的風氣連囚徒戍卒都勢不能免，明代的同性戀，已不只是帝王貴族的專利。《耳談》也生動的記述了一件市兒與兵卒間同性戀的愛恨情仇。〔註71〕因單一性別環境因素所產生的情境式同性戀，如監獄、軍隊，至今亦頻仍發生。

四、小說中所反映的男色

民間男風的流行景況不見於正史文獻，但晚明的各種文獻資料，男色題材大量

〔註68〕石人：《中國古代同性戀秘聞》（香港：天地圖書有限公司，2004年），頁242～243。
〔註69〕沈德符：《萬曆野獲編》（北京：中華書局，1997年）卷二四〈男色之靡〉，頁662。
〔註70〕沈德符：《萬曆野獲編》（北京：中華書局，1997年）卷二四〈男色之靡〉，頁662。
〔註71〕詳見王同軌《耳談（《四庫存目叢書》子部第248冊，據北京圖書館明刻本，台南縣：莊嚴文化事業，1995年）》卷三〈兵子〉，頁81。

被文人以雜談筆記方式記錄下來，而更豐富多樣、具體清晰的資料，則反映在當時流行的通俗小說中。小說比其他文體更能反映社會中市井百姓的生活種種，所以對於此時代男風的潮流著墨最多。以下略述明代小說中有涉及男色或男風情形的作品。

《癡婆子傳》以第一人稱敘寫阿娜曲折的性生活。當中阿娜夫曾與夫兄克奢的寵奴盈郎有私，「奢有奴名盈郎者，年廿一二，白而美，如秦宮、馮子都後身，方以後庭爲事。」〔註72〕

《金瓶梅》雖主要寫西門慶和眾多女性的異性性行爲，但也描寫他和男性間的同性性行爲。例如三十四回描繪了西門慶與書僮：「西門慶見他吃了酒，臉上透出紅白來，紅馥馥唇兒，露著一口糯米牙兒，如何不愛？」〔註73〕西門慶周圍，有書童、春鴻、春燕、王經四個侍男，供他隨時淫樂，此外，他還不時招一些優兒到府供唱，所近男色，幾乎與妓女等數，以致招來潘金蓮等人的不滿。不僅是自己享受，還將所寵愛的書童作爲巴結蔡狀元的手段。他的女婿陳敬濟，到道觀出家時，也與師兄金宗明狎昵。

《繡榻野史》〔註74〕，寫東門生與小他十二歲的小秀才趙大里，日裡爲兄弟，夜裡爲夫妻。東門生爲討好趙大里，讓妻子供其淫亂。

《浪史》〔註75〕寫梅素先與僮兒陸珠。

《童婉爭奇》〔註76〕（1624）上卷寫孌童與美妓爭風奪客的故事。故事主旨是

〔註72〕芙蓉主人輯，情癡子批校：《癡婆子傳》（《中國歷代禁毀小說集粹》第2輯第2冊，台北：雙笛國際事業出版公司，1994年），頁76。《癡婆子傳》又名《癡婦說情傳》，明代文言小說，傳奇性描寫文學。凡2卷，33則，題「芙蓉主人輯」，「性癡子批校」，現存有乾隆甲申序刻本和寫春園叢書本等。批語中亦有芙蓉主人之手筆，知此書之作者生活年代當早於萬曆四十年（1612），成書年代在明中葉。書中稍稍可以看到一些《飛燕外傳》、《如意君傳》的影響，但沒有明顯受《金瓶梅》影響的地方，本書或作於《金瓶梅》之前。

〔註73〕蘭陵笑笑生：《金瓶梅》（據萬曆丁巳本重刊，台北：三民書局，1991年）三十四回，頁289。

〔註74〕《繡榻野史》明萬曆年間刊本，卷首題「情顚主人著」，據王伯良《曲律》卷四雜論，知爲爲呂天成少年遊戲之筆所作。

〔註75〕《浪史》又名《浪史奇觀》、《巧姻緣》、《梅夢緣》，爲明代長篇色情小說，凡四十回，萬曆中後期作品，作者署名「風月軒又玄子著」，其姓名不可考，現存有嘯風軒本與日本抄本。此採用版本爲風月軒又玄子：《浪史》（陳慶浩、王秋桂編：《思無邪匯寶》4，台北：大英百科出版公司，1994年）。

〔註76〕竹溪風月主人（鄧志謨）浪編：《童婉爭奇》（1624）卷上爲孌童婉女爭風故事的主體、卷中專收有關男色之情、卷下則收男女情愛之詩賦詞曲簡牘之選集。此採用版本爲《明清善本小說叢刊初編》第七輯《鄧志謨專輯》鈔本，（台北：天一書局，1985年）。

對男女妓可以同時兼好，「以和為貴」。

《禪真逸史》第十三回寫禪房寺廟和尚、道士的同性行為：「年方一十二，先師愛如珍寶，與我同榻而睡。一夜，先師醉了，將我摟定親嘴，幹起後庭花來，怎當這老，玉莖雄偉，我一時啼哭，先師……道：「這是我道教源流，世代相傳，若要出家作道士，縱使鑽入地裂中去，也是避不過的。」「和婦人交媾為狡陰，與童子淫狎為朝陽。」〔註77〕

《石點頭》〔註78〕第十四卷〈潘文子契合鴛鴦塚〉歌詠潘文子和王仲先兩個學子生死不渝的故事。更道出各地同性戀的地方術語：「那男色一道，從來原有這事。讀書人的總題，叫做翰林風月。若各處鄉語，又是不同：北方人叫炒茹茹，南方人叫打篷篷，徽州人叫塌豆腐，江西人叫鑄火盆，寧波人叫善善，龍游人叫弄苦蔥，慈溪人叫戲蝦蟆，蘇州人叫竭先生，《大明律》上喚做以陽物插入他人糞門淫戲。話雖不同，光景則一。」〔註79〕雖然這些用語不確定真實，作者有意透露男同性戀的無所不在。

《醒世恒言》〔註80〕第十卷〈劉小官雌雄兄弟〉中，描寫了著女裝的老年男人與青年男子桑茂的同性性行為。

《拍案驚奇》第十七卷寫知觀與太素、太清的性行為；〔註81〕第二六卷〈奪風情村婦捐軀，假天語幕僚斷獄〉中，描寫和尚的同性性行為：「智圓生得眉目清秀，風流可喜，是那老和尚心頭的肉。……這個大覺年有五十七八了，卻是極淫毒的心性，不異少年，夜夜摟著智圓作一床睡的。兩個說著婦人家滋味，好生動興，就弄那話兒，消遣一番，淫褻不可名狀。」「老和尚是個騷頭，本事不濟，南北齊來。」〔註82〕

〔註77〕 清溪道人：《禪真逸史》（上海：上海古籍出版社，1990年）十三回，頁189～190。
《禪真逸史》八卷四十回，全稱《新鐫批評出像通俗奇俠禪真逸史》，天啟間刊本，清溪道人即方汝浩，明洛陽人，寓居杭州。除本書外，尚有《東度記》、《禪真後史》等小說行世。

〔註78〕 《石點頭》十四卷，刊行於崇禎初年，作者天然癡叟，胡士瑩以為即席浪仙，明葉敬池刊本，首猶子龍序。上海古籍出版社1957、1985年版均刪去第十一回〈江都市孝婦屠身〉及第十四回〈潘文子契合鴛鴦塚〉。書名《石點頭》，以生公在虎丘說法，頑石點頭命意。此採用版本為天然癡叟：《石點頭》（台北：三民書局，1998年）。

〔註79〕 天然癡叟：《石點頭》（台北：三民書局，1998年）十四卷〈潘文子契合鴛鴦塚〉，頁337。

〔註80〕 此採用版本為馮夢龍：《醒世恒言》（台北：三民書局，1988年）。

〔註81〕 凌濛初：《拍案驚奇》（江蘇：江蘇古籍出版社，1990年）第十七卷，頁270～299。

〔註82〕 凌濛初：《拍案驚奇》（江蘇：江蘇古籍出版社，1990年）第二六卷，頁456～459。

　　《隋煬艷史》中服侍煬帝的一個小黃門「止好有十六七歲，倒生得唇紅齒白，有幾分俊俏」，聞「變童之妙」的煬帝便動了慾火而行後庭之樂。〔註83〕

　　《鼓掌絕塵》三十三回：「世情顛倒，人都好了小官。勾欄裡幾個絕色名妓，見沒有生意，盡搬到別處去賺錢過活。還有幾個沒名的，情願搬到教坊司去，習樂當官。」有一小官「喚做沈七，年紀不過十五、六歲，頭髮披肩，果然生得十分聰俊。」〔註84〕

　　《二刻拍案驚奇》第十七卷：「而今世界盛行男色，久已顛倒陰陽，那見得兩男嫁娶不得？」〔註85〕第三四卷任君用與楊太尉的性行為；築玉夫人與侍婢如霞的性行為。

　　《龍陽逸史》二十回專門收集下階層賣淫小官的話本總集。幾乎每集都提及小官當道的情景，是本論文主要的研究重點。

　　《宜春香質》〔註86〕專以張揚龍陽小官的卑鄙惡劣、勢利醜態的行徑為主，並說明「男專女姪，……倒男兒之綱，並紊女眞之紀，頹陽明之氣，並亂陰順之節」〔註87〕的思想。與《龍陽逸史》的風格較近似，反映小官貪戀錢鈔的醜狀：「乃有市井小子，藉此為騙錢營生，利身活計，以皮肉為招牌，以色笑為媒妁，賣弄風騷，勾引情竅，坑了多少才人，陷了無數浪子。」〔註88〕〈月集〉第一回：「男子生得標致，便是惹賤的招頭。上古子都、宋朝，只為有了幾分姿色，做了千古南風的話柄。世至今日，一發不堪說了。未及十二三歲，不消人來調他，若有兩分俏意，便梳油頭，著艷服，說俏話，賣風騷，丟眼色，勾引孤老朋友，甚至獻臀請搗，有淫婦娼根所不屑為者，覥然為之，不以為恥。弄得一個世界，衣冠雖存，陽明剝盡。妄婦載道，陰霾燭天。」〔註89〕《宜春香質》以負面的小官，痛斥其「蕩情」，而

〔註83〕齊東野人：《隋煬豔史》（《中國歷代禁毀小說集粹》第1輯第7冊，台北：雙笛國際事業出版公司，1994年），三三回，頁217～218。《隋煬豔史》全名《新繡全像通俗演義隋煬帝豔史》，八卷四十回，明代長篇白話小說，序署有崇禎辛未（1631）。

〔註84〕金木散人編著：《鼓掌絕塵》三十三回（江蘇：古籍出版社，1990年），頁397。《鼓掌絕塵》全稱《新鐫出像批評通俗小說鼓掌絕塵》，題辭署有崇禎辛未（1631），分風、花、雪、月四集，每集十回演一個故事，為短篇白話小說的合集。

〔註85〕凌濛初：《二刻拍案驚奇》（江蘇：古籍出版社，1990年），頁341。

〔註86〕《宜春香質》存有明崇禎年間筆耕山房刊本，現藏日本天理圖書館，卷首署「醉西湖心月主人著」，「且笑厂芙蓉癖者評」，「般若天不不山人參」。分風、花、雪、月四集，每集五回演一個故事。此採用版本為醉西湖心月主人：《宜春香質》（陳慶浩、王秋桂編：《思無邪匯寶》7，台北：大英百科出版公司，1994年）。

〔註87〕醉西湖心月主人：《宜春香質·花集》第一回自評，頁172。

〔註88〕醉西湖心月主人：《宜春香質·花集》第一回，頁162。

〔註89〕醉西湖心月主人：《宜春香質·月集》第一回，頁294。

追求一種理想的「眞情」。〔註90〕

《弁而釵》〔註91〕與《宜春香質》取大致相同的題材，所寫小官都是正面人物，二書內容看似迥然相異，但思想觀點實同，追求一種「至情」〔註92〕。把男性同性戀與男女間的正當愛情相提並論，冠之以「情貞」、「情俠」、「情烈」、「情奇」的美稱，明顯受到馮夢龍《情史》的影響。

《型世言》〔註93〕第九回寫王原尋父到某寺，卻先見到兩個和尚親嘴，又通過引見和尚與知客和尚的爭著讓王原陪宿，寫出寺廟的同性戀之風。第二十三回寫紈袴子弟朱愷一把陳有容收買成契弟。第三十四回寫孤兒張繼良，憑著美貌先與友人狎，引起友妻妒後，又入寺，被月公寵愛。後何知縣見而寵之，帶回縣衙，他收賄擅權，名揚遠近。當陳代巡來查何知縣時，他又自薦到陳代巡身邊。陳代巡也好男風，又受寵。陳代巡欲彈劾何知縣時，他恃寵盜印，救了何知縣，從此更肆意妄為。對何知縣有所不滿時，他鼓動舉人、生員揭發之，使其丟了官。〔註94〕上下官場，簡直成了同性戀的世界，其為害也於此彰顯出來。

《西湖二集》提出了「妒婦有六可恨」：「第三恨道，男子娶小老婆、偷婦人，已是異常可恨之事了，怎生又突出一種男風來，奪俺們的樂事，搶俺們的衣食飯碗，這一件事你道可省得麼？……那不知趣的男兒，偏生耽戀著男風，就像分外有一種妙處的一般，我斷斷解說不出。這是第三著可恨之處了。」男子平日除了三妻四妾可紓解個人的情色慾望，此時又有「男風」風氣，或有男妾、相公、變童相伴狎暱，家中主婦如何不妒？「第四恨道，婦人偷了漢子，便要懷孕，生出私孩子來，竟有形跡，難以躲閃，就如供狀一般，所以婦人不敢十分放手，終究有些忌憚。男子偷

〔註90〕醉西湖心月主人：《宜春香質‧風集》：「太上忘情，其下不及情，情之所鍾，正在我輩。我輩而無情，情斯頓矣。蓋有情則可以為善，無情則可以為不善；降而為：蕩情則可以為善，可以為不善矣！世無情無欲其有情，舉世溺情，吾更慮其蕩情。情至於蕩，斯害世矣！」第一回，頁95～96。

〔註91〕《弁而釵》分〈情貞紀〉、〈情俠妓〉、〈情烈紀〉、〈情奇紀〉四集，每集五回，演一個故事，有圖像三十二幅。與《宜春香質》同是筆耕山房刊本，同一作者，兩書均是崇禎年間作品。此採用版本為醉西湖心月主人：《弁而釵》（陳慶浩、工秋桂編：《思無邪匯寶》6，台北；太英百科出版公司，1994年）。

〔註92〕醉西湖心月主人：《弁而釵‧情貞紀》：「情之所鍾，正在我輩，今日之事，論理自是不該，論情則男可女，女亦可男。」第三回，頁97～98。

〔註93〕陸人龍：《型世言》，十卷四十回，著名書坊主人陸雲龍評點並刊行，刊行年代約為崇禎五、六年間，與《二刻拍案驚奇》（1632）相近。根據陳慶浩的研究，今傳世的《幻影》、《三刻拍案驚奇》和《別刻拍案驚奇》等書，均係《型世言》一書之殘本。此採用版本為陸人龍：《型世言》（北京：中華書局，1993年）。

〔註94〕陸人龍：《型世言》三十四回，頁473～483。

了婦人、小官，並無蹤影可以查考，所以他敢於作怪放肆、恣意胡爲。」〔註95〕

《檮杌閑評》〔註96〕中朝三暮四、放蕩非爲的魏進忠在京作程中書的長隨兼男寵。

《歡喜冤家》〔註97〕第三回寫章必英因罪入獄，牢頭見他生的標致，留他在座頭上相幫照管，夜間做個伴兒。十三回敍朱芳卿相與了一個標緻小官張揚，年方一十七歲，十分秀麗，龍天生也看上他，朱芳卿因也看上龍天生的小妾，於是張揚爲朱設計，讓兩人與彼此的妾皆有染。續第十一回敍小官夢花生以男色騙財的故事。

除了小說外，在當時的笑話〔註98〕及馮夢龍《山歌》〔註99〕、《掛枝兒》〔註100〕的這一類作品中，也表現對同性戀戲謔卻不失包容的調侃態度。

相距不到幾年，文人相繼表現此類題材，使明代的同性戀文學蔚爲奇觀，也可從此現象推測當時同性戀的盛行。

第二節　明代男色盛行原因

本節著重探討明代男同性戀盛行的原因，欲從時代背景的脈絡上，以當時社會、

〔註95〕 周楫：《西湖二集》（江蘇：江蘇古籍出版社，1994 年）卷十一，頁 181。《西湖二集》爲明末短篇小說集。周楫著，原刊於崇禎年間。共 34 卷，每卷 1 篇，都是與西湖有關的故事。其書取材大部分出自《西湖遊覽志餘》、《皇明從信錄》，間亦採取《情史》、《剪燈新話》、《南村輟耕錄》等書。從第 17 卷的說明中可知尚有《西湖一集》，今已不傳。此採用版本爲

〔註96〕 《檮杌閑評》五十回，據繆荃孫、鄧之誠等人認爲，疑作者爲李清。李清（1602～1683）江蘇興化人，崇禎四年（1631）進士。清末石印本改題書名爲《明珠緣》，蓋因主要人物魏忠賢與客印月以明珠爲定情之物，表明該書具有歷史小說與言情小說合流的傾向。此採用版本爲不題撰人：《檮杌閑評》（北京：人民文學出版社，1983 年）。

〔註97〕 西湖漁隱主人：《歡喜冤家》，又名《貪歡報》，分正續二集，每集十二回，是一本白話短篇小說集，每回演述一個故事，多爲男女之情。作者的眞實姓名和簡歷都不可考。此採用版本爲西湖漁隱主人：《歡喜冤家》（陳慶浩、王秋桂編：《思無邪匯寶》10、11，台北：大英百科出版公司，1994 年）。

〔註98〕 馮夢龍編：《古今譚概》（上海：上海古籍出版社，1993 年）「癖嗜部第九」〈好外〉，頁 413～414。墨憨齋主人：《笑府》（上海：上海古籍出版社，1993 年）卷六「殊稟部」〈好外〉（頁 202～203）、〈精童〉（頁 203～204），《笑府》卷三「世諱部」〈世襲小官人〉（頁 82）、〈龍陽新婚〉（頁 83～85）。

〔註99〕 馮夢龍：《山歌》（上海：上海古籍出版社，1993 年）〈姹童〉頁 101、〈風臀〉頁 102、〈後庭〉頁 84、〈後庭心〉頁 153。

〔註100〕 馮夢龍：《掛枝兒》〈小官人〉：「一時間吃這碗飯，難推難卻。綽趣的多，使錢的少，也只是沒法。每日間清早起，直忙到夜，大老官才放得手，二老官又拖到家。」（上海：上海古籍出版社，1993 年）「謔部九卷」，頁 257～258。

經濟、制度、人文思潮帶給人們的衝擊變化作爲論述分析的重點。明代整個社會對同性戀趨之若騖到「舉國若狂」，你行我效的表象之下，其實蘊藏著許多深刻的政治、經濟、法律、文化、倫理、觀念等因素。以下試作分析。

一、文化思潮因素

（一）對人欲的肯定

　　行之已久的宋明理學極力貶低人性中最活躍、最爲蓬勃、最爲社會進步所需的情慾、物欲，結果勢必造就出大批表面上恂恂儒雅，而內心私欲膨脹，因過渡壓抑而畸形變態的兩重性格。〔註101〕王陽明心學的崛起與廣泛傳播，在一定程度上打破了理學的思想禁錮和僵化的局面，整個明代中晚期可說是籠罩在王陽明的心學體系之下，〔註102〕其「致良知」的理論構成中，重視個體的存在價值，帶有強烈的主觀意志和感情色彩，對嚴重脫離生活實際的理學進行了批判。後來的王艮、李贄又極力擴大心學的影響，使心學風靡天下，揭露了理學中虛僞及不合理的部分，動搖了程朱理學在意識形態領域中的權威地位。

　　王艮的「百姓日用之道」〔註103〕肯定的維護著人們基本生活物質需求的能力；「尊身論」〔註104〕在理論上承認了人欲的合理性，皆適應了當時社會經濟出現新因素的要求。其所創的泰州學派，在社會上產生很大的影響，也爲以後李贄的「穿衣吃飯，即是人倫物理」〔註105〕提供思想啓蒙。

　　李贄肯定人欲，進而強調「私」乃是一種人所共有的天性〔註106〕，把「人欲」提高到「天理」的地位。以此之故，他對社會上鄙薄商人的現象提出了譴責：「且商

〔註101〕陶慕寧：《青樓文學與中國文化》（北京：東方出版社，1993年），頁65。
〔註102〕張廷玉：《明史・儒林傳》謂：「門徒遍天下，流傳逾百年，其教大行，其弊滋甚。」，頁7222。
〔註103〕王艮《王心齋全集》卷二：「百姓日用條理處，即是聖人之條理處。」詳見（台北：廣文，1987年），頁4。「何邪思何妄念？惟百姓日用而不知。」，頁13。「聖人之道無異於百姓日用。」，頁15。
〔註104〕王艮：《王心齋全集・答問補遺》：「身也者，天地萬物之本也；天地萬物，末也。身與道原來是一件，至尊者此道，至尊者此身，尊身不尊道，不謂之尊身；尊道不尊身，不謂之尊道，須道尊身尊才是至善。」（台北：廣文，1987年）卷一，頁45。把「吾身」放到極高的位置，先安保自己的身，也就必然要滿足此身所賴以存在的物質與精神需要，天地萬物都是爲了滿足這種需要而存在的。
〔註105〕李贄：《焚書・答鄧石陽》（台北縣：漢京文化事業，1984年）卷一，頁4。
〔註106〕李贄：《焚書・答耿中丞》：「富貴利達所以厚吾天生之五官，其勢然也。」卷一，頁17。又提出：「如好貨，如好色，如勤學，如進取，如多積金寶，如多買田宅爲子孫謀，博求風水爲兒孫福蔭，凡世間一切治生產業等事，皆其所共好而共習，共知而共言者，是眞邇言也。」《焚書・答鄧明府》卷一，頁40。

賈亦何可鄙之有？」提到經商所經歷的困阻：「挾數萬之資，經風濤之險，受辱于關吏，忍垢于市易，辛勤萬狀，所挾者重，所得者末。」〔註107〕他主張商人理應獲得社會的尊重，這也促發明代愈多人「棄農從商」的觀念。

泰州學派最明顯的特點，是在一定程度上肯定了人欲存在的合理性、正當的物質欲望，也讓一向被壓抑的自然情欲有了更多伸展的空間。他們的言論對晚明社會縱欲思潮的形成和氾濫有著直接的影響。士大夫們的思想由此受到極大的震動，長期被壓抑的欲望漸掙脫出來，追求人性的解放成爲晚明士人普遍的思想傾向。他們崇尙天然，追求自由解放，表現了一種對非常態、富於刺激性的情愛渴望，從而導致晚明社會人欲橫流的局面。文學上公安派代表袁宏道在詩文中多次表現出追求享樂的思想，他鼓吹人生有五大樂，〔註108〕把追求自身享樂及滿足看作人生目的，實際上也倡導了一種享樂、縱欲主義的頹廢生活方式。

這股潮流也衝擊了傳統教化的文藝觀念。《金瓶梅》的問世使小說跳出了歷史演義和英雄傳奇的圈子，以世情世態和家庭瑣事爲題材的別開生面，進入到眞正寫「人」的新格局。李贄批點《西廂記》，更評點豔情小說《繡榻野史》。袁宏道謂：「《金瓶梅》從何得來？伏枕略觀，雲霞滿紙，勝於枚生《七發》多矣。」〔註109〕另在其所編《花陣綺言》題詞稱：「麗詞綺言，種種魂銷，……其勝三墳五典、秦碑漢篆，何啻萬萬。」〔註110〕張岱也云：「淫靡之事，出以風韻；習俗之惡，愈出愈奇。」〔註111〕好色之事皆可美化成風流韻事，求奇爲尙。

（二）尚奇主情的思潮

在文化新潮的鼓蕩下，泰州學派把心學愈來愈向感性方向推移，明確地提倡自然，肯定人欲。鮮明的市民性、世俗性，影響社會風俗、心理、思潮、文學藝術上

〔註107〕 李贄：《焚書・又與焦弱侯》（台北縣：漢京文化事業，1984 年）卷二，頁 48。

〔註108〕 袁宏道：「然眞樂有五，不可不知。目極世間之色，耳極世間之聲，身極世間之鮮，口極世間之譚，一快活也。堂前列鼎，堂後度曲，賓客滿席、男女交舄，燭氣熏天，珠翠委地，金錢不足，繼以田土，二快活也。中藏萬卷書，書皆珍異。宅畔置一館，館中約眞正同心友十餘人，人中立一識見極高，如司馬遷、羅貫中、關漢卿者爲主，分曹部署，各成一書，遠文唐宋酸儒之陋，近完一代未竟之篇，三快活也。千金買一舟，舟中置鼓吹一部，妓妾數人，遊閒數人，泛家浮宅，不知老之將至，四快活也。然人生受用至此，不及十年，家資田地蕩盡矣。然後一身狼狽，朝不謀夕，托缽歌妓之院，分餐孤老之盤，往來鄉親，恬不知恥，五快活也。」詳見《袁宏道集箋校・龔惟長先生》（上海：上海古籍出版社，1979 年），頁 205～206。

〔註109〕 袁宏道：《袁宏道集箋校・錦帆集之四・董思白》（上海：上海古籍出版社，1979 年），頁 289。

〔註110〕 袁宏道：《花陣綺言》（上海：上海古籍出版社，1992 年），頁 3～4。

〔註111〕 張岱：《陶庵夢憶・煙雨樓》（台北縣：漢京文化事業，1984 年）卷六，頁 56。

各個層面，市民的情趣、世俗的格調浸染，煽起了如火如荼的世俗享樂之風。率性自為的人格理想和世俗享樂的精神傾向，化為一種慕奇好異、獨抒性靈的審美精神。更多地追求超脫外物的束縛，滿足個人的生活情趣或主觀的精神境界，這就構成了明人崇尚新奇、標樹真情的審美精神。〔註112〕文人的奇行怪舉、奇談怪論和奇異思想，在文壇和社會上也掀起了一股慕新好奇的思潮，催生出明人特有的「新奇」的審美精神。越是怪癖，就越有個性。癖於什麼並不要緊，只要能到成癖的程度，情有所鍾。一旦對某事成癖，則通常表現出過人之處，發而為奇技淫巧。〔註113〕如張岱對友人祁止祥癖的肯定，〔註114〕而其本身好美婢又好孌童，表現出不守規範、不受羈鎖、率性自為、作異好奇的前所未見之人格特徵。

在文藝創作中，人們開始嗜好新鮮而奇特的題材，特別強調戲曲、小說要在完整的情節結構中「作意好奇」。情節內容之「奇」，絕不僅僅是指描寫神靈變異、稀奇古怪的故事，而主要是指於平常中見奇特、描寫日常生活中的奇人奇事。〔註115〕凌濛初把他的小說集稱為《拍案驚奇》，在序言中特別解釋：「今之人但知耳目之外，牛鬼蛇神之為奇，而不知耳目之內，日用起居，其為譎詭幻怪，非可以常理測者固多也。」〔註116〕把「奇」限定為現實生活中的「奇」，正道出了時代的風尚。正是在這種社會風氣和社會意識的鼓蕩下，才出現了像《金瓶梅》小說這樣連篇纍牘地描寫男女性交的作品，也出現了《三言》、《二拍》對市井瑣事津津樂道的篇章，以及許多刻畫男女私褻情狀的春宮畫，甚至開始夾雜非常態的性關係描寫。這樣的一種社會心理和態度，又反過來刺激社會生活和文學藝術中新奇事物的層出不窮，蔚然大觀。

馮夢龍提出的「情教」說，「藉男女之真情，發名教之偽藥」，〔註117〕只要發自至情至性，必當等同尊重。「真情」除了從真摯之情去詮釋外，亦具有忠於自己情感的意蘊，自我感情的忠實可以超越社會既有的價值認同，其愛情即使有違禮法也還是受到祝福，情欲的優先性已超越禮法，這是明代人心靈結構的一大轉化。這種「至情」論還不只適用在男女關係上，超出男女關係的同性關係亦可得到包容，所以在《情史》中還特立〈情外〉類，專為同性戀者立類。馮夢龍認為：「飲食男女，人之

〔註112〕　郭英德、過常寶：《明人奇情》（台北縣：雲龍出版社，1996年），頁1。

〔註113〕　郭英德、過常寶：《明人奇情》（台北縣：雲龍出版社，1996年），頁125。

〔註114〕　張岱：《陶庵夢憶‧祁止祥癖》卷四：「人無癖不可與交，以其無深情也；人無疵不可與交，以其無真氣也。余友祁止祥有書畫癖，有蹴鞠癖，有鼓鈸癖，有鬼戲癖，有梨園癖。……止祥去妻子如脫屣耳，獨以孌童崑子為性命，其癖如此。」，頁92～93。

〔註115〕　郭英德、過常寶：《明人奇情》（台北縣：雲龍出版社，1996年），頁46。

〔註116〕　凌濛初：《拍案驚奇‧序》（江蘇：古籍出版社，1990年），頁741。

〔註117〕　馮夢龍編：《山歌‧序》（江蘇：江蘇古籍出版社，1993年），頁3。

大欲。……男女並稱，所由來矣。其偏嗜者，亦交譏而未見勝也。……世固有癖好若此者，情豈獨在內哉？」〔註118〕明確地將同性戀與主流的異性戀相提並論，並認為兩者之間不存在優劣或正常與反常的區別。《弁而釵》也明顯受到馮夢龍「情教」的影響。把男同性戀與男女間的愛情相提並論，〈情貞記〉寫風翔、趙王孫兩人「始以情合，終以情終」，並借風翔一段話來證明：「情之所鍾，正在我輩。今日之事，論理自是不該，論情則男可女，女亦可男。可以由生而之死，亦可以自死而之生。局于女男生死之說者，皆非情之至也。」〔註119〕〈情俠記〉想證明「兒女之情，雖英雄亦不能免」〔註120〕；〈情烈記〉目的是表現文韵「情感之遇，生死不易，為情而死」〔註121〕的主題。篇名冠之以「情貞」、「情俠」、「情烈」、「情奇」的美稱。強調兩人相愛只要是「至情」的表現，可以超越性別及生死。這樣的觀念不僅適用在異性戀身上，更拿來套用在同性戀身上，可說是具有先進思想。比起現在的同性戀者還在爭取「性別無罪，真情有理」，早了幾百年。

二、商品經濟因素

明代中葉以後，經濟的恢復和財富的積聚使社會上娛樂風氣開始抬頭，人們的生活態度和價值觀念開始產生巨大的裂變。此時期消費風俗變遷的特徵具有追逐時髦、競相奢侈和違禮逾制三個特點。〔註122〕明代競營奢靡的消費風氣，充分表現了營居室、築園亭、侈飲食、備僕從、養優伶、蓄姬妾、召妓女、事博奕、易古董等不同層面的個人欲望。〔註123〕現世享樂的消費觀念背後，裏挾著對物質、享樂、欲念等的沉湎與無厭的追求。這是一種全新的生活觀念和生活態度，商品經濟不僅帶來了世風的變化，也帶來這種以人為中心的價值觀，使得消費人生具有了複雜的意義。王琦《寓圃雜記》觀察江南吳中地區的變化提到：

> 迨成化年間，余恒三四年一入，則見其迥若異境，已至於今，愈亦繁盛。……水巷中，光彩耀目，遊山之舫，載妓之舟，魚貫於綠波朱閣之間，絲竹謳舞與市聲相雜。凡上供錦綺、文具、花果、珍羞奇異之物，歲有所

〔註118〕 馮夢龍編：《情史》卷二二「情外類」（上海：上海古籍出版社，1993年），頁910。
〔註119〕 醉西湖心月主人：《弁而釵・情貞記》第四回，頁97～98。
〔註120〕 醉西湖心月主人：《弁而釵・情俠記》第一回，頁127。
〔註121〕 醉西湖心月主人：《弁而釵・情烈記》第一回，頁193。
〔註122〕 常建華：〈論明代社會生活性消費風俗的變遷〉，《南開學報》第4期，1994年），頁56。
〔註123〕 毛文芳：《物・性別・觀看——明末清初文化書寫新探》（台北：學生書局，2001年）頁9。

增，……人性蓋益巧而物產益多。〔註124〕

對物產財利的追逐，首先衝破的是傳統貴義賤利的醇厚之風，形成以金錢爲中心的價值觀。於是出現了兩種空前突出的情況：權力的商品化與文化的商品化。〔註125〕權力的商品化即士大夫階級利用自身的特權優勢躋身於享樂者的超前列中；文化的商品化則反映在出版業的興盛、士商漸合流、士人品味世俗化，創作出符合市民格調小說甚而淫書的種種商品性格上。以下將針對縱欲、價值觀的變化、文化的商品化對男風興盛的影響作論述。

（一）從禁慾到縱慾

明代在性生活方面具有禁錮與開放並行的突出特徵，一方面是封建禮教所宣揚的女子貞節觀導致的節烈風氣的盛行，而另一方面，人們也在極力尋找新奇的性刺激。〔註126〕整個社會縱欲風氣流行，道德觀念開放，性愛觀也呈現出極其複雜的狀態，在縱欲的各種特殊性愛觀的引導下，同性戀之風在明代也因應而繁盛。縱欲的性觀念可從由上階層自下階層整個社會的淫靡而知。

1. 宮廷中房中秘術的盛行

明代統治者對廣大民眾尤其是婦女實施禁欲政策，自己卻縱情聲色、荒淫無度，從正史記載及文人的筆記雜談中皆可知。被理學家所禁忌而漸失傳的房中術又死灰復燃，不僅在朝廷，而且在民間，都廣泛的傳播起來。朝野競相談論「房中術」，方士因獻房中術及春藥而驟貴的事件，屢見不鮮。奢靡淫亂的風氣在魯迅《中國小說史略》提到：

> 而在當時，實亦時尚。成化時，方士李孜、僧繼曉已以獻房中術驟貴，至嘉靖間而陶仲文以進紅鉛得倖於世宗，官至特進光祿大夫柱國少師少傅少保禮部尚書恭誠伯。於是頹風漸及士流，都御史盛端明、布政史參議顧可學皆以進士起家，而俱藉「秋石方」至大位。瞬息顯榮，世俗所企羨，徼倖者多竭智力以求奇方，世間乃漸不以縱談閨幃方藥之事爲恥。風氣既變，並及文林，故自方士進用以來，方藥盛，妖心興，而小說多神魔之談，且每敍床第之事也。〔註127〕

明代皇帝的男寵在前節已介紹，這當中有些人與皇帝雖不存在同性戀的關係，可是卻在皇帝性生活上大力效忠。當時宮廷中正熱中於房中術而樂此不疲。〈佞幸列傳〉

〔註124〕王琦：《寓圃雜記》（北京：中華書局，1984 年）卷五〈吳中近年之盛〉，頁 42。
〔註125〕商傳：《明代文化志》（上海：上海人民出版社，1998 年），頁 17。
〔註126〕吳存存：《明清性愛風氣》（北京：中華書局，1997 年），頁 1。
〔註127〕魯迅：《中國小說史略》（台北：里仁書局，2003 年），頁 165。

中特別提及向皇帝進獻房中、長生之藥而得寵並接近權力中心的人。《明史》陳述了佞臣因獻房中秘術而顯榮的種種宮廷墮落情形：

> 憲宗之世，李孜省、僧繼曉以祈禱被寵任，萬安、尹直、彭華等至因之以得高位。……武世宗入繼大統，宜矯前軌，乃任陸炳于從龍，寵郭勳於議禮，而一時方士如陶仲文、邵元節、藍道行之輩，紛然並進，玉杯牛帛，詐妄滋興。凡此諸人，口銜天憲，威福在手，天下士大夫靡然從風。……而嬖幸釀亂，幾與昏庸失道之主同其蒙蔽。彼第以親己爲可信，而孰知其害之至於此也。至顧可學、盛端明、朱隆禧之屬，皆起家甲科，致位通顯，乃以秘術幹榮，爲世戮笑。〔註128〕

憲宗好方術，寵臣李孜省「乃學五雷法，厚結中官梁芳、錢義，以符籙進。……益獻淫邪方術，與芳等表裏爲奸，漸干預政事。」〔註129〕而世宗重用方士陶仲文，「帝有疾，既而瘳，喜仲文祈禱功，……日求長生，郊廟不親，朝講盡廢。」〔註130〕段朝用「以燒煉干郭勳，言所化銀皆仙物，用爲飲食器，當不死。勳進之帝，帝大悅。」〔註131〕藍道行「以扶鸞術得幸」〔註132〕。甚至是進士出身的大臣顧可學因「世宗好長生，……，自言能煉童男女溲爲秋石，服之延年。」〔註133〕盛端明「亦以方術承帝眷，……但食祿不治事，供奉藥物而已。」〔註134〕朱隆禧「以所傳長生秘術及所制香衲祈代進。」〔註135〕上有所好，下必盛焉，一時方士如雲，舉世若狂，縱談服食采戰，不以爲恥。

這股靡風影響到民間，街市公然出售淫具、春宮畫，社會出現談論色情業的專書，如《嫖經》、《花榜》，以《金瓶梅》爲代表的世情中夾雜性描寫的小說也大量出現和流行。

2. 民間娼妓的盛行

文化思潮中過份強調「人欲」的重要性，導致繁華的城市容易成爲色情行業的溫床，民間色情行業大肆竄起。在一個時代中最能體現人們性觀念朝著縱欲轉變的

〔註128〕 張廷玉：《明史》（台北：鼎文書局，1982 年）卷三〇七〈佞幸列傳〉序，頁 7875～7876。

〔註129〕 張廷玉：《明史》（台北：鼎文書局，1982 年）卷三〇七〈列傳〉第一九五，頁 7881。

〔註130〕 張廷玉：《明史》（台北：鼎文書局，1982 年）卷三〇七〈列傳〉第一九五，頁 7896。

〔註131〕 張廷玉：《明史》（台北：鼎文書局，1982 年）卷三〇七〈列傳〉第一九五，頁 7898。

〔註132〕 張廷玉：《明史》（台北：鼎文書局，1982 年）卷三〇七〈列傳〉第一九五，頁 7898。

〔註133〕 張廷玉：《明史》（台北：鼎文書局，1982 年）卷三〇七〈列傳〉第一九五，頁 7902。

〔註134〕 張廷玉：《明史》（台北：鼎文書局，1982 年）卷三〇七〈列傳〉第一九五，頁 7902～7903。

〔註135〕 張廷玉：《明史》（台北：鼎文書局，1982 年）卷三〇七〈列傳〉第一九五，頁 7903。

當屬妓院的繁盛。娼妓的出現與發展是和商品經濟同步發展的。商業獲利多，人們就會越來越多地從事金錢和肉體的交易。當時最繁華的江南一帶城市中，人口流動增加了，一些商人、遊民、手工業者以及散兵等要解決臨時的性饑渴問題，妓院開始活躍起來。明中葉後，在南北方出現了很多商業重鎮，在正常買賣購銷活動之餘，狎妓徵歌就成為行商作賈的重要消遣。為適應這樣的市場供需，各地的青樓業也愈來愈興盛起來，到萬曆年間已是：

> 今時娼妓滿布天下，其大都會之地，動以千百計。其他窮州僻邑，往往有之。終日倚門賣笑、賣淫為活，生計至此，亦可憐矣！……家居而賣姦者，謂之土妓，俗謂之私窠子，蓋不勝數矣！〔註136〕

這裏敘述當時「娼妓滿布天下」，私人妓院不可勝數，從一些野史筆記中的記載中，都有類似記載：

> 近世風俗淫靡，男女無恥。皇城外娼肆林立，笙歌雜遝，外城小民度日艱難者，往往勾引丐女數人，私設娼窩，謂之窠子。室中天窗洞開，擇向路邊屋壁作小洞二三，丐女修容貌，裸體居其中，口吟小詞，並作種種淫穢之態。屋外浮梁子弟過其處，就小洞窺視，情不自禁，則叩門入，丐女隊裸而前，擇其可者投錢七文，便攜手登床，歷一時而出。〔註137〕

> 廣陵二十四橋風月，邗溝尚存其意。渡鈔關，橫互半里許，為巷者九條。……巷口狹而腸曲，寸寸節節，有精房密戶，名妓、歪妓雜處之。〔註138〕

當西方耶穌會教士利瑪竇來到晚明的中國時，所看到社會淫亂現象，讓他寫出：

> 第一件事是淫佚，在這個富有各種物質享受又女性化的民族中，這是最明顯的事情。在這方面，他們非常沒有節制，……全國各地滿是公開的妓女，還不要說眾所周知的通姦情事。據說只在北京一城，就有四萬妓女，有的是自願操此賤業，有的則更不合理，是壞人收買的，被迫替人賺這種髒錢。〔註139〕

縱欲的狂風刮到市井小民，刮到巨商小販的旅途店鋪，出現各種淫狀百態，嫖娼的風氣對商人來說幾乎成為不可免的消費娛樂，不管大商還是小販，有適合其經濟能

〔註136〕謝肇淛：《五雜俎》卷之八「人部四」，頁3794～3795。
〔註137〕轉引自劉達臨：《中國古代性文化》（台北：新雨出版社，1995年），頁931～932。
〔註138〕張岱：《陶庵夢憶》（北京：作家出版社，1995年）卷四〈二十四橋風月〉，頁85。
〔註139〕劉俊餘、王玉川合譯：《利瑪竇全集·利瑪竇中國傳教史》（台灣光啟出版社，1986年），頁71～72。

力的名妓、歪妓，唾手可解決其性需求。總之「世俗以縱欲為尚，人情以放蕩為快。」
〔註140〕當女院已不能滿足縱欲過度、更刺激的口味時，甚至男院也出現了，如前節
所介紹的「簾子胡同」。

如能回到萬曆年間的歷史現場，那時的北京、南京，乃至大小城市，妓院娼館
充斥市塵‧神女變童誘色賣身；媚藥秘方大行其道；淫具褻器公開買賣。而在街市
集鎮，茶樓酒肆，如此多的房中之術、淫穢文字、春宮圖畫，更是堂而皇之地大明
大擺。因此，實際上社會對於淫蕩，已到了毫無節制田地。

（二）價值觀的轉變

當時以小唱倡優為主的男色可以在社會被容忍甚至暢行，這意味著當時人們對
他們有不同的觀感。有更多男子投入此行業，也表示他們自身看待自己的觀念轉變
了。小唱倡優對於當時士商，於內可滿足自己的性需求；於外在交際圈中又有演藝
獻唱娛樂客人的實質作用，於是對他們的評價有新的意義。明代在傳統四民外，又
增加「二十四民」之說：

> 余以為今有二十四民，……十九民之外，倡家又一民也。彼何人斯？
> 居夫簾子，翠袖羅裙，曰男曰女，兩兩三三，拔十得五。二十民之外，小
> 唱又一民也。改頭換臉，世態備描，悲令人悲，怒令人喜。廿一民之外，
> 優人又一民也。……雜劇又一民也。……響馬巨窩又一民也。……凡此十
> 八民者，皆不稼不穡，除二三小技，其餘世人奉之如仙鬼，敬之竭中藏。
> 〔註141〕

小唱和倡優原本一直是社會上的賤民，但晚明人士認為這些「不稼不穡」的賤民，
可憑藉「二三小技」維持不錯的生活，財富的力量和其謀生的技藝似乎提高社會某
些人對小唱倡優業的評價。

理學的男女之防，造成戲班在明代也漸發生變化，男女不再同台演出，因此旦
角便制度性需要由男優扮演。〔註142〕這些男優為了演好旦角角色，就必須盡力的揣
摩女性的細微心理特徵，乃至於身心發生某種近女性柔媚的變化，其以一股新異特
別的情態，「其扮演傳奇，無一事無婦人，無一事不哭，令人聞之，易生悽慘，……
其贋為婦人者名妝旦，柔聲緩步，作夾拜態，往往逼真。」〔註143〕而引起觀者特殊

〔註140〕 張瀚：《松窗夢語》（北京：中華書局，1985年）卷七〈風俗紀〉，頁139。
〔註141〕 姚旅：《露書》（《四庫全書存目叢書》子部雜家類，第111冊，台南縣：莊嚴文化
　　　　　事業公司，1995年）卷九，頁696。
〔註142〕 張在舟：《曖昧的歷程——中國古代同性戀史》（鄭州：中州古籍出版社，2001年），
　　　　　頁521。
〔註143〕 陸容：《菽園雜記》（台北：廣文書局，1970年）卷十，頁7。

的興味。當尋花問柳已無法滿足富豪無饜的慾望時，畜養聲伎倡優成爲明中葉以後縱欲風氣表徵之一，如張翰記當時杭州戲業之盛的見聞：

> 至今遊惰之人，樂爲優俳。二、三十年間，富貴家出金帛，制服飾、
> 器具，列笙歌鼓吹，招至十餘人爲隊，搬演傳奇。好事者競爲淫麗之詞，
> 轉香唱和，一郡城之內衣食於此者，不知幾千人矣。〔註144〕

許多官員熱衷於戲曲活動，大肆張羅的招來優俳，其中之姣姣者，也不無被主人所包下。

當時觀念造成「雖良家子不恥爲倡優」〔註145〕，加上江南經濟富庶，帶動各種娛樂消費活動，增加從業機會。遊民爲了改善生活，快速致富，投入聲色行業爲妓女歌童者的機會也就相對增加。另外武宗與低下階層的歌童、伶人間的關係也一定程度的被流傳，爲民間人士所津津樂道；伶人臧賢「甚被寵遇，曾給一品服色」之事，想必造成社會看待伶人的眼光不同了，也爲伶人自己提高了社會評價。所以當時出現了「伶人稱字」的行爲，也出現其自恃頗高的姿態，當時出現「倡家見客，初叩頭惟謹，今惟小唱叩頭，然非朝士亦否也」〔註146〕的現象，小唱只把有名利的朝士看在眼裡。《萬曆野獲篇》也記載當時有些小唱，因爲結交權貴，竟有不少作官的。〔註147〕讓更多人對其身份地位抱著不可小覷態度，當社會或自己對此種身份評價抬高時，自然更多人投入此行業。

（三）文化商品化

1. 出版業的發達

萬曆、天啓年間，出版業高度發展，刻售通俗作品的書坊開始興旺，適合市民趣味的通俗小說大量刊行於世，書賈爲了獲取更大商業利益，迎合市民庸俗口味，開始刊行專寫男女私情的通俗小說，且在市場迅速銷售。以牟利爲前提的書坊主人刊售小說時以經濟尺度估量作品內容與風格，敏銳地關注讀者的興趣愛好及變化。出版商在有利可圖下，大量出版通俗讀物、淫書，甚至自著自刊。〔註148〕田汝成《西

〔註144〕張瀚：《松窗夢語》（北京：中華書局，1985年）卷七〈風俗紀〉，頁139。
〔註145〕陸容：《菽園雜記》（北京：中華書局，1985年）卷十，頁7。
〔註146〕沈德符：《萬曆野獲編》（北京：中華書局，1997年）卷二十一〈伶人稱字〉，頁545。
〔註147〕沈德符：《萬曆野獲編》卷二四〈小唱〉：「其黠而慧者，類爲要津所據，斷袖分桃之際，費以酒賞仕牒，即充功曹，加納候選，突而弁兮，遂拜丞簿而辭所歡矣。」，頁621。
〔註148〕《弁而釵》與《宜春香質》皆爲明崇禎間筆耕山房刊本，作者同爲「醉西湖心月主人」。筆耕山房爲明末書坊，崇禎年間還刊有《醋葫蘆》，題「西子湖伏雌教主編」，序署「筆耕山房醉西湖心月主人題」，由此知醉西湖心月主人極可能是筆耕山房主人；三書均爲自著自刊。

湖遊覽志餘》曾記：「杭人作事苟簡，重利而輕名，但顧眼底，百工皆然，而刻書尤甚。」〔註149〕明清江南民間出版印刷業既然完全以牟利為目的，刻書市場一片濫惡，往往急於求成，刻工多不精。

淫書的盛行與社會的縱欲風氣有相關，康正果認為：

> 晚明色情文化的氾濫與江南出版業的高度發展有很大的關係，……促使色情文化傳播的真正動力實際上是來自出版業牟利的動機。晚明士大夫的末世頹風和江南城鎮的桃色環境固然滋生了對色情文化的需要，但是真正刺激和助長這種需要，並使之轉化為消費享受的力量，則來自江南書畫出版業的商業化趨勢。〔註150〕

作為傳媒的出版商推波助瀾的將一種時代的縱慾需求變成現實，從而順應、助長了世俗情趣。如專寫男色的《龍陽逸史》、《宜春香質》、《弁而釵》便都是此時期順應這股潮流在江南杭州刻印出版的。

2. 文人世俗化

明中葉以後，經濟的發展、觀念的改變和平民文化的崛起，讓士商界線消融，關係明朗化，雙方的交換普遍化了。〔註151〕逐漸產生一種互濟互利的關係，這正是文化市場產生的必要條件。文人與商賈在平民文化看到了一個廣大的文化市場，促使部分不得志或下層文人，為利所動而走向平民市場、走向大眾消費。通俗的市民文學成了文化市場中的主要商品，也成了明清兩朝代表的時代文學。其中性愛成份在文學表現中大增，為了能適應市民口味以銷售為主要目的文化商品化是晚明的一大特徵，從而也決定了晚明文化的發展趨勢。這一發展趨勢造成兩個結果，一是通俗文化的發展，二是色情文化的發展。〔註152〕《十二樓・序》中曾言：「蓋自說部逢世，而侏儒牟利，苟以求售，其言猥褻鄙靡，無所不至，為世道人心之患者無論矣。」〔註153〕為了符合通俗的市民趣味而牟利，文人轉向至「猥褻鄙靡」的格調上。

3. 豔情小說的推波助瀾

色情與商業的結合，產生了以表現性欲為主旨的內容，較多淫穢猥褻細節的豔情小說，因其通俗的表達方式與具體粗俗的性描寫得以在社會上廣泛流傳。始作俑者當推文言體中篇小說《如意君傳》和《癡婆子傳》。這兩本雖是文言體，但淺易明

〔註149〕田汝成：《西湖遊覽志》（《中國方志叢書484》，據明嘉靖三十九年刊本，台北：成文出版社，1983年）卷二五，頁1070。

〔註150〕康正果：《重審風月鑑——性與中國古典文學》（台北：麥田文化，1996年），頁258。

〔註151〕陳東有：《人欲的解放》（南昌市：江西高校出版社，1996年），頁100。

〔註152〕商傳：《明代文化志》（上海：人民出版社，1998年），頁19。

〔註153〕李漁：《十二樓・序》（台北：三民書局，1998年），頁1。

白、通俗。《如意君傳》描寫宮廷淫亂生活，《癡婆子傳》表現世俗男女的性欲，大多學者認爲《金瓶梅》的問世，更帶動這類豔情小說創作，使後來在明末清初湧現大量的豔情小說。如茅盾指出：

> 宋以前性慾小說大都以歷史人物（帝皇）爲中心，必托附史乘，尚不敢直接描寫日常人生，這也是處在禮教的嚴網下不得已的防躲法。而一般小說之尚未脫離 Romance（及專以帝皇及武俠士爲題材的小說）的形式亦爲原因之一。直至《金瓶梅》出世，方開了一條新路。〔註154〕

豔情小說在明代如雨後春筍般，以前所未有的質方面豔情程度的加深，及量的大肆增多。爲求「豔」、求「奇」，符合更多人多種型態的口味，各種非常態、誇張、扭曲的性關係，一一的呈現問世。小說的男女主人公角色轉移，多爲現實社會生活中庸俗、好色、好貨的市井商賈。小說的基本功能是消遣和娛樂，這類通俗文學內容更多是「市里之猥談」，而情慾房事常是「猥談」的內容。市民文學的發展，從一定角度上看，又是性文學的發展，明清小說中豔情與性行爲描寫的豐富，即已說明了這種文學的特色。〔註155〕爲要取悅讀者，明清豔情小說中，色情的渲染成爲一種手段，爲增加情節的色情刺激，狎男色常穿插其中，有時甚至被強調爲更勝女色的快感。〔註156〕當時涉及描寫男色的小說中，依程度之深淺，大致可歸爲幾類：第一類是以《龍陽逸史》、《宜春香質》、《弁而釵》爲代表，整本內容主題專寫同性戀，且存在露骨具體的性描寫。第二類以《金瓶梅》、《浪史》、《繡榻野史》爲代表，其內容雖以異性戀間的色情淫穢爲主，但也摻雜了穢狀的同性戀內容。第三類是一般的世情小說，也以異性戀爲重，同性戀有時是不可缺少的補充，而較無不堪入目的性描寫，如《型世言》、《拍案驚奇》。

　　民風的淫佚，是在帝王、臣僚的帶動下，再加上商業性消費的勃興，與文人自

〔註154〕茅盾等：《中國古代小說中的性描寫》（天津：百花文藝出版社，1993年），頁26。《金瓶梅》對明清豔情小說的影響問題，陳益源：《元明中篇傳奇小說研究》中已詳盡的釐清元明中篇傳奇小說對明清小說流派的發展影響，並認爲《金瓶梅》與豔情小說的關係，實乃「承先」有餘，「啓後」不足。詳見陳益源：《古典小說與情色文學》（台北：里仁書局，2001年），頁75。也就是說《金瓶梅》對明清豔情小說的影響，其實不如世人想像得大，真正具有影響的是：「在《嬌紅記》開導下的一大批明代中篇傳奇小說，其本身實已呈現出兩種不同主題、風格走向：一是以情感的敘述爲主，一是以性愛的描寫爲主。……以性爲主者，《天緣奇遇》、《劉生覓蓮記》等屬之，……充斥在地底下的豔情淫穢一類，則有許多是受以性爲主之中篇文言傳奇的激盪，如《桃花影》、《春燈鬧》、《繡榻野史》、《濃情快史》等。」詳見陳益源：〈明清小說裡的《嬌紅記》〉，（《古典文學》，第11期，1990年，頁197～237）。

〔註155〕陳東有：《人欲的解放》（南昌市：江西高校出版社，1996年），頁278。

〔註156〕康正果：《重審風月鑑——性與中國古典文學》（台北：麥田文化，1996年），頁137。

命風流的推波助瀾，才形成這種全民參與的世紀末淫風。這是當時艷情小說創作的實際背景。這些艷情小說內容的穢褻，「專在性交」一事，上至帝王后妃，下至凡夫俗女、士人、商賈、僧道都被性欲所驅使，把長期以來爲社會所遮掩避諱的「秘戲」畫面展露無遺。有人認爲觀察明代社會色情化加深與個人性意識加強的情形，應該著重在對性活動或觀念的「公開化之傳播面與接受度」兩方面來考察。〔註157〕明艷情小說能在市場流通，表示閱讀的人民接受度高，即所謂的市民「樂觀」、文人迎合「編造」、書坊「刻印」、書商「貨賣」、「租賃」，甚至公然「懸掛售賣」。〔註158〕如此大量創作、出版、印行與流通，也更加刺激各種性活動的活躍與觀念的開放，可見當時色情與商業的勾結。

雖說同性戀現象並不是在明朝才突發起來，但可說它是順著這一股潮流而浮現得更猖獗。因明代這樣的特定歷史條件，讓這類小說湧現，小說內容又借各種有利條件傳播蔓延，更帶動了風潮。

三、禁官妓制度因素

明朝政府之禁止官吏宿娼，始於明太祖時，而到了明宣宗宣德年間，由於都御史顧佐之奏陳，政府官吏不准至妓樓飲酒作樂的禁令也出現了。〔註159〕禁令在當時官員中具有一定的嚇阻效果。

之前談到謝肇淛認爲「今京師有小唱專供縉紳酒席，蓋官伎既禁，不得不用之耳。」沈德符：「京師自宣德顧佐疏後，嚴禁官妓，縉紳無以爲娛，於是小唱盛行。」史玄：「唐宋有官妓侑觴，本朝惟許歌童答應，名爲小唱。」他們都一致認爲明朝禁官妓後，小唱（歌童）在縉紳酒席宴會中「侑觴答應」，取代傳統官妓角色，而造成男色盛行一時。魯迅《中國小說史略》也是如此寫道：

> 明代雖有教坊，而禁士大夫涉足，亦不得狎妓，然獨未云禁招優。達官名士以規避禁令，每呼伶人侑酒，使歌舞談笑；有文名者又揄揚讚歎，往往如狂酲，其流行於是日盛。〔註160〕

〔註157〕 曾晴陽：《色情書——中國性學報告》（台北：皇冠文學，1994年），頁158。
〔註158〕 陳東有：《人欲的解放》（南昌市：江西高校出版社，1996年），頁300。
〔註159〕 宋鳳翔：《秋涇筆乘·官妓》：「宣德年間，顧佐爲都御史，……朝綱整肅。先是不禁官妓，每朝退，相率飲於妓樓，牙牌纍纍，懸掛欄檻，群妓奏曲侑觴，浸淫放恣，解帶盤礴，每至日昃而後返，曹務多廢。佐奏革之。歷朝官妓之弊，至我明而始革，顧公真有大臣之風力者。」（《筆記小說大觀》第6編7冊，台北：新興書局，1979年），頁3860。
〔註160〕 魯迅：《魯迅小說史論文集》（台北：里仁書局，2003年），頁235。

連小說也有此反映，：

　　　唐宋有官妓，國朝無官妓。在京官員不帶家小者，飲酒時，便叫來司
　　酒。內穿女服，外罩男衣。酒後留宿，便去了罩服，內衣紅紫，一如妓女。
　　〔註161〕

在唐代，家有家妓，官有官妓，都是社交場合不可少的點綴。朝廷禁止官吏狎娼、
廢除官妓承應的規條煌然在目，很難像先前那樣陶醉於醇酒美婦之間。於是只好調
變方式，反而引發了對男伶和孌童的狂熱喜好。這樣的背景之下把目光更多地投在
優伶身上，去體會醇酒美男的情味，小唱就日逢其時的興盛起來了。〔註162〕直至清
代亦是禁官吏狎妓，故「彼輩乃轉其柔情以向於伶人」。〔註163〕

　　禁娼確實促進小唱階層的興起與壯大，所以明末小說中可發現女妓與男娼互相
競爭生意的情形，〔註164〕但也並非是那麼絕對與直接的影響，因為其實在宣德禁官
妓之前，已有朝臣以「優童奏樂奉觴」〔註165〕之記載。這當中有其複雜的因素摻雜，
何志宏在《男色興盛與明清的社會文化》中總結提出：

　　　快速發展的經濟，富裕的物質環境與官場文化的宴集風氣促使小唱得
　　以在明末眾多士人與富豪的生活圈中顯現，小唱歌童出現機率提高，男色
　　聲色空間隨之快速擴張，這是小唱能夠在十六世紀以後形成「舉國若狂」
　　的主要背景。〔註166〕

他分析小唱的受歡迎是他們憑藉清秀姿容與歌藝，深受喜歡，是宴聚場合中主人風
雅富貴的象徵，也可以當作禮物饋送他人為家僕。〔註167〕如《金瓶梅》中苗員外即
贈兩位歌童給西門慶，〔註168〕後來兩個歌童又被當作禮物轉送給京師權貴蔡京。《名
義考》云：「歌童俗謂之小幼，柔曼溢於女德，或未能侑飲為小侑，不知幼之名有來
自，即漢所謂孺也，高之藉孺、惠之閎孺皆以婉媚與上臥起，藉孺其名孺，則幼小

〔註161〕醉西湖心月主人：《弁而釵‧情奇記》第一回，頁273。
〔註162〕張在舟：《曖昧的歷程——中國古代同性戀史》（鄭州：中州古籍出版社，2001年），頁513。
〔註163〕鄭振鐸：《清代燕都梨園史料‧序》（北京：中國戲劇出版社，1988年），頁7。
〔註164〕詳見鄧志謨：《童婉爭奇》及京江醉竹居士：《龍陽逸史》第八回，頁203～216。
〔註165〕張廷玉：《明史》（台北：鼎文書局，1982年）卷三〇七〈列傳〉一九五，〈紀綱〉，頁7877。
〔註166〕何志宏：《男色興盛與明清的社會文化》（清華大學歷史研究所碩士論文，2001年），頁60。
〔註167〕何志宏：《男色興盛與明清的社會文化》（清華大學歷史研究所碩士論文，2001年），頁55。
〔註168〕蘭陵笑笑生：《金瓶梅》五十五回：「兩個兒生得清秀，真是嫋嫋媚媚。雖不是兩節穿衣的婦人卻勝似那唇紅齒白的妮子。」（台北：三民書局，1991年），頁496。

可親慕也。三風頑童亦此輩。」〔註169〕強調小唱更勝女性的嬌柔美麗，具有娛人的魅力。禁官妓的影響促使士人在現實考量下，重新認識男色的價值，不但可以避免干犯禁令，更普遍認識到男色的「色藝雙全」未必遜於女色。〔註170〕加上小唱的高度流動性，組成身份的複雜，甚至有「兒童、無聊賴亦承充歌兒」〔註171〕可見當時小唱的竄紅，確實讓無固定行業的遊閒之人加入此行業中。

當時民間私妓寮的賣淫妓女，可能在行業整體素質較差的情況下，所以尋找替代品在所難免。加上當時又有嫖妓染上性病的風險。〔註172〕故明代勸善書〈防淫篇〉也警示嫖妓「染賤類之瘡毒」的威脅。而勸善戒惡的功過格，把娼家和良家並列起來，認為嫖娼有過，對禁娼的重視在民間影響很大。〔註173〕所以官妓之革後的小唱、伶人恰好應時而出，從功能上看，他們幾乎承襲了藝妓的全部，士宦們從現實的多重利害考量，有轉向小唱身上的可能。禁官妓對於當時人轉向男色雖有助長，但非「替代」式簡單脈絡的影響，男色空間在那時自有其發展起來的條件。

四、特殊情境因素

當時理學的禁欲問題，對象是擺放在異性戀之間的「嚴男女之大防」，同性間交往並非其著眼處，對同性間的親密往來反而較不以為意，這也是大多人認為同性戀在中國古代受到寬容待遇之因。故從另一角度來講，理學可說在一定意義上對同性戀有所促進，當異性的交往關係大受限制，少能透過正常交際認識時，只好轉而尋找同性。這也是為何同性戀較常發生在女性缺席的單一性別環境中，如學堂、軍隊、監獄等等。《萬曆野獲編》便提到：

> 宇內男色有出於不得已者數家，按院之身辭閨閣，闍黎之律禁姦通，
> 塾師之客羈館舍，皆係託物比興，見景生情，理勢所不免。又罪囚久繫狴

〔註169〕 周新：《名義考》（台北：學生書局，1971年）卷五「人部」，頁169。
〔註170〕 何志宏：《男色興盛與明清的社會文化》（清華大學歷史研究所碩士論文，2001年），頁64。
〔註171〕 沈德符：《萬曆野獲編》（北京：中華書局，1997年）卷二十四〈小唱〉，頁621。
〔註172〕 當時俞辨《續醫書》（1545）提到：「弘治末年（~1505），民間患惡瘡，自廣東人始，吳人不識，呼為『廣瘡』。又以其形似，謂之『楊梅瘡』。」李時珍《本草綱目》（1590）卷十八「土茯苓下集解」也云：「土茯苓……，昔人不知用此，近世弘治正德間因楊梅瘡盛行，……，楊梅瘡古方不載，亦無病者。近時起於嶺表，傳及四方。……，男女淫猥，濕熱之邪，積蓄既深，發為毒瘡，自南而北，遂及海宇云。」而梅毒病的第二次流行發生在約1630年，當時醫書《霉瘡秘錄》（1632）有詳細記載。詳見（荷）高羅佩著，李零、郭曉惠等譯：《中國古代房內考》（台北：桂冠圖書，1991年），頁325。
〔註173〕 詳見蕭馳：〈明清勸善書中的戒娼〉，（《歷史月刊》，107期，1996年12月），頁56。

　　犴，稍給朝夕者，必求一人作偶，亦有同類爲之講好，送入監房，與偕臥

　　起，其有他淫者，至相毆奸告，提牢官亦有分剖曲直。〔註174〕

沈德符站在同情人類本能的立場提出「理勢所不免」，「理」指人類性本能，「勢」則
環境因素，他認爲一些特殊境遇讓「久曠女色」的男子尋找暫時遣「性」的替代品，
故男色盛行有其不得已的原因。如官員到各地巡視，不得帶家眷；出家和尚道士不
能娶妻，又不能禁欲；教書的塾師也無法帶家眷；獄中長期監禁的囚犯，有能力者
會帶名同性伴侶和他住一起；軍營中囚徒戍卒，俱不能免。由此可知明代同性戀關
係容易發生在外遊的官員士子、寺廟道觀裡的僧道、學堂師生或學子之間、監獄、
軍營等等，這些情形常在小說中有所反映。

　　官妓雖禁，但私下卻仍可找私娼取樂，爲何部份官員選擇轉向年輕男性取樂，
而造成男娼業發展，其勢之盛竟直逼他們的女性對手？謝肇淛《五雜組》說明了這
樣的原因：

　　　衣冠格於文罔，龍陽之禁寬於狹邪。士庶困於阿堵，斷袖之費殺於纏

　　頭。河東之吼，每未減於敞軒。桑中之遇亦難諧於倚玉。此男寵之所以日

　　盛也。〔註175〕

歸納「男寵日盛」的原因，其中有基於現實考量，當時禁官狹妓，恐被革職，故轉
而狹孌童；有經濟上考量，嫖妓女比找男寵的花費大；另外，爲了避免家妻凶悍的
醋海生波，因其對男寵的妒嫉輕些；從前女子不輕易拋頭露面，找漂亮男子較容易；
宦遊客宿他鄉，不便帶女眷出門；女妓又無好姿色時，權直的趨向男色。此種風氣
又在士官圈子中成爲一種時尚流行開來，自然愈演愈熾。當兩性關係的性需求受阻，
本能的慾望又待發洩時，部分人會選擇權宜之計。這些轉向男色的社會實況一定也
不少，理所當然被文人拿來當做新奇的題材來書寫。

　　一種非常態的性關係能在社會上盛行，一定也是社會本身給予容許的空間讓它
蔓延。同性戀現象的產生，除了社會思潮對理學禁欲主義的叛逆反動，明清法律對
異性戀嚴禁、對同性戀鬆懈的不同態度，加上京師戲劇業的昌盛興旺以及梨園男旦
體制的改變外，還與中國傳統性文化對同性戀的姑息聽任，宗室家庭對同性戀的寬
容放縱，緊密相連。王溢嘉認爲：

　　　整體來說，過去中國人對同性戀的看法是比較「寬容」的，但也是相

　　當「世俗」的。漢民族雖不像西方人將同性戀視爲一種必須處罰的「罪」

〔註174〕沈德符：《萬曆野獲編》（北京：中華書局，1997年）卷二四〈男色之靡〉，頁622。
〔註175〕謝肇淛：《五雜組》（《筆記小說大觀》八編第六冊，台北：新興書局，1984年）卷
　　　　八「人部」，頁3745。

《龍陽逸史》之「小官」文化研究

（北宋末年及明朝有處罰男娼的法令，但這是針對色情交易，對兩情相悅的同性戀是不過問的），但也不像希臘人般試圖賦予它比較高貴的知性意義。基本上，過去的中國人認為同性戀是性滿足的另一種方式，只要不太猖狂，沒有什麼好大驚小怪的。〔註176〕

中國古代同性戀絕大多數是男同性戀，男人們在履行成家立業傳接香火的責任之後，與其他男子相交相親，妻子往往不加追究，甚至無權過問。古代女子在男女關係中處於被動和屈辱的地位，也起了縱容男子縱情聲色的作用。不過與嫖娼納妾相比，男性相戀確實有諸多方便之處。男人們在交契弟尋龍陽時，心情是相對輕鬆的，因其道德約束少，自由程度高。而晚明經濟社會對同性戀性質帶來的影響，被動的一方變得較主動、自願性高，而前提是利益因素。

〔註176〕王溢嘉：《情色的圖譜》（台北縣：野鵝出版社，2001年），頁313。

第三章　關於《龍陽逸史》的基本認識

　　《龍陽逸史》是一部在中國久已失傳的小說，近年才在日本佐伯文庫被發現，保存尚完好。幸賴《思無邪匯寶》叢書出版一系列分散於各國的艷情小說，它才以較接近原書風貌面世。對於這本內容專以男色特殊題材的小說，在中國同性戀文學史及社會文化史上有珍貴的價值。首先先介紹其版本、作者、流傳，再介紹故事內容與所呈現的男色現象。

第一節　《龍陽逸史》的版本、作者、流傳

一、《龍陽逸史》的版本

　　《龍陽逸史》全稱《新鐫出像批評通俗小說龍陽逸史》，是一部二十回，內容皆以男風為題材的白話短篇話本小說集，現存僅有明刊本，藏在日本佐伯市圖書館佐伯文庫。〔註1〕

　　對於《龍陽逸史》的著錄，以陳慶浩、王秋桂主編的《思無邪匯寶》叢書系列之伍《龍陽逸史》的出版說明最為重要：

　　　　此書佐伯文庫藏本缺原封面及扉頁，現存書封面有人寫「新鐫出像」
　　　　「龍陽逸史」八字。〔註2〕次「龍陽逸史題辭」，署「崇禎壬申陽月陽全

〔註1〕 本論文採用版本即陳益源師所提供的日本佐伯市圖書館佐伯文庫所藏《龍陽逸史》的影印本及《思無邪匯寶》之伍《龍陽逸史》（台北：大英百科出版公司，1994年）為主。輔以京江醉竹居士浪編：《龍陽逸史》（《中國歷代禁毀小說海內外珍藏秘本集粹》第6輯第3冊，台北：雙笛國際事業出版公司，1996年）。

〔註2〕 現存書最外頁右下角有「佐伯市，佐伯藩史料，集25，8冊」的編類資料，右上角寫「長持丘」，正中間寫「龍陽逸史八本」（見本論文封面附圖），接著是封面，右上

日蔗道人題於菖芰中」，有「菖芰」、「蔗道人」二方印。次有「敘」，署「崇
禎壬申仲秋望前二日新安程俠題於南屏山房」，有「程俠」、「士先氏」二
方印。接下「新鐫出像批評通俗小說龍陽逸史標目」，列二十回回目。接
著圖二十葉，每回一葉，前圖後文，單頁，皆圓式。第一回圖左下角署「洪
國良刻」。正文首回首頁首行上作「新鐫出像批評龍陽逸史」，次行下爲「京
江醉竹居士浪編」。正文半頁九行，行二十字。四周單框，絲欄。版心單
魚尾，上「龍陽逸史」，下回次、頁次。第六回、十一回，各缺一葉；個
別地方破損；第二十回後半部受蟲蝕。然一般而言，正文清晰。此書有眉
批，因字體小，漶漫處多。佐伯本此書分裝八冊，每冊二、三回不等，顯
經後人改訂。〔註3〕

原書的裝訂情形已無可考，如果本來就以分冊情形出版，可能跟當時艷情小說流行
以分冊銷售的市場商品性格有關。

　　《龍陽逸史》第一回圖左下角署有「洪國良刻」（見附圖 3-1）。洪國良是明末
徽州著名刻工，〔註4〕曾與劉應祖、黃子立合刻崇禎杭州刊本《新刻繡像批評金瓶
梅》插圖一百幅，另有刊於崇禎十年的《吳騷合編》插圖二十二幅，〔註5〕故可知
本書乃刻於晚明崇禎年間之杭州應無可疑。

　　明代木刻版畫分爲兩種，一爲附屬於戲曲小說中的插畫，也稱繡像；一是獨立
的、爲色情而色情的秘戲圖冊。〔註6〕不同時代有各自表現性欲的特殊形式，也有
使之傳播的相應手段。明代出版的諸多色情小說開始風行後，一些書坊商人嘗試以
增加插圖招攬更多的讀者群，這些描繪性場面的木刻插圖，通常是以圖文對照的形

　　　側寫「新鐫出像」，左上側寫「龍陽逸史」（見本論文封面附圖），接著「龍陽逸史題
　　　辭」、「敘」、「新鐫出像批評通俗小說龍陽逸史標目」、二十葉圖，接著又有第一、二、
　　　三回的封面，才開始第一回正文。

〔註3〕陳慶浩、王秋桂編：《思無邪匯寶》之《龍陽逸史》「出版說明」（台北：大英百科出
　　　版公司，1994 年），頁 20～21。除首回外，各回皆無書名一行，故不能推知原書如
　　　何裝訂。陳慶浩認爲以此時期書籍之出版習慣，一般分四冊。據陳益源師所提供的
　　　《龍陽逸史》的影本，除第十六、十七回爲一冊，其餘按順序每三回爲一冊。每冊
　　　封面右上側寫回數，左上側寫「龍陽逸史」。如此七冊，再加上前頭的「龍陽逸史題
　　　辭」、「敘」、「圖文」合爲一冊，共八冊。

〔註4〕洪國良，字聞遠，在蘇杭一帶操剞劂，所刻戲曲版畫，尚有《新鐫出像點板怡春錦》
　　　及其續集《纏頭百練》，另有《蘇門嘯》，並刻有小說版畫多種，在徽州黃氏之外的
　　　刻工中，是最爲出類拔萃的一個。詳見周心慧：《中國古版畫通史》（北京：學苑出
　　　版社，2000 年），頁 194。

〔註5〕薛亮：《明清稀見小說匯考》（北京：社會科學文獻出版社，1999 年 9 月），頁 72。

〔註6〕殷登國：《古典的浪漫》（第二輯）（台北：聯經出版，1987 年），頁 171。

制和圖文均以性交狀態作爲摹寫物件。雖然古代的房中書就已經提供帝王和少數擁有性特權的人物作爲臨床按圖操作的參照，〔註7〕它被強調有益於夫婦閨中關係的私秘佳境。明代中期以後，江南地區出現一批商品性質的木刻版春宮畫冊，高羅佩介紹：「這些畫冊的形式基本上都是一樣的，……畫冊通常有一個帶花紋裝飾的封面，然後是序，然後才是套版畫。每幅畫對折的半頁上都附詩一首，往往繕寫精良。」而觀其描寫秘戲的文字內容，作者已完全背離早期房中書的教導，而純粹沉溺於用華麗的詞藻裝飾起來的淫邪想像了。〔註8〕相同的，明代的豔情小說，插圖內容逐漸煽情淫亂，性慾的表現更加大眾化，它以粗俗的形式暴露了私領域的秘戲，把現實中刻意不去正視的性活動再現爲供人玩賞的文字，再配合插圖，使其中的情景更富於刺激，以致使讀者全成了窺視淫穢場景的人。《龍陽逸史》二十葉的插圖中，直接以赤裸裸的表現、暴露性交場面的就有第一、三、七、十一、十二、十三、十四、十七、十八、十九回之多。可知此書的是以賞玩把弄的娛樂動機導向之成份居高。

　　書開頭的「龍陽逸史題辭」中，結尾清楚的署上「崇禎壬申陽月陽至日蔗道人題於菖芰中」，崇禎壬申即崇禎五年（1632）。《龍陽逸史》的成書年代同時也是豔情小說寫作已臻成熟並泛濫的階段，其他兩本男色小說《弁而釵》、《宜春香質》亦是密集的在崇禎時期出產之作品。〔註9〕在《金瓶梅》刊行後的天啓、崇禎兩朝，描寫眼前的社會生活是新興的擬話本與時事小說兩大創作流派的重要特徵，而它們又是當時創作的主流。〔註10〕從《繡榻野史》篇首〈西江月〉云：

　　　　論說舊聞常見，不塡綺語文談。奇情活景寫來難，此事誰人看慣。

　　都是貪嗔業帳（障），休稱風月機關。防男戒女破淫頑，空色色空皆幻。

　　　〔註11〕

這部流傳的艷情小說聲稱寫作取材只是「舊聞常見」，可見當時淫穢之風已遍於整個社會，當然也在文人間談傳抄習。從凌濛初《拍案驚奇》序言中，可以一窺明末色情化的風潮影響小說創作方向的改變：

〔註7〕　東漢時期著名的科學家、文學家張衡（78～139）描寫新婚的優美樂府詩作〈同聲歌〉：「衣解巾粉禦，列圖陳枕帳。素女爲我師，儀態盈萬方。」就有秘戲圖的相關記載。張衡的〈七辯〉中亦有：「假明蘭燈，指圖觀列。」高羅佩也認爲，在張衡的時代，流行的房中書一般都「附有表現性交姿勢的插圖」。參見（荷）高羅佩著，李零、郭曉惠等譯：《中國古代房內考》，頁110。

〔註8〕　康正果：《重審風月鑑──性與中國古典文學》（台北：麥田文化，1996年），頁51。

〔註9〕　請參見本論文第一章註11。

〔註10〕陳大康：《明代小說史》（上海：文藝出版社，2000年10月），頁456。

〔註11〕情顚主人：《繡榻野史》（陳慶浩、王秋桂編：《思無邪匯寶》2，台北：大英百科出版公司，1994年），頁103。

近世承平日久，民侠志淫。一二輕薄惡少，初學拈筆，便思污蟻世界，廣摭誣造，非荒誕不足信，則褻穢不忍聞。得罪名教，種業來生，莫此為甚！而且紙為之貴，無翼飛，不脛走，有識者為世道憂之，以功令屬禁，宜其然也。〔註12〕

其所言正是明代中晚期以來百多年間突然勃發的一股色情文學創作的環境及其氾濫程度，《龍陽逸史》正是在此一背景所出產的。

二、《龍陽逸史》的作者

《龍陽逸史》作者京江醉竹居士及題辭者蔗道人、敘者程俠，其生平皆無可考，從二十回故事內容中亦無法找出作者資料的蛛絲馬跡，只能從敘中得知其大略的創作動機：

余友人宇內一奇豪也，生平磊落不羈，每結客於少年場中。慨自齠齡，遂相盟訂，年來軼宕多狂，不能與之沉酣文章經史，聊共消磨雪月風花。竊見現前大半為腌臢世界，大可悲復大可駭。怪夫饞涎餓虎，偌大藉以資生，喬作妖妍艷冶，乘時競出，使彼抹粉塗脂，倚門獻笑者，久絕雲雨之歡，復受鞭笞之苦。時而玉筋落，翠蛾愁，冤冤莫控，豈非千古來一大不平事？余是深有感焉，遂延吾友相商，構室于南屏之左，……不逾日，神工告竣，……盡屬天地間虛無玄幻景象。……且搜尋風月主人，寓目者適可以之怡情，幸勿以之贅念。〔註13〕

可看出作者是個文士，可能出自下層不得意的知識份子之手。〔註14〕序文指出作者常流連少年歡場中，對小官的狀況應了解甚深，卻見男子為求謀生，舉體自貨，「喬作妖妍艷冶」，一時競出，甚至嚴重影響娼妓業生意。〔註15〕面對此一「腌臢

〔註12〕 凌濛初：《拍案驚奇‧序》（江蘇：古籍出版社，1990 年），頁 741。

〔註13〕 京江醉竹居士：《龍陽逸史‧敘》，頁 73。

〔註14〕 當時與科舉無緣的不得志文人為求糊口維生，降低格調寫些迎合市民趣味的題材是多見的。如《玉閨紅》（1631）反映明末北京下層社會之窯子情況，怵目驚心，其性虐待之描述，亦為明清艷情小說所僅見。撰人題「東魯落落平生」，開頭有湘陰白眉老人崇禎四年的序：「吾友東魯落落平生，幼秉天資，才華素茂，弱冠走京師，遍交時下名士，互為唱和。而立至江南，文傾一時，遂得識荊。君為人豪放任俠，急人之急。第困於場屋，久不得售，遂棄去之曰：……退而著述，所作甚多。」詳見東魯落落平生：《玉閨紅》（陳慶浩、王秋桂編：《思無邪匯寶》4，台北：大英百科出版公司，1995 年），頁 285。

〔註15〕 書中第八回也確實針對男妓的營業場所「小官塌坊」生意興盛打壓到妓家生意，雙方因而引起一場訴訟的情節敷演。詳見京江醉竹居士：《龍陽逸史》第八回，頁 203～216。

世界」，也可能在落魄之後，感慨不已，於是將自己的所見所聞一一敘出。然而整本書在批判男色猖獗的「骯髒」同時，也對醜惡的社會時有抨擊和嘲諷，可說藉寫小官鋪陳了當時社會中下階層市井的人情世態。

蔗道人的〈題辭〉中羅列了中國自古以來的男色事例，應與作者皆是慣於來往當時歡場。從「墨酣筆舞，不逾日，神工告竣」來看，作者所寫內容大概都是其熟知之事，所以寫作速度快。從書中出現不少的方言及小官職業的行話，應是作者本身有所親聞且熟悉當時小官的活動，而以筆記式、實錄性的方式記載下來。觀其書名「龍陽」，即可知書寫的對象即是男男關係的同性戀故事。「逸史」則提供了當時正史所不容，士人筆記容易忽略，也較少會去碰觸的男色生活面，透過小說的方式卻反而較能全面反映當時小官的真實生活。

其中「寓目者適可以之怡情，幸勿以之贅念」，說明了寫作目的只是提供文人「怡情」，而非為教化。作者在第一回也以「京江醉竹居士」「浪編」為署名，可見其寫作態度。其與同時代其他兩本也是專寫男色的小說不同，《弁而釵》與《宜春香質》屬文人創作性、文學性較強的作品。《弁而釵》標舉出「情」的價值可以超越性別與生死的界線，突出同性戀關係中情感的純粹性；《宜春香質》雖也以「情」為核心，但以反面的筆法，寫出「蕩情」小官的不幸下場：

> 蓋有情則可以為善，無情則可以為不善；降而為蕩情，則可以為善，可以為不善矣！世無情，吾欲其有情，舉世溺情，吾更可慮其蕩情。情至於蕩，斯害世矣！蕩屬於情，並害情矣！情既受害，始也，世受其愚，終為，身任其咎。試看，從來水性楊花、朝三暮四，有一獲令善者否？〔註16〕

明顯看出其勸懲意味較濃，這也是明代小說寫作動機的一大表層框架。〔註17〕《龍陽逸史》中雖有幾回涉及了因果報應之情節，也提出對小官的警示之語，但整體來說還是以寫市井猥鄙人物的肉慾衝動，同性性行為的肛交「爽利」為多，故娛心解頤及消遣博歡的創作動機較強。作者以新奇的題材刺激人們的肉慾，人的原慾衝動也是小說的基本出發點，而淪為迎合市民庸俗趣味，服從商業利益的消遣作品。性描寫的誇張、淫亂，為的是對男性讀者產生誘惑與刺激，使他們感到驚異與新奇。晚明的重情及縱慾思潮對文人的寫作態度應有一定程度的影響。

〔註16〕醉西湖心月主人：《宜春香質‧風集》第一回，頁 96。

〔註17〕魯迅《中國小說史略》：「俗文之興，當由兩端，一為娛心，二為勸善，而尤以勸善為大宗。」（台北：里仁書局，2003 年），頁 93。明代的豔情小說大多是以勸善為包裝，一方面極力破淫，道貌岸然，一方面又隱藏不住對淫亂之事的高度興趣，而津津樂道的大肆宣淫，可說娛心與勸善的創作態度是交雜的。

艷情小說的大量出現，本來就與娛樂、消遣性有很大關係，小說家爲了媚俗娛人，滿足讀者娛樂、消遣的需要，而降低作品的藝術格調去爭取廣大階層的讀者，或許自己也樂於沉浸在自娛的性幻想情境中，大肆鋪敍以性事爲極樂的享樂世界。

明代萬曆《金瓶梅》流傳之後至崇禎年間，陸陸續續出現的艷情小說，在相近的短時期內，密集的出現作書者的匿名、剽竊現象。如《金瓶梅》的作者至今仍是一大公案。寫艷情小說的作者一反傳統小說署眞名的作法，幾乎都是用化名署名，讓後人很難查證作者的眞實姓名身份，也就無法根據作者的生活經驗作陳述。如《繡榻野史》作者「情顚主人著，小淫齋居士校正」，《浪史奇觀》的「風月軒入玄子」。這類書大多表現手法低劣粗糙，顯然有其營利刊售的目的，也可能是市井書商、低劣文人個人或集體的共同編創。〔註18〕作者往往打著警惕人心的旗幟來宣揚誨淫的內容，所謂：「止淫風借淫事說法，談色事就色欲開端」，〔註19〕話雖說的冠冕堂皇，但作者心裡仍知，這類寫作並不光彩，有礙聲譽，所以沒有勇氣留下眞實姓名。

從程俠敍中的「新安」、「南屛山」及插圖題字者、刻工等跡象來看，此書可能就是在杭州出版，《弁而釵》與《宜春香質》亦是杭州產品。〔註20〕作者行文中表現出對江南一帶地理環境、民情風俗的熟悉，插圖中詩詞作者的署名，如第七回在化名前冠加「西泠」、第十二回「新安」、第十四回「西湖」等地名，故應是屬江南江浙一帶的文人。明末清初時期，名號中有西湖等字眼的小說家或序評者以及創作、校刊於杭州的作品可說爲數不少。〔註21〕這是一個特殊現象，可以想像當時有一票爲數不少的文人，隱藏在背後操縱著無數色情意識的想像世界。

三、《龍陽逸史》的流傳

《龍陽逸史》在後代諸禁毀書目中均未被列入，孫楷第《中國通俗小說書目》中也僅標其書名而註明「未見，《在園雜志》卷二引」。〔註22〕該書最早只在清代劉廷璣《在園雜志》卷二被引出：「更甚而下者，《宜春香質》、《弁而釵》、《龍陽逸史》，

〔註18〕 王強：《遮蔽的文明——性觀念與古中國文化》（台北：文津出版社，2003 年 4 月），頁 265。

〔註19〕 情癡反正道人編：《肉蒲團》（陳慶浩、王秋桂編：《思無邪匯寶》15，台北：大英百科出版公司，1994 年）第一回回目，頁 131。

〔註20〕 陳慶浩、王秋桂編：《思無邪匯寶》之《龍陽逸史》「出版說明」，頁 22。

〔註21〕 如西湖鵬鷃居士的《濃情快史》，古杭艷艷生的《玉妃媚史》、《昭陽趣史》，醉西湖心月主人的《宜春香質》、《弁而釵》，西子湖伏雌教主編《醋葫蘆》，西湖漁隱主人的《歡喜冤家》，西湖逸史的《天湊巧》，沛國檞仙序於西湖舟次的《一片情》，錢塘陸雲龍《型世言》，西湖浪子輯《幻影》，諧道人序於西湖的《照世杯》等等。

〔註22〕 孫楷第：《中國通俗小說書目》（北京：人民文學出版社，1982 年 12 月），頁 180。

悉當斧碎棗梨，遍取已印行世者盡付祖龍一炬，庶快人心。」〔註23〕清初以來，對於具有反清復明的政治思想或書刊，都嚴加取締禁刊；而淫詞穢語、敗壞風俗、有害人心的通俗小說或豔情小說，亦在禁絕之列。尤其雍正、乾隆以後，禁書令一再頒行，同是年代相近，也是專寫男色內容的《宜春香質》和《弁而釵》，在清代就曾遭到地方政府的多次禁毀，〔註24〕但唯獨不見《龍陽逸史》在收禁中。或許可以推測此書在清康熙年間（1662～1722）應還在中國，隨著中國通俗小說在日本江戶（1603～1867）中期至後期大量輸入日本，〔註25〕其中包含大量的豔情小說。〔註26〕為了使讀者能夠比較方便的閱讀中國小說，大阪書林曾為初讀舶來小說者編輯了一部中國俗語辭書，題曰《小說字彙》，這部工具書徵引當時流傳於市巷常見的中國各類文學讀本一百五十九種，當中包括了多部的明清艷情小說，如《癡婆子傳》、《歡喜冤家》、《一片情》、《禪真逸史》等等，但並不見《龍陽逸史》。〔註27〕另外從大庭脩的《舶載書目》〔註28〕逐年登錄漢籍入日的情形，得知一批批的通俗小說大量輸入日本，其中也雜有日後在中國散佚不傳的通俗小說，以及一再頒佈查禁的豔情小說，但仍是沒有《龍陽逸史》的資料。

　　《龍陽逸史》在中國散佚不傳，卻藏於日本佐伯文庫成為海內外僅存的珍貴孤本。它是何時及如何流傳到日本的過程，到目前尚無明確資料可以得知。〔註29〕

〔註23〕 （清）劉廷璣：《在園雜志》（《續修四庫全書》1137 子部雜家類，據清康熙 54 年刻本影印，上海：上海古籍出版社），頁 51。

〔註24〕 道光十八年（1838）江蘇按察使裕謙設局收禁小說（見余治《得一錄》卷十一之一）、道光二十四年（1844）浙江巡撫、學政禁書（見《勸毀淫書徵信錄》）、同治七年（1868）江蘇巡撫丁日昌禁毀（見《江蘇省例藩政》）。詳見王從仁、黃自恒：《中國歷代禁毀小說漫談·歷代禁毀小說法令匯編》（台北縣：雙笛國際事業出版公司，1996 年），頁 447～465。

〔註25〕 江戶中期因為日本當時正大量學習中國文化，由中國船舶輸入通俗小說數量大增，由最初作為日本學者文人學習中國語之用，轉而變成讀書人娛樂用之通俗讀物，並且在普遍流傳之後，還以中國通俗小說作為創作題材及技巧等仿傚的對象。詳見李進益：《明清小說對日本漢文小說影響之研究》（文化中文所博士論文，1992 年），頁 19。

〔註26〕 江戶元祿年間（康熙後期），日本輸入中國通俗小說的數目相當少，寶曆四年（乾隆三十三年，西元 1754）則一口氣從中國輸入二十部通俗小說，《肉蒲團》、《濃情快史》、《杏花天》、《玉樓春》、《五鳳吟》、《貪歡報》等豔情小說名列其中。詳見李進益：《明清小說對日本漢文小說影響之研究》，頁 57～59。

〔註27〕 詳見朱傳譽主編：《小說字彙》（《明清善本小說叢刊續編》台北：天一出版社，1990 年）。

〔註28〕 詳見大庭脩：《舶載書目》（京都市：關西大學東西學術研究所，1972 年）。

〔註29〕 1840 年，日人向井富編撰：《商舶載來書目》（現存日本國會圖書館）登錄了 1693～1803 年長崎入港的中國舶所載的漢籍，共計輸入日本的漢籍為四千八百七十一

第二節　《龍陽逸史》的內容

　　《龍陽逸史》二十回的短篇故事，主題皆與小官相關。獨立成篇，前後回各不相連，具備明代簡單的話本小說形式。每回均有回目，皆為二行，且作對句。開場詩用詞的形式，或揭示主題、或有警世之言。入話則用白話書寫，無故事性，解釋了主題，並對每回的小官故事提供觀點及評論。接著進入故事正文，最後皆以四句的散場詩作結。茲先以簡表列出每回回目，與各回主要人物的身份，以作為下文論述的參考：

回　數	回　　目	小　官	身　份	男色對象	身　份
第一回	〈揮白鏹幾番蝦釣鱉醉紅樓 一夜柳穿魚〉	裴幼娘	小官	韓　濤	秀　士
		楊若芝	小官	韓　濤 詹復生	秀　士 商　賈
第二回	〈小做作見面酒三杯大鋪排 倒身錢十貫〉	李小翠	小官	邵　囊	富　室
第三回	〈喬打合巧誘舊相知小黃花 初識真滋味〉	唐半瑤	小官	湯信之 汪　通	富　室 商　賈
		唐半瓊	小官	湯信之	富　室
第四回	〈設奇謀勾入風流隊撇華筵 驚奔快活場〉	許無暇	小官	寶　樓 朱上衢	秀　士
		袁　通	小官		
第五回	〈行馬扁便宜村漢子判雞奸 斷送老扒頭〉	劉　玉	小官	鄧　東	商　賈
第六回	〈六十載都小官出世 兩三年浪蕩子收成〉	秋一色	篦頭兼小官	錢　神	富　室
		馬小星	小官		
第七回	〈扯嘴皮人前撇假清賭手段 當場打死虎〉	史小喬	小官	姚　瑞 程淵如 唐爾先	富家子弟 徽州大老 市井小民
第八回	〈煙花女當堂投認狀巡捕衙 出示禁男風〉	范六郎	小官	無特定	
第九回	〈風流客魂斷杏花村窈窕娘 怒倒葡萄架〉	柳細兒	小官	儲玉章	商　賈

　　　種。詳見嚴紹璗：《漢籍東傳日本的軌跡與形式》，頁31～33，但此書筆者無法閱見。
　　目前存於日本有關漢籍輸日的文獻資料不夠完整，因而無法全面瞭解當時到底共有
　　那些書籍及多少數量輸入日本。

第十回	〈小官精白晝現眞形網巾鬼黃昏尋替代〉	小藏倉 俏彌子 美龍陽	小官 小官 小官	衛逴	鄉官之子
十一回	〈嬌姐姐無意墮牢籠俏乖乖有心完孽帳〉	韓玉仙	小官	沈葵	府廳外郎
十二回	〈玉林園癡兒軼寡醋凝芳院浪子鬥雙雞〉	滿身騷 滿身臊	小官 小官	高綽	富室子弟
十三回	〈乖小廝脫身蹲黑地老丫鬢受屈哭皇天〉	蘇惠郎	儒生	劉珠 鄭百廿三官	儒生 教書先生
十四回	〈白打白終須到手光做光落得抽頭〉	洪東 小潘安（妙心）	小官 小僧侶	某富商 慧 妙通 妙悟	富商 住持和尚 通和尚 和尚
十五回	〈十六七兒童偏鈍運廿二三已冠也當時〉	崔英	小官	童勇巴	小官販子
十六回	〈趨大老輕撇布衣貧獻通衢遠迎朱紫貴〉	何晃	小官	達春 唐十萬	儒生 富室
十七回	〈活冤家死裏逃生倒運漢否中逢泰〉	馬天姿	奴僕、男旦	陳員外 湯監生 湯彪	富室 戲班主人 市井小民
十八回	〈畫招牌小官賣樣衝虎寨道士遭殃〉	葛妙兒	小官	汗弓孫 韓道士	山寨大王 道士
十九回	〈呆骨朵細嚼後庭花歪烏辣遍貼沒頭榜〉	花姿	小官	烏良 范公子	市井小民 鄉宦之子
二十回	〈沒人心劍誅有義漢有天理雷擊沒情兒〉	石得寶	市井小民	石敬岩	市井小民

一、《龍陽逸史》的故事主題

　　《龍陽逸史》是一部廣泛反映當時社會好男風的盛況與小官（男娼）生活種種，類似實錄的白話小說。其以較原生態的如實筆法，紀錄當時小官階層興起的幾個重要生活面向，包含小官以何種形象來賣色，其和大老官之間的互動關係，及其營生的各種狀況，都有極為具體詳細的描寫。當時小官階層的擴大，甚至已形成自己固定的宗教信仰活動，也形成自己的一套營業方式，並衝擊到妓女業的生意，引起男女妓之爭的奇觀。雖然內容大部份寫有關小官舉體自貨的賣淫行動，但也涉及了其

對家庭及與各色人等互動中所帶來的問題。當時士商人士的好小官風氣，勢必會對其家庭帶來不穩定，書中對因好小官而散盡家財，家妻的醋意、吵鬧也有所反映。小說所觸及的是下階層男性賣淫生活的各方面訊息，這些資料的珍貴在於正史所不容，但它卻又是屬於當代生活文化的一個重要面，適足以補正史之缺。

　　《龍陽逸史》故事大多簡略，以說話人口吻道出，文字質樸，但內容主題豐富，反映多層面不同類型的同性戀風潮，同時也帶引出許多世態人情的問題，故事的發生擴大到整個中下階層生活中。二十篇故事有實筆，也有涉及非現實世界之虛筆，有的主題很明顯，有的則模糊，甚至只是遊戲之作。以下把故事內容主題較鮮明者予以分類，且簡要敘述故事情節如下：

（一）小官的具體營業活動

　　小官除了私底下自己或藉由牽頭找主顧外，還出現第八回「小官塌坊」、十四回「發兌男貨鋪子」的專業化公開賣淫的場所。十八回也有小官請畫工畫了像當招牌以招攬生意的。另外也有為固定主顧所包養，並立下契約等各種難以見到的男色賣淫資料。

　　小官的營業活動與市井中的下層各色人等有著牽扯不斷的關係，這群人是因小官賣淫活動而衍生出一群趁機食利而賴以維生者，包含了穿針引線的牽頭、拐賣的人口販子、滋事的光棍、幫閒等屬於社會一群游民階級的人，這群人在本書中也是突出的一部分。

（二）好小官對家庭的衝擊

　　家庭男主人好小官，對家庭的衝擊往往表現在與妻感情失和，另外造成散財及耽誤日常事務，甚至隳墮前途。第四回敘述寶樓好小官，家私弄空，妻范麗娘履諫無效，寶妻為重整家庭，最後還不得不討二名標緻小廝讓寶樓在家受用。當中還出現「自閹自殘」的情節，〔註30〕以去勢為要挾，以求條件交換的戲謔情節。寶樓接受小官袁通的計謀，演出一場苦肉計，以新鮮的狗腎代替，假裝在妻子面前割下陽

〔註30〕明代諸多豔情小說中，《如意君傳》是較早問世的一部，對後來的《痴婆子傳》、《金瓶梅》、《繡榻野史》皆有影響。影響部份可參考陳大康：《明代小說史》（上海：文藝出版社，2000年），頁463～471。《如意君傳》其中有一段薛敖曹以自閹為威脅的情節。武則天的「如意君」薛敖曹作為一個面首卻能效忠李唐王朝，曾勸武后召廬陵王，「后有難色，敖曹曰：『陛下如不從，臣請割去陽事，以謝天下。』遽起小匕首向塵尾欲自裁。后急爭奪之，塵尾已傷，入半寸許，血流淙淙。……敖曹自是每以為勸，後得狄梁公言，召廬陵王復為皇太嗣。中外謂曹久穢宮掖，咸欲乘間殺之，及聞內助於唐，反德之矣。」（陳慶浩、王秋桂編《思無邪匯寶》24，台北：大英百科出版公司，1994年），頁65。在《龍陽逸史》第四回中也可見其影響的痕跡。

物，這樣的威脅果真達到妻子停止吵鬧的效果。第九回儲玉章好拐小官，家產蕩盡，又將小官柳細兒換女裝偽裝妾帶回，事發被儲妻打出家門，後儲甚至爲柳離家。

（三）男女妓競爭的題材

本書的重點主角是小官，女性角色在此書幾乎是幾近缺席的，即使出現也是抵擋不過小官的魅力，處處強調男娼小官壓倒女娼、強過家妻的優勢。第八回光棍魯春在倒閉的娼妓院蓋了「小官塌房」營業，（見附圖 3-2）生意好到衝擊女妓營生，而引起打官司糾紛。十一回一對姊弟開鋪做「南北兼通」的生意，「水陸兩樣都來」的沈葵對土妓玉姝有意，但又更愛小官玉仙。

（四）有關小官的傳說信仰

本書也有用玄怪之筆，發揮想像力寫有關小官的種種傳說，如第六回寫有個「都小官」化作白氣在空中四散，讓各處作興小官的傳說。第十回寫小官頭目塑像化成小官精、網巾鬼出來尋替代，藉以諷刺年紀大還扮小官營生者。另外還出現小官階層中自身衍生出的特殊信仰習俗，成了該階層特有的文化。

（五）宣揚因果報應

與大部份明代話本小說相同，有些故事往往不能脫離因果報應之說。十四回的卞若源生前開「發兒男貨鋪子」，後投胎作小官，父母被氣死，發念出家又與寺裡和尚集體穢淫，後病死。十五回崔舒販小官發財，晚年才得子，不久即死，家產被分空，其子崔英生活無以爲繼，後被賣給小官販子，出脫至大財主家。二十回被拾回的養子石得寶，受族人石敬岩的哄誘離家，帶至石敬岩姐夫處，卻謀財害命，逃亡路上遭雷打死。

（六）僧道宣淫的形象

本書也反映了僧道之間或其與俗人之間的同性戀關係，十四回由經營小官鋪子而致富的卞若源死後投胎的小官小潘安，二十歲發念出家，來到一間寺院圖安身，老和尚及小和尚對他皆有染，交互淫亂。第十八回的韓道士對掛小官畫招牌好奇，後把小官葛妙兒帶到道觀中一起生活。第三回還寫到了連和尚都出來當牽頭，當起男性賣淫的皮條客。反映出僧道的獨身制度剝奪其過正當性生活的權利，所表現出貪淫之世風。

（七）對世情的反映

晚明話本小說與世風的關係，側重圍繞在《金瓶梅》、《三言》和《二拍》等世情小說的探討。焦點集中在晚明世風的淫靡上，且把這種腐敗的世風與市民經濟的活躍以及人性的張揚等因素聯繫起來。《龍陽逸史》爲晚明時代的產物，內容又較多

下階層人物，故也把當時的世風表現得淋漓盡致，尤以下列兩點最爲突出：

1.「騙」的文化

以金錢爲中心的明代社會，貪財之風大盛，於是貪污、竊盜、搶劫、詐騙等現象層出不窮。〔註31〕種種奸巧連帶而出的詐騙活動，也成爲小說創作中的好題材。《龍陽逸史》中多處可以看到一股「騙」的世風，騙的內容又與財色脫離不了關係。如第五回鄧東姦了小官劉玉後，騙說兩句而脫身。第七回史小喬被無籍光棍騙賣給姚瑞。第十二回兩個光棍聯合牽頭老蔣向大老官高綽詐賭。第十四回經營小官鋪子的卞若源被拘閻王殿，遇舊識小官洪東，告知陰間亦可用錢行賄，洪東拿了錢就躲掉了。所以「不要說如今陽間的人會做馬扁，原來陰司地府中也有會馬扁的。」〔註32〕

2. 金錢對禮法綱常的衝擊

當金錢成爲社會唯一的價值目標和崇拜對象時，直接影響到人情世態，伴隨而來的往往就是對封建禮法綱常的猛烈衝擊。《龍陽逸史》第十回鄉官衛恒兒子衛遠離走，後聽到家裡出事的傳聞，暗想算計道：「不免火速回去，不要說家私一囓吞了，連那弟媳婦都是我的。」趕到家「當中停著的還是父親靈柩，假意哭了一場」，「不多時兩個兄弟突地走將出來，衛遠見了老大吃了一驚，又見衛達平空會說了話，又是個不快活。」第十四回卞若源被誤拘入閻王殿後又放回陽間，「這些親族中弟男子姪，……幾個手頭不濟事的，巴不得這老兒嗚呼了，大家拿些用用。見活將轉來，一個大不快活。」把人心因貪欲錢財而蔑視親倫表現得很細膩。第十五回孤苦無依的崔英，遇到與父親生前交好的華思橋，原指望可以幫他，但當小官販子童勇巴願意出高價要崔英，華思橋便設計圈套留下崔英給童勇巴。第十九回寫了有關士人考試舞弊的世風：「爭奈近來倒不取了文章，都以銀子上前，若是有銀子用的，憑你一

〔註31〕明代就出現一部專門以形形色色的詐騙手法爲中心的短篇小說集《杜騙新書》，介紹了二十四種騙術，可見當時騙風之盛。此書共四卷八十三則，著者張應俞，字夔衷，浙江人，生平不詳。此書所敘大致是明代萬曆年間之所見所聞，約刊印於 1616 年。卷首有署名「山巔山人熊振驥」的〈敘江湖奇聞杜騙新書〉序文。此書將當時的詐騙活動概括成二十四種，主要從詐騙的形式和手法分成脫剝騙、丟包騙、換銀騙、詐哄騙、僞交騙、牙行騙、引賭騙、露財騙、謀財騙、盜劫騙、強搶騙、在船騙、詩詞騙、假銀騙、衙役騙、婚娶騙、奸情騙、婦人騙、拐帶騙、買學騙、僧道騙、煉丹騙、法術騙、引嫖騙。詳見張應俞：《江湖奇聞杜騙新書》（天津：百花文藝出版社，1992 年）。

〔註32〕京江醉竹居士：《龍陽逸史》（陳慶浩、王秋桂編：《思無邪匯寶》5，台北：大英百科出版公司，1994 年），頁 307。以下所引《龍陽逸史》之內容皆爲此版本，不再特出詳註，僅標明回數。

窮不通，越取得高；那手頭窮乏的，就是滿腹珠璣，考到老，端只是個童生。」充滿了諷刺性。第二十回中石得寶被族人哄騙，忤逆養父母，與石敬岩又謀財殺命於對他照顧有恩的人，後遭雷劈而死。

這股澆薄的世情還影響到應該寡欲莊嚴的僧人，第十四回不僅寺裡的和尚淫亂，「那兩個小和尚見妙心去了，把個老和尚弄得七上八落，將他日常間積蓄的盡皆拿了，都去還俗起來。」另有多所著墨小官為錢出賣肉體、為人包養、為錢可以無情的隨時換對象的貪財勢利。大抵書中極少多情專一，更多是赤裸裸的金錢關係，較集中描寫世風日下，見錢趨附，「財盡生變」而忘恩負義的小官。市井小民為錢可以騙、搶、殺，無所不為，在《龍陽逸史》中可以強烈感受到人心被金錢的蛀蝕。

（八）市井的傳播文化

《龍陽逸史》另一特別內容是出現各種不同形式的信息傳播管道，可了解明代社會民間訊息流通的景況。明清社會，特別是城市中，一般人已相當習慣於利用「揭帖」來傳達、宣揚特定信息，甚至有人將某些信息商品化，刻印成刊本在街頭上販賣圖利。〔註33〕《龍陽逸史》也記載了當時所發生，人們認為新奇鮮趣的事件拿來「編唱本」、「賣新文」在市井流傳。如第二回李翠兒是李員外家的使女，卻要她扮小官，李員外死後，他兒子把李翠兒併給了家童，生了個兒子，「有那好討嘴舌債的亂傳開去，說是李員外家出件異事，小官生出個兒子來。又有那好事的，就去編了個唱本，滿街做新文賣，落得騙人的錢鈔。」第八回男女妓競爭打官司事，「地方上有那好事的，便把小官娼妓兩家奪行業，打官司的話頭編做個新文，滿街賣個發瘋。」

「揭帖」〔註34〕的形式，類似現在的匿名「黑函」，用意是拿來中傷、破壞對方名譽。第八回的女妓見小官搶了自家生意，便做了揭帖，「把那小官說得醃醃臢臢，各處亂貼。」雖然不知揭帖的內容為何，從小官的恐慌，可想像其在公眾之間的傳播應有其效果。第十九回小官花四郎為錢變心，舊情人烏良寫了張「沒頭榜」中傷他，壞他名譽。此揭帖一公佈流傳，讓花四郎與范公子告吹。可見「揭帖」在當時有其影響力，可以達到預期的效果。

另外第八回的小官塌坊開張的「知會帖兒」，類似現在的開店的廣告宣傳單；第

〔註33〕王鴻泰：〈社會的想像與想像的社會——明清的信息傳播與公眾社會〉（陳平原、王德威、商傳編：《晚明與晚清：歷史傳承與文化創新》，武漢：湖北教育出版社，2001年），頁135。

〔註34〕田宗堯編：《中國古典小說用語辭典》中有「揭帖」一詞，但意為「向上司陳訴的報告書」；另有「揭挑」（揭條）一詞為「揭人的短處，數落別人」，較貼近本書中的意涵。詳見田宗堯編：《中國古典小說用語辭典》（台北：聯經出版事業，1985年），頁988。

八、第十回出現的「連名手本」，類似陳情書；第二十回的「招子」，類似尋人啓示；第五、第八回出現的「告狀、訴狀、告示」。另有第三回徽商汪通被牽頭喬打合要脅寫「立伏辨」等等。這些當代的市井傳播文化，可於此書窺得一二，是一個值得注意和研究的課題。

二、《龍陽逸史》呈現的男色現象

（一）男色的無所不在

《龍陽逸史》每一回均刻意清楚的交代小官故事發生的地點、籍貫所在：

回　　數	故事地點	現今地點	回　　數	故事地點	現今地點
第 一 回	洛　陽	湖北省	第十二回	錦　江	江西省餘江縣
第 二 回	巴　陵	湖南省岳陽縣	第十三回	漢　陽	四川省慶符縣
第 三 回	麻　陽	湖北省沅州縣	第十四回	襄（城）陽	湖北省襄陽縣
第 四 回	黃　州	湖北省黃岡縣	第十五回	晉　陵	江蘇省
第 五 回	酆　州	陝西省		汴　京	河南省
第 六 回	盧　陵	江西省吉水縣	第十六回	江　州	江西省九江
	建　寧	福建省		邠　陽	陝西省
第 七 回	溧陽（姑蘇）、杭州	江蘇省鎮江	第十七回	并　州	山西省太原
第 八 回	金州南林縣	陝西省安康縣	第十八回	廣　陽	安徽省廣陽
第 九 回	松江、蘇州	江蘇省	第十九回	延　安	陝西省
第 十 回	西　昌	四川省西昌縣	第二十回	廣南灘州	雲南省廣南
第十一回	姑蘇、杭州	江蘇省			

承上表來看，故事發生的空間背景，雖是作者爲求眞實而虛構，但何良俊《四友齋叢說》提到：

> 松江近日有一諺語。蓋指年來風俗之薄，大率起於蘇州，波及松江。
>
> 諺曰：一清詼，圓頭扇骨揩得光浪蕩。……六清詼，見了小官遞帖望。……
>
> 十清詼，老兄小弟亂口降，此所謂遊手好閒之人，百姓之大蠹也。〔註35〕

當時江南特殊的社會背景和小唱階層的壯大，成爲一股值得注意的社會力量。謝肇淛《五雜組》曰：

〔註35〕何良俊：《四友齋叢說》（北京：中華書局，1997 年）卷三五，頁 323。

> 其初皆浙之寧波人，近日則半屬臨清矣，故有南北小唱之分，然隨群
> 逐隊，鮮有佳者，間一有之，則風流縉紳，莫不盡力邀致，舉國若狂……
> 至於娟麗儇巧，則西北非東南敵矣。〔註36〕

明代京城中的小唱，最初多來自江浙一帶，但後來蔓延到北方。《龍陽逸史》故事地點多偏重在江南地區，但也擴及江南以外更廣等處，把男風和各地域相聯繫，似乎也在告訴讀者男風已遍及大江南北，形成一種無所不在的景況。《龍陽逸史》中的同性戀關係包含了師生、同窗、僧道、包養、主僕、親戚等等各種層面，可謂是成了一種隨意且隨「性」的活動。

（二）小官當道

《龍陽逸史》處處可以看到當時人對於男色的趨附，使得小官風氣熾烈的景況：

> 近來有等好撒漫主顧，不肯愛惜一些錢鈔，好幹的是那風流事情。見
> 著一個男色，便下了心腹，用盡刻苦工夫，捱到一年半載，決然要弄上手。
> （第一回）

> 而今的人，眼孔裏那個著得些兒垃圾，見個小官，無論標致不標致，
> 就似見血的蒼蠅，攢個不了。（第二回）

> 近來的大老官，也都是只生得兩個眼眶子，那裏識些好歹。見著個未
> 冠，就說是小官，情願肯把銀子結識這個。（第四回）

> 原來那杭州，正是作興小官的時節。那些阿呆，真州是眼孔裏看不得
> 垃圾，見了個小官，只要未戴網巾，便是竹竿樣的身子，筍殼樣的臉皮，
> 身上有幾件華麗衣服，走去就是一把現鈔。（第七回）

> 近日來人上都好了小官，那些倚門賣俏絕色的粉頭，都冷淡了生意。
> 不是我說得沒人作興，比如這時一個標致妓女，和一個標致小官在這裏，
> 人都攢住了那小官，便有幾個喜歡妓女的，畢竟又識得小官味道。（第十
> 一回）

第八回「小官塥坊」的生意經營興盛，從此之後：

> 小官當道，人上十個裏，倒有九個好了男風。連那二十多歲生男育女
> 的，過不得活，重新也做起這道來，竟把那娼妓人家都弄得斷根絕命。

這些描述把當時人嗜小官趨之若鶩的風氣描寫得淋漓盡致。小說中還有整個村中竟

〔註36〕謝肇淛：《五雜俎》（《筆記小說大觀》八編第六冊，台北：新興書局，1984 年）卷八「人部四」，頁 3744～3745。

大多以操此業爲生的狀況：

> 當初鄭州有個駱駝村，周圍有一二十里，共有百十個人家。這也是那
> 村中的風水，倒出了二三十個小官。……只見東家門首，也站著個小官，
> 西家門首，也站著小官。（第五回）

還有聲勢更壯大的：

> 西昌地方有個小官營，共有百十多個小官，便有一個頭目管下。（第十回）

　　第二回的李員外「平日間最喜的是後庭花」，甚而把家中使女李翠兒打扮成小官模樣，充當男子來使用。第十三回中則寫到學館中的教書先生與同性學生之三角關係。第十四回中的小潘安出生在富裕人家卻自願「落的賣弄個小官樣子」，把父母雙雙氣死，後出家作和尚，與海雲寺裡的住持及兩個讓住持早晚應急的小和尚搞一起，住持要小潘安日間「權做個家主公」，夜間則「權做個家主婆」。第十四、十五回也寫到有些地方建小官塌坊，有人以販賣小官爲業，且因此發財致富。

　　小說中各種讓人瞠目咋舌的同性或仿同性性行爲景況，如果對照第二章已介紹過的，當時的同性戀風氣已擴展瀰漫在市井生活的各個角落，也難怪《二刻拍案驚奇》也提到：「而今世界盛行男色，久已顛倒陰陽，那見得兩男便嫁娶不得？」〔註37〕而年代相近，同樣也是描寫男風的《宜春香質》亦有相同的記載：

> 如今世事一發不好了，當時相處小官以爲奇事，如今小官那要人相
> 處，略有幾分姿色，未至十二三，梳油頭、挽蘇髻、穿華衣、賣風騷，就
> 要去相處別人，那要人去相處他。〔註38〕

在此風氣下，小官受歡迎的程度在書中的每一回中皆有所著墨。

（三）提出警示之語

　　書中雖暢談小官當道的風氣，但本書對龍陽之事基本上仍是站在反對的立場上。蔗道人的〈龍陽逸史題辭〉也有類似的觀點：

> 晦氣的染成夢遺白濁、吐血病。錢標趙嫩弄壞了變成便毒痔漏，下
> 場頭帽子網巾，悔殺從前顛倒，上大人銅錢銀子，收拾難覓分文，枉流
> 傳話笑多人，只落得醜添自己，從今打疊香風味，再休賣俏招奸，管交
> 閉卻臭皮筒，不許朝抽暮掣，爲聞當今子弟，幾個能消受龍陽之名，說
> 與及時小官，那處不相肖雞奸之傳，高賢載酒，把臂共談，鼓掌掀髯，
> 洒契斯語。

〔註37〕凌濛初：《二刻拍案驚奇》（江蘇：古籍出版社，1990 年）卷十七，頁 341。
〔註38〕醉西湖心月主人：《宜春香質・風集》第二回，頁 116。

賣淫小官為了錢作賤自己，不堪的下場可能染瘡，所以對男色提出警示。作者對小官賣色及人們耽溺於小官的看法散見在每回的開場詩、散場詩、入話中，對當時世風、龍陽的情況，有很精闢、精彩的介紹，對於此行為也提出警世之語，如第一回開場詩〈滿庭芳〉：

> 白眼看他，紅塵笑咱，千金締結休誇。你貪我愛，總是眼前花。世上幾多俊俏，下場頭流落天涯。須信道，年華荏苒，莫悔念頭差。

第三回入話：

> 大凡雞奸一事，只可暫時遣興，那裏做得正經。如今有等人每每把這件做了著實工夫，殊不知著實了，小則傾貲廢業，大則致命傷身。

第九回散場詩：

> 此道從來骯髒多，英雄眼見幾消磨。羨他到底如蘭固，彼丈夫兮此丈夫。

第十五回開場詩：

> 轉盼韶華春復秋，問君何苦戀風流。休言此道終身業，怕到終身此道休。須回首，早心收‧眼前多少下場頭。不如收拾風流興，別作生涯是遠謀。

對於只能「暫時遣興」的「骯髒」行業，下場可能「流落天涯」、「傾貲廢業」、「致命傷身」，故作者對從此業的小官提出嘲諷，如第七回入話：

> 近日來有等小官，專好撤著假清，打點了那副行頭，分明要出來幹那把刀兒，撞著個肯撒漫兩分的，偏又拿班作勢，千做作，萬粧喬，有許多惡懶光景，人卻參不透。原來，如今這些做背後買賣的，那一個不熟諳個中竅脈？外面雖有那些派頭，內裏巴不得起發他天大一塊。只要你肯應承，霎時間那副嘴皮真個就像白鐵刀兒一般，最是轉口得快。

第十六回：

> 世上的人，凡事裏多是望前行去，再不肯想到後頭‧殊不知眼前日子有限，後來日子無窮，這也不只道義上相交如此，就是近來這些做小官的，都是這樣。小官又不比那道義上交往的，一發不可望前行去，你若不肯依了這句，後來定然沒個結煞。如今有幾個識得時勢的，看前邊有了樣子，還肯回心轉意，去尋些久長生業；有等不識世務的，蕩慣身子吃慣嘴，郎不郎，秀不秀，鎮日閒遊浪走，不消一兩年，便見結果，不是狼藉故土，就是流落他鄉。

第六回：

> 近來出這些小官，一發個個倚著了這件不消用本錢，不消費氣力，落

得賺人的錢鈔，……那些真正的好小官，都被這些無恥冒名的汙了名頭。但作者也認為作小官中有好的，可見作者並不是完全針對以同性為性對象作撻伐，而是針對「雞奸」性行為的沈溺，並諷刺那些見錢眼開、作勢裝喬騙錢、用情不專的無恥小官，並非全面否定小官行業。小官們既是「妓」的身份，故作者一方面對性行為津津樂道的描繪，但一方面卻要求小官自重，可看出其創作上的矛盾，也明顯看出作者對待小官及大老官的行為有著截然不同的態度，吳存存認為：

> 雖然同性戀盛行一時，人們亦普遍持一種寬容甚至於欣賞的態度，但這實際上卻有著嚴格的限制，亦即它僅限於對待同性戀中的主動方面——有錢有地位的階層。而被動的方面——小官階層——是被玩弄的對象，不惟得不到寬容，而且受到了比任何社會下層都更嚴重的歧視，做小官在當時人看來是莫大的恥辱。〔註39〕

玩弄小官的大老官在書中並沒有受到譴責，而把箭頭全部指向處於社會中最弱勢，只是生活無奈不得不走上這一道的小官。是地位階層決定這種不公平對待，有學者也提出這種的看法：

> 中國古代的「同性戀」是建立在階級差別的基礎之上的，總是有權力有地位的一方玩弄弱小的一方。社會對於「同性戀」的主動方和被動方採取完全不同的態度。「男風」作為統治者的一種嗜好，受到寬容，有時甚至成為一種時尚、一種身份地位的象徵；而被玩弄者都是地位低下的變童和伶人，他們基本上處於被社會歧視的地位，正史中的〈佞幸列傳〉對他們也是以貶斥為主。〔註40〕

書中可以明顯看出這種不公平的對待，小官的地位身份在當時社會或在作家眼中只不過是最卑賤之物。

〔註39〕 吳存存：《明清性愛風氣》（北京：人民文學出版社，2000年），頁147。

〔註40〕 宋耕：〈從《情史·情外類》看情的本質〉（辜美高、黃霖主編：《明代小說面面觀》，上海：學林出版社，2002年），頁338。

附圖 3-1：《龍陽逸史》第一回圖

附圖 3-2：《龍陽逸史》第八回圖

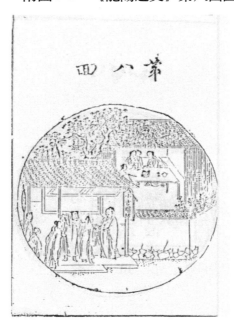

第四章　《龍陽逸史》中的「小官」文化（上）

　　本論文的重心探討小官階層的文化。文化是人類在社會中生活的種種綜合體，不同時空、不同階層都有其創造出的獨特文化。晚明的小官階層竄起後，形成了其本身特有的文化意涵。《龍陽逸史》以小說形式比其他文體承載更多當代有關男色的文化訊息，也更貼近市井生活的脈動，可說是到目前為止所能看到的第一本，豐富記錄小官階層的活動種種。其開展了小官生活文化的個個場面，因涉及層面廣泛，故分為三大面向來探討。第四章針對小官自身所體現出的形象審美、營生活動、生活方式等等。第五章由自身擴展至小環境中，與其生活密切的性對象及家庭的互動等等，去探討其倫理觀念、價值取向。第六章再將其置於大環境下的階層互動場域，觀察其社會角色、行為習俗、宗教信仰等特徵的文化。透過層層揭開《龍陽逸史》中小官的風貌，可以更全面呈現此族群特有的文化。

　　本章先分析小官本身所具備的條件特點，分節介紹小官的形象特色，其以何種樣態、條件得到相同性別的人之喜愛？以何種方式來營生？營生時與同行業的妓女有何衝突？透過此問題的深掘，期能體現出小官自身生產活動的文化。

第一節　小官的形象

　　有關歷代男色形象的描寫，在魏晉南北朝時代最鮮明，因當時男子講究姿容，女性化的男色風靡上層社會。士大夫也大量以男寵為題材，公然形諸歌詠，描寫其姿色之美更勝描寫女色。同性戀詩歌的繁榮是這一時期男色風貌的直接特點。〔註1〕

〔註1〕例如阮籍〈詠懷詩〉第十七首：「昔日繁華子，安陵與龍陽，夭夭桃李花，灼灼有輝光，悅懌若九春，磬折似秋霜，流盼發姿媚，言笑吐芬芳……。」梁·簡文帝〈孌童〉：「孌童嬌麗質，踐董復超瑕。羽帳晨滿香，珠簾夕漏賒；翠被含鴛色，雕床鏤

但這些詩歌內容大都是以綺麗文雅之筆的方式書寫，雖具有美感，並未能貼近實際形象之況。

所謂形象，不僅是指人物本身條件，如色貌專長、性格行為及歸宿下場等，也包含其人際關係。對於男妓較具體的形象，南宋周密的《癸辛雜識》就已提到：

> 聞東都盛時，無賴男子亦用此以圖衣食。政和中，始立法告補，男子為娼，杖一百，告者賞錢五十貫。吳俗此風尤甚，新門外乃其巢穴，皆傅脂粉，盛裝飾，善針指，呼謂亦如婦人，以之求合。〔註2〕

顯示當時的男妓已經在服飾裝扮、名字、手藝上皆仿效女子，甚至還擦起脂粉。至中晚明出現夾雜同性戀情節的小說，表現男色形象時，特別在容貌、體態的女性化大加著墨，如《金瓶梅》三十一回李知縣送給西門慶的小郎「生的清俊，面如傅粉，齒白唇紅。又識字會寫，善能歌唱南曲。」（頁298）《型世言》張繼良十五歲即「雙眸的的凝秋水，臉妖宛宛荷花蕊。柳眉弧齒絕妖妍，貫玉卻疑陳孺子。」〔註3〕自云：「小的情願學貂蟬，在代巡那邊包著，保全老爺。」〔註4〕專寫男色的小說《弁而釵‧情貞記》中趙王孫「年方十五，眉秀而長，眼光而溜，髮甫垂肩，黑如漆潤，面如傅粉，唇若塗硃，齒白肌瑩，威儀棣棣，衣裳楚楚，丰神色澤，雖藐姑仙子不過是也。」〔註5〕《宜春香質》〈花集〉中的單秀言，長得「粉臉硃唇，艷冶時生，紅白閃灼，不能捉摸，恍若仙姝，宛如神女。」〔註6〕〈風集〉的孫宜之「修容雅淡，清芬逼人；體態嫵媚，玉琢情懷；旂旎洒落，風致飄然：垂髫半斂，豐韻輕盈。」〔註7〕皆是十足濃厚的女性味。《弁而釵‧情奇記》中的「男院」以姊妹互稱，並著女衣，當中對賣身男院的諸小官如此形容：「個個趨柔媚，憑誰問丈夫；狐顏同妾婦，

象牙。妙年同小史，姝貌比朝霞。袖裁連壁錦，床織細種花；攬褲輕紅出，回頭雙鬢斜；懶眼時含笑，玉手乍攀花。懷情非後釣，密愛似前車；定使燕姬妒，彌令鄭女嗟！」晉‧張翰的〈周小史詩〉：「翩翩周生，婉變幼童。年十有五，如日在東。香膚柔澤，素質參紅。圓轉圓頤，菡萏芙蓉。爾形既淑，爾服亦鮮。輕車隨風，飛霧流煙。轉側綺靡，顧盼便妍。和顏善笑，美口善言。」梁‧劉遵〈繁華應令〉：「可憐周小童，微笑摘蘭叢。鮮膚勝粉白，齶臉若桃紅。挾彈雕陵下，垂釣蓮葉東。腕動飄香拂，衣輕任好風。辛承拂枕選，侍奉華堂中。本知傷輕薄，含詞羞自通。剪袖恩雖重，殘桃愛未終。蛾眉詎須嫉，新妝遞入宮。」皆以男寵孌童為題材，描寫其姿色之美更盛描寫女色。

〔註2〕 周密：《癸辛雜識》（北京：中華書局，1988年）「後集」，頁109。
〔註3〕 陸人龍：《型世言》（北京：中華書局，1993年）三十回，頁418。
〔註4〕 陸人龍：《型世言》（北京：中華書局，1993年）三十回，頁424。
〔註5〕 醉西湖心月主人：《弁而釵‧情貞記》第一回，頁64。
〔註6〕 醉西湖心月主人：《宜春香質‧花集》第二回，頁181。
〔註7〕 醉西湖心月主人：《宜春香質‧風集》第一回，頁96。

蜎骨似侏儒。巾幗滿縫披，簪笄盈道塗；誰擺迷魂陣，男女竟模糊。」〔註8〕明顯的「將男作女」，確實是「安能辨雌雄」。

《龍陽逸史》中的小官，實質上是以賣身作為主要的營生方式，性質與從妓相同，故在外在的形象上，與妓女所重視的條件類似，但特殊的是其性別為男性，又不可能全然與女妓相同，故構成一個有趣的議題。本節將從女性化、年齡、等級三處去觀察當時小官形象。

一、小官的女性化

《龍陽逸史》中每回皆以小官為主人公，共計出現有姓名的小官二十八人，對其形象的描述分別列表如下。

有正面讚賞其標致的：

回　數	姓　名	年　齡	形　　貌	其他特徵
第一回	裴幼娘	十五六	「香作骨，玉為肌，芙蓉作面，柳為眉，俊眼何曾凝碧水，芳唇端不點胭脂」的小官魁首	小官魁首，精通琴棋書畫、女紅
第二回	李小翠	十三四	「到了十三四歲養起頭髮，越恁有丰韻。走將出去，一個看見一個消魂，兩個看見兩個吊魄。」	
第三回	唐半瑤	十四五	「生得異樣標致，一張面孔就如傅粉一般。」	
第四回	許無瑕	未　言	「寶樓見了許無瑕，果然應了袁通前面一句話，暗地裏幾乎把個頭搖落了。」	
第六回	秋一色	十五六	「那副面孔，生得白白鬆鬆，又嬌又嫩，就是再出世的龍陽，也不過如是。」	篦頭兼小官
第七回	史小喬	十　四	「生得有幾分姿色」、「杭州大老，見了這史小喬，個個都把舌頭伸出幾寸，一面走，一面擁二百人，沒有一個口裏不連聲喝采道：好個標致小官。」	會唱曲
第八回	范六郎	十五六	「香玉為肌，芙蓉作面。披一帶青絲髮，梳一個時樣頭。宛轉多情，畫不出一眶秋水。……兩道春山，一種芳姿，不似等閒兒女輩。幾多情韻，敢誇絕代小官魁。」	小官塌房的紅牌
第九回	柳細兒	未　言	「又文雅又標致，就是泥塑木雕的見了也要動火。」（頁225）「掠做個烹鬢，再把裙子直系下一段，換了衫兒鞋子，走幾步俏步，儼然是個內家模樣。」	

〔註8〕醉西湖心月主人：《弁而釵・情奇記》第一回，頁279～280。

回數	姓名	年齡	外貌	其他特徵
十一回	韓玉仙	十七	「目秀眉清，唇紅齒皓．麗色可餐，不減潘安再世；芳姿堪啖，分明仙子臨凡，款步出堂前，一陣幽香誰不愛？趨迎來座右，千般雅態我難言。」	善下圍棋、唱清曲
十二回	滿身騷	未言	「生得妖嬈體態，走到人前，一味溫柔靦腆，眼睛鼻孔都是勾引得人動情的。」、「劈面一見，把個舌頭伸出了二三寸」	
十三回	蘇惠郎	十五六	「生得異常標致」	
十四回	洪東	十六	「有些丰致」	
	小潘安	二十	「生得就如一朵花枝相似．走將出去，凡是看見的人，都把個舌頭伸將出來。」	
十五回	崔英	十四五	「標致得緊」	
十七回	馬天姿	十四五	「湯監生一見了馬天姿，心花頓開，恨不得拿碗水來把他咽下肚去」、「生得絕標致」	
十九回	花姿	十六	「絕俊雅，絕風流，一張面孔，生得筍尖樣嫩，真個是一指捏得破的。」	
二十回	石得寶	十五	「正是頭髮齊眉的時候，莫說是人見了，就是佛見了，免不得也要動起心來」	

有負面諷刺其醜陋的：

回數	姓名	年齡	外貌	其他特徵
第四回	袁通	未言	「生便生得不甚標致，倒有一肚皮的好計較。」	
第十回	小藏倉 俏彌子 美龍陽	二十多 二十多 二十多	「那胖的竟像個哈布袋，長的像個顯道人，矮的就像那一團和氣。」	
十二回	滿身臊	未言	「生得粗頭俗腦，走向人前，一陣腥臊惡氣，越要做出嬝娜派頭。」	
十八回	葛妙兒	二五六	「說他那副嘴臉，和那劉海差不甚多。」	

未交代其形貌的：

回數	姓名	年齡	外貌	其他特徵
第一回	楊若芝	未冠	未言	
第三回	唐半瓊	未言	未言	
第五回	劉玉	約三旬	未言	
第六回	馬小星	十三四	未言	
十六回	何冕	未言	未言	

從上表得知，《龍陽逸史》中的小官，長相標致的佔多數，且從大量女性化的修辭中看出，這些小官具一股女性陰柔之美。以下將從其容貌、裝扮服飾、名字及其他面向去觀察小官所具備的生理上、心理上和文化上的女性化特質。

（一）小官的容貌

綜觀《龍陽逸史》對小官形貌的修辭，其中有大作詩詞予以雅讚的，如第一回裴幼娘、第八回范六郎、十一回韓玉仙。有一般的泛言其「標致」的，如第三回唐半瑤、第七回史小喬、十三回蘇惠郎、十四回洪東、十五回崔英、十七回馬天姿。有強調膚色的白皙嬌嫩，如第六回秋一色、十九回花姿。也有傅粉修飾、狀貌似女的，如第三回唐半瑤。另有因美而爲人動心的，如第二回李小翠、第四回許無暇、第七回史小喬、第九回柳細兒、十二回滿身騷、十四回小潘安、十七回馬天姿、二十回石得寶。書中嫖客幾乎都愛小官「竹竿樣的身子，筍殼樣的臉皮」（第七回）之柔美形態。小官男性的陽剛之氣在此完全消失殆盡，其女性化程度甚至可以勝過眞正的女子。

其中也有少數醜陋的小官，年齡愈大的小官，愈容易成爲作者筆下的不堪形象。如第十回小藏倉、俏彌子、美龍陽皆二十多歲，十八回葛妙兒二十五、六歲，皆被冠以負面的形貌。

（二）小官的服飾裝扮

一個人外在的服飾裝扮通常是性別身份最初的，也是最基本的區別標誌。著裝代表一種社會秩序，在古代更可能是權力的問題，體現著等級制度的基本次序。歷代以來對不同階層的服色，皆有所規定，不得逾越。尤其對於娼妓這類身分卑賤的階層，更有明文規定。《明史·輿服志》規定：「教坊司樂藝，青卍字頂巾，繫紅綠搭襪。樂伎，明角冠、皂褙子，不許與民妻同。……教坊司伶人，長服綠色巾，以別士庶之服。」〔註9〕中晚明以後，大量地方志的資料表示社會經濟結構的改變使生活消費方式習慣改變，引起各方面風俗的變遷。李樂《見聞雜記》記載：「富貴公子，衣色大類女妝，巾式詭異難狀。」〔註10〕由富家子弟帶動的衣飾變化，逐漸成爲一種社會潮流。又「自丁酉至丁未（1537～1547），若輩皆好穿絲紬綢紗湖羅且色染大類婦人。」〔註11〕書中以詩反映：「昨日到城郭，歸米淚滿襟。遍身女衣者，盡

〔註9〕張廷玉：《明史》（台北：鼎文書局，1982年）〈輿服志〉第四三，頁1654。

〔註10〕李樂：《見聞雜記》（《筆記小說大觀》44編第8冊，台北：新興書局，1988年）卷二「十三」，頁155。

〔註11〕李樂：《續見聞雜記》（《筆記小說大觀》44編第9冊，台北：新興書局，1988年）卷十，頁914。

是讀書人。」〔註12〕反映了江南士人男服女性化的服飾變化。無怪乎當時有文人嘆道：

> 今紅紫載道，丈夫而女子，其飾妖冶自好，丈夫而女子；其容至諧媚
> 承順，則丈夫而女子。其心浸而士林，浸而仕路，浸而一雌奸乘政，群雌
> 伏附之，陰妖遍天下矣！〔註13〕

明張瀚的《松窗夢語》也記：「今男子服錦綺，女子飾金珠，是皆僭擬無涯，踰國家之禁者也。」〔註14〕連低下階層的倡優：「倡優下賤以綾緞爲袴，市井光棍以僅綉綾袜……，雖蒙朝廷禁止之召屢下，而民間僭用之俗自如。」〔註15〕從這些描述中，可以看到服制等級、秩序被打破了。

男女易服，從一些文獻可以注意到古代就有此種風氣。〔註16〕不論男著女裝或女著男裝，古人對這種現象是十分鄙視的，且被斥之爲「人妖」。利瑪竇也曾提及在晚明見到所謂「人妖」這類人：

> 在盛行此種敗俗的城市，例如在北京，就有幾條大街，滿是打扮如娼
> 妓的人妖，教他們演奏樂器、唱歌跳舞；他們穿上華麗的衣服，也像女人
> 一樣塗脂抹粉，引誘人幹那無恥的勾當。〔註17〕

利瑪竇所看到的「人妖」，想必在當時北京負有盛名，而常男著女裝的小唱和男優也是其中之一。〔註18〕明萬曆間也有「男衣女裙」的現象。〔註19〕雖然易裝現象在同

〔註12〕李樂：《續見聞雜記》卷十「二十九」，頁817。

〔註13〕陸人龍：《型世言》（北京：中華書局，1993年）三十七回後評，頁523。

〔註14〕張瀚：《松窗夢語》（北京：中華書局，1985年）卷七〈風俗志〉，頁140。

〔註15〕轉引自常建華：〈論明代社會生活性消費風俗的變遷〉（《南開學報》，1994年第4期），頁61。

〔註16〕中國古代也曾出現男扮女裝或女扮男裝的風俗。如《晏子春秋集釋》記：「靈公好婦人而丈夫飾者，國人盡服之。」詳見《晏子春秋集釋》（台北：鼎文書局，1977年）內篇雜下第六，頁370。《教坊記》也提到北齊時：「丈夫著婦人衣，徐步入場，……以其且步且歌，故謂之踏謠娘。」詳見（唐）崔令欽：《教坊記》（北京：中華書局，1985年），頁5。

〔註17〕劉俊餘、王玉川合譯：《利瑪竇全集》之〈利瑪竇中國傳教史〉（上），（台灣光啓出版社，1986年），頁71～72。

〔註18〕陸容曾提到明代北京眞正被視作人妖的一類人：「從外省來京者，好娶京人爲妻妾，有幼男詐爲女子，傅粉纏足，其態逼眞。過其門，乘其不意，即逸去。成化間，嘗有嫁一監生者，適無處可逸。及暮，近之，乃男子也。……有男詐爲女師者，京城內外人家，留教針指。後至眞定一生家，生往狎之，力辭不許。生強之，乃男子。……此所謂人妖也。」詳見陸容：《菽園雜記》（北京：中華書局，1985年）卷七，頁88～89。此類人妖並不是以性交易爲主要目的，而是詐騙行爲。

〔註19〕（明）蕭雍：「國制冠服業有定制，……又有女戴男冠、男穿女裙者，陰陽反背，不祥之甚。」詳見《赤山會約・節儉》（《百部叢書集成》之《涇川叢書》，台北縣：藝

性戀和異性戀中都有存在，但人們在對此現象進行思考的時候，經常還是傾向於聯想到同性戀。

《龍陽逸史》中特別出現了第二回李翠兒女著男裝扮，打成假小官，只因：

> 李員外平日間最喜的是後庭花。見他十三四歲上頭髮覆眉，生得筍尖般嫩，著實喜歡。倒不要他前面那一道，只要他後面這一道。只是十分優待，教他打扮做了小官，一樣穿鞋襪，一樣著道袍，手面上又教他習了些寫算。著他在記室中，早晚做個陪伴。

可見員外在意的不是性別的問題，重點是在肛交尋樂上，把女身替代男身使用並使之打扮成小官樣，尋求一種反常的快感。

不僅在服飾上，李樂《見聞雜記》記載：「萬曆十一年間學道巡湖，民生俱紅絲束髮，口脂面藥，廉恥掃地。」〔註20〕顯示當時男子還會擦脂塗粉。可以發現粉白的面容似乎為當時男子所好。

《龍陽逸史》這群小官同妓女一樣，其營生的重要條件之一是「以色事人」，當外表不甚出色時，竟也學女人一樣的擦脂塗粉的妝扮起來，形成饒富趣味之現象。第八回小官塌坊中的眾小官：

> 見生意漸漸冷淡了，也曉得自己生得不甚動人，都去搭脂抹粉，學出那娼妓家的妝扮來。只不過這個打扮倒也罷了，連個頭都梳的古古怪怪，不是扯了長長燕尾，就是梳了高高烹鬢，不自說是打扮得好看，是這個模樣做作出來，壞了小官名色，連那鬼也沒得上門。

小官把自己朝女性化妝扮、靠攏，這與當時大老官的審美態度有直接關係：

> 大老官的眼睛，也有兩樣。有那見姿色好中意的，也有見妝扮好中意的。論起眼前的光景來，倒是妝扮還動得人。（第六回）

> 比像這時，有兩個小官在這裏，一個面孔生得標致，身上藍縷些；一個身上齊整，面孔欠標致些。那好南風的，決然先與這齊整的說得來。這總是如今這世道上都行這些。（第六回）

外在的裝扮勝過本質的秀麗，大家注重的是以外表加工包裝的審美觀：

> 如今的小官，三分顏色全仗七分妝扮。若沒這些妝扮，總然是生的花朵般，也沒人看得上眼。（第二回）

文印書館，1967年），頁10。

〔註20〕 李樂：《見聞雜記》卷二「二六」，頁167。沈德符：《萬曆野獲篇》卷二十四〈傳粉〉也記：「予游都下，見中官輩談主上視朝，必用粉傅面及頸。近見一大傷，年已耳順，潔白如美婦人。」，頁620。

為了配合「悅己者容」的大老官們之口味，即使姿色不佳的小官，大可以靠裝扮來掩飾，如十四回：

> 後來兩京十三省，那些各路販買人口的光棍，聞了這個名頭，常把那衰朽不堪叫做小官名色的，把幾件好衣服穿了，輯理得半村半俏走去，就是一把現銀子。

十五回：

> 見地方上有流落的小官，只要幾分顏色，便收到家裏，把些銀子不著，做了幾件時樣衣服，妝粉了門面，只等個買貨的來，便賺他一塊。

第十六回落魄一時小官何冕拿了達春三十兩銀子，「思量得當初出來時節，何等華麗，若穿了幾件尋常衣服回去，可不被舊朋友們說笑。就把十兩銀子買了一套時樣的衣服，又去做了一頂披兩片的巾兒，闊綽將起來。那些舊朋友都不知些頭腦，見他這樣個鋪排回來，個個猜著他是唐十萬那里弄得一塊兒，今日這個接風，明日那個洗塵，落得吃個爽利。何冕又賣出個乖來，把那剩下的銀子放借在人頭上，眾朋友那裏識得破他。」同時代小說也透露出明代人們對於服飾的注重：

> 看來如今風俗，只重衣衫，不重人品。比如一個面目可憎、語言無味的人，身上穿得幾件華麗衣服，到人前去，莫要提起說話，便是放出屁來，各各都是敬重的。比如一個技藝出眾、本事潑天的主兒，衣冠不甚濟楚，走到人前，說得亂墜天花，只當耳邊風過。〔註21〕

蔡祝青認為晚明商品經濟力量的雄厚顯然已足以藉由物質服裝精美華麗拉攏、吸引民間普遍的想望與追求。〔註22〕

《龍陽逸史》小官在裝扮中，更可以注意到對髮式的強調，髮式也與小官的優劣等級有關。書中小官偏向喜好披髮蓄瀏海，如第八回范六郎「披一帶青絲髮，梳一個時樣頭」，二十回石得寶「正是頭髮齊眉的時候，莫說是人見了，就是佛見了，免不得也要動起心來」。有時為了延長職業壽命及迎合大老官口味，年紀大的小官到了該搦頭束髮的年齡，仍想盡辦法偽裝成披髮小官來掩飾其年齡：

> 那初蓄髮的，轉眼間就到了搦頭日子；只有那搦頭的，過三年也是未冠，過了五年又是個未冠。（第五回）

小官不甘心輕易的搦頭，一搦頭即知是年紀大的下等小官，行情就不再看好，更可能代表失業了。當中「網巾」的使用與否也成為一個重要的標誌：

〔註21〕 金木散人編著：《鼓掌絕塵》（江蘇：古籍出版社，1990年）第八回，頁97。
〔註22〕 蔡祝青：《明末清初小說中男女扮裝之性別與文化意義》（南華大學文學研究所碩士論文，2000年），頁111。

> 只要未戴網巾，便是竹竿樣的身子，筍殼樣的臉皮，身上有幾件華麗
> 衣服，走去就是一把現鈔。（第七回）

第五回中幾個下等小官「仔細想一想，總不然到了百歲也還是個扒頭？沒奈何，只
得硬了肚腸，買個網子戴在頭上。」十五回崔英混在一群將出脫的小官中，爲了怕
被誤認也是小官，便須戴起網巾加以識別：

> 我船裏這些小官，都是販到汴京去出脫的。那汴京人眼睛最是偬懶，
> 好歹不肯放過，你著不戴了網子去，決要混在這小官裏算帳。……華思橋
> 便向順袋裏拿將出來，卻是一頂網巾，一頂騣帽，崔英也等不得個好日子，
> 就戴在頭上。

第十回記述了小官戴網巾的來歷與網巾鬼的傳說，其中網巾鬼的長相其實就是網巾
的式樣：

> 不像精，不像怪，穿一件百衲衣，繫一條青絲帶。兩根鬢直束頂心，
> 一對眼橫生腦背。……那身上的百衲衣正是個網子，青絲帶是件網巾邊，
> 兩條鬢是付繩兒，一對眼是兩個圈子。

從中大略可知當時小官所戴的網巾樣式。網巾的產生，在《明史‧輿服志》有記：「洪
武二十四年，帝微行至神樂觀，見有結網巾者。翼日，命取網巾，頒示十三布政使
司，人無貴賤，皆裹網巾，於是天子亦常服網巾。」〔註23〕可知網巾在明代是男子
普遍、無分貴賤的一種用來繫束髮髻的網罩。《骨董瑣記》云：「靜志居詩話云：『網
巾之制，相傳明孝陵微行見之於神樂觀，遂取其式，頒行天下，冠禮加此，以爲成
人，三百年未之改。』」〔註24〕並知網巾的功能除了約髮以外，也具有象徵男子成
年的意義。可是《龍陽逸史》中的有些小官，傾向不愛戴網巾，即使成年也還披著
髮，網巾鬼的出現，說明其來意：

> 近日的小官，捨著個老面孔，再不想起戴網子，叫我埋在土中，幾時
> 得個出頭日子？因此氣他不過，特來尋個替代。

當中衛逮所蓄養的三名小官都是已成年二十多歲，發生網巾鬼事件後：

> 這三個小官見了這場異事，都叫做有主意的，只恐網巾鬼日後又來尋
> 替代，忙不及的都上了頭。這還不足爲奇，連那西昌城中那些未冠，也恐
> 這個干係，二五日裏都去買個網子戴在頭上。

因爲懼怕鬼怪，才不得不戴上網巾。作者設計網巾鬼的用意，是藉以諷刺年紀大的
小官，仍不肯戴網巾。此別具意義，應是一旦戴網巾就透露出年齡，故至成年也不

〔註23〕張廷玉：《明史‧輿服志》（台北：鼎文書局，1982年）第四二，頁1620。
〔註24〕鄧之誠：《骨董瑣記》（台北：大立出版社，1985年）卷二〈網巾〉，頁68。

願遵守禮制的戴網巾束髮。

　　《龍陽逸史》中，小官在服飾裝扮上還出現一個特殊的現象即男扮女裝。第九回敘述「專好拐小官」的儲玉章，透過職業牽頭認識小官柳細兒，欲帶回家，但想到妻子交代「娶個妾回來，切不可消磨在小官身上」，於是把柳細兒男扮女裝僞裝成妾，柳也無抗議，並樂在其中的裝扮，認爲「有心做得乾淨，不可把人看破。」儲玉章於是替他買了雙女鞋及女衫裙，並說：「且梳了個頭裝扮起來。」柳細兒笑答：「你又不在行了，近來做小官的，那個不像女人裝扮，這樣一個頭還再梳到那裏去。」可見這些小官平時的裝扮根本就近於女性化，如果再經過刻意的扮裝起來，幾乎就是與女人無異。而且「走幾步俏步，儼然是個內家模樣。」難怪帶回家後儲妻見他「一味溫柔軟款，心裡倒也有幾分中意」。兩個月後才被儲妻偷看到是「身邊有貨」的男兒身而被趕出。

　　扮裝者爲了各式理由藉助喬裝打扮而改變性別、身分，若就一般觀念來看，女性長期處於男尊女卑、男外女內的社會期待下，所以女扮爲男有突破社會規範限制、人身安全考量、或自我實踐之需要，其扮裝外出以掩護性別是較容易被理解的；相對來說，男扮女裝就成了社會中較反常、負面、所謂人妖敗俗的層次了。〔註25〕在性學研究中也常將「扮裝」理解爲同性戀、變性或戀物癖的一種行爲。〔註26〕扮裝者的目的與心態可能複雜多樣，但在《龍陽逸史》中來看，大都是爲了迎合大老官的口味與需求而出發的。

（三）小官的名字及其他

　　《龍陽逸史》中小官除了前述的容貌及裝扮具備女性化特質外，還常常取一個十足女人味的名字，如裴幼娘、楊若芝、李小翠、許無瑕、史小喬、柳細兒、韓玉仙、馬天姿、花姿、葛妙兒、劉玉等等。十五回小官販子手上的小官單名字有何小美、夏娟娟、范巧姿、段秀兒、陳天仙等也是十足的女性化名字。更有一些小官還擅長做男人不碰的女紅針指，如第一回裴幼娘：

　　　　雖是個男兒，倒曉得了一身女人的技藝。除了他日常間所長的琴棋書
　　畫外，那些刺鳳挑鸞，拈紅納繡，一應女工針指，般般精譜。

並能以其陰柔特質，身兼小唱、生旦之才藝。十七回馬天姿到湯監生家扮生旦，未及半年，學了十多本戲文。十一回的韓玉仙「曉得一肚子的好清曲」，第七回史小喬「把時曲裏的《樓閣重》唱了一個，果然腔板字眼，摹寫絕精。……約莫唱了個把

〔註25〕蔡祝青：《明末清初小說中男女扮裝之性別與文化意義》（南華大學文學研究所碩士
　　　　論文，2000年），頁8。
〔註26〕周華山：《同志論》（香港：同志研究社，1995年），頁71～75。

時辰，不要席上這些人個個說好，連那幾個一竅不通的稍子，都喝采起來。」可見當時的小唱與娼之間有某種程度的重疊，小唱賣色的性質濃厚就成爲娼了。〔註27〕

　　《龍陽逸史》對於小官的形貌描寫詳略不一，有的僅是空泛的以「異常標致」淡筆帶過，沒有賦予其清晰的形貌，有千人同一面的缺失。另外也忽略了人物性格、心理的描寫，使這群小官似乎皆成了扁平人物。但書中特別強調小官形象上的女性化、陰柔美，每人幾乎都具有女性化的名字及酷似女子的容貌、神態，甚至連嗜好才藝都跟女子無異。這裡獲得一個小官的固定形象，要得到青睞的首要條件，是要具備女性一般的美好姿色。中國古代同性戀中的突出特點是，一方實際上常扮演著女性的角色。孌奴和優伶通常塗脂抹粉，穿女人的衣服，甚至一舉一動、說話走路都仿效女人。好男風者認爲，女性的陰柔美在男人身上更加動人。〔註28〕這在以後的明清同性戀小說中也形成一典型現象，扮演被動一方者，通常被賦予相同的模式，被書寫塑造成較具女性特質形貌與心理上的女性化。這樣的女性化形象，不僅影響後來同性戀文學中男同性戀者形象的書寫，也造成後人對男同性戀之被動者角色扭捏、矯揉造作等娘娘腔形象的刻板印象及誤解。

二、小官的年齡

　　藉由書中的小官形象趨於女性化的描繪，總是要在外觀上模仿異性，施脂抹粉，矯揉作態；而酷嗜小官者之所以迷戀小官，絕不是看上他的男性特徵，而是他的女性體態以及諸如害羞、嫻靜、天眞、楚楚可憐等等女性神韻。成年男子迷戀十三、四歲的俊秀童子，成爲明清小說裡最常見的男同性戀型態。《龍陽逸史》刻意提及大部分小官的年齡，因爲年齡對於小官營生及尋求雇主時成爲最重要因素。從前列表來看，小官大半是集中在十四五歲，正是發育未完全，外形與女性差異不大的男孩。《龍陽逸史》提出一些對於小官年齡的看法，第四回入話：

　　　　近來小官都便宜了這件生意，到了十二三歲就曉得要相處朋友。比像
　　果有幾分姿色的，這般年紀原是不可虛度，應得出來賣個樣子。

第五回：

　　　　大凡做小官的，年紀在十五六歲，正是行運時，到了十八九歲，看看

〔註27〕例如《宜春香質・風集》中的孫宜之因衣食無依，被賣到「楊花」唱曲，「日裡同孫去楊花，又有錢趁，晚上又當得老婆。人要跟小孫睡覺一夜，定要一兩銀子，回來還要問小孫討私房錢。」也是小唱身兼賣淫的例子。詳見醉西湖心月主人：《宜春香質・風集》第四回，頁134。

〔註28〕宋耕：〈從《情史・情外類》看「情」的本質〉（專美高、黃霖主編：《明代小說面面觀》，上海：學林出版社，2002年），頁337。

時運退將下來，須要打點個回頭日子。

強調當小官的最好時節，從十二三歲就可以開始營生，十五六歲爲其黃金時節，但十八九歲就可能時運不濟了。由此看到小官是由年齡來決定職業壽命，而且其職業生涯可說是非常短暫的，大概頂多只六、七年時間。故第十一回一起從妓營生的姐弟韓玉姝對韓玉仙說：「只怕我姐姐的還是久長生業，你的是有限光景哩！」玉仙大笑道：「姐姐，你講了半日，總不如這句話講得我肺腑洞然。」這裡道出了男妓從業壽命短的隱憂，年齡及時間是男妓最大的致命傷。故十五回中述：「那做小官的，要曉得好景無多，青春有限，須自識個時務，不可十分錯過機會。」十七回中馬天姿能當上梨園生旦，除了生得標致外，重要的是年紀還不上十五六歲。小官外表討好的黃金時期是在男性第二性徵還不明顯，如鬍鬚未長，聲音、皮膚還未變化，與女性無辨時。一旦十七八歲發育趨向成熟，近似女性的特徵消失後，他便不再能吸引大老官。所以大老官所感興趣的大多爲十幾歲未成年年輕貌美的男子，加上雙方年齡的差異，容易誘引，等到其成年後，關係有些也就自動終止。

男女兒童在十四五歲以前，即性成熟以前，就正常情形說，性的本能是不分化的，即在對象方面不作男女的辨別。〔註29〕所以男性在十四五歲前，可以無礙的扮演女性角色身分。一般來說，十八九歲以上，男性特徵愈來愈顯，就已算是「下等」小官，但爲了生計，仍有超過二十歲仍操此業的，如第五回：

> 如今眼前有一等，年過了二十五六，還要喬裝未冠，見了那買貨的來，
>
> 千態萬狀，興妖作怪。卻不知道有這樣的行貨，偏又有這樣的售主。

買貨的也有例外是不嗜年幼的，如第五回的胭脂販子鄧東來到盛產小官的駱駝村，「鄧東一生一世，專好殺夯豬，見了十五六歲的，恐他不諳那些味道」。鄧東認爲年紀大的小官，在性經驗上較豐富，能滿足自己的需求。或許「一樣米養百樣人」，每個人的性口味不同，在嗜小官上頭，有人確實喜歡與眾不同的年齡大之小官，如十五回提到：

> 當初晉陵地方，單作興的是這一道。又有一說，他那時的風俗不同，
>
> 偏是十五六歲筍尖樣嫩，一指彈得破臉的，倒在其次，是那廿一二歲初戴
>
> 網子，我這裏叫帽花的，只要嘴臉生得齊整，走將去，就是一爬現銀子。

年紀大的小官對大老官應較沒吸引力，也較不受歡迎，但卻出現年紀大的小官仍有身價的情形：

> 如今有一等老大一把年紀，生得人不像人鬼不像鬼，捨著個臉皮尋了

〔註29〕哈夫洛克.靄理士（Havelock Ellis）著，潘光旦譯註：《性心理學》（台北縣：左岸文化出版社，2002年），頁223。

　　件把衣服，鋪設了門面，走出來到要思量起發大鈔。看將起來，這樣的小
　　官，偏生又行得通。（第四回）

而究其原因：

　　　　不知近來世務異常改變了，大半作興帽雞，偏是已冠比那未冠越恁有
　　人作興。你道如何倒說是已冠的好？有一說，那未冠的見有人看相，只道
　　背後這件東西，是怎麼值錢的奇貨，到了這山，又望那山，今日尋一個，
　　明日換一個。惟有那已冠的，從小時經歷多了，到了這個年紀才曉得時光
　　已短，總是再行運來也有限日子，巴不能夠相處個肯用兩分的，便倒在他
　　懷裏。就是如今的大老官，都也著過道兒，因此也情願相處了已冠。

這裡提及有些小官仗勢自己年紀輕佔優勢，自認為行情看好，自抬身價，故隨時可
跳槽；而年紀大的小官則自知自己已在青春的尾巴，不敢隨便拿喬，遇到還不錯的
僱主，倒懂得珍惜，有些大老官也就情願相處年紀大些的。所以在《龍陽逸史》中
年幼小官與年長小官仍各具其行情。

　　小官終歸還是得面對年齡漸大的隱憂，生理上因年紀漸長所產生的一些變化，
讓其女人味漸消失而失去吸引力。《龍陽逸史》十八回寫二十五六歲的小官葛妙兒，
擔心的是「別樣還可裝扮了遮掩過去，這些髭鬚，怎得個法兒擺佈得他去？」所以
才想出畫小官招牌的主意，可以藉畫修飾而偽裝。作者在書中也對年齡大的小官處
處予以諷嘲：

　　　　看來那些下等的扒頭，都叫做識得時務的，設使畢竟不肯回頭，不只
　　壞了小官本色，抑亦有玷上中兩等矣。（第五回）

十八回中二十五六歲的葛妙兒「見是個道士，也只道買貨的，便做出許多扭捏模樣。」
這些想靠「以色事人」的男子註定鬥不過歲月的無情，正如《品花寶鑑》道出了扮
旦角的男伶有四變的悲劇命運：

　　　　少年時丰姿美秀，人所鍾愛，齒開混沌，兩陽相交，人說是兔。到
　　二十歲後，人也長大了，相貌也蠢笨了，尚要搔頭弄姿，華冠麗服。遇
　　唱戲時，不顧羞恥，極意騷浪，扭扭捏捏，尚欲勾人魂魄，攝人精髓，
　　則名為狐。到三十後，嗓子啞了，鬍鬚出了，便唱不成戲，無可奈何，
　　自己反裝出那市井模樣來，買些孩子，教了一年半載，便教他出去賺
　　錢。……則比為虎。到時運退了，只好在班子裡，打旗兒去雜腳，那時
　　只得比做狗了。〔註30〕

〔註30〕陳森：《品花寶鑑》（上海：上海古籍，1990 年）十八回，頁 256～257。

這種兔、狐、虎到狗的比喻可說貼切的反映男伶的命運。

這些十五六歲的小官在心理成熟度上，眞能知道自己在同性性關係所扮演的角色且能認同嗎？靄理士認爲一個人要滿二十五歲，甚至於超過了二十五歲，才可以恰如其分的斷定他的同性戀的衝動是先天根性的一部分，而不單是正常發育的一個階段。即使在成年之後，一個人的同性戀衝動也還可以改變過來而轉入異性戀的方向，或演呈一種折衷的局面，而變作一個眞正的雙性兩可的人。〔註31〕《龍陽逸史》中大多是十四五歲的小官，這個年齡的男童，生理和心理尚處於不成熟階段，性對象還未做男女辨別，他們與「大老」嫖客發生性行爲，不代表有性自主意識，隨著發育趨向成熟，他們的性別特徵的正常與否才能顯現出來。所以可以在幾回中的故事結局看出，一些小官與其性對象相交的時間都不長，在成年後即告分手。如第九回儲玉章當初甚至爲柳細兒拋妻棄家，兩人一同經營生意，三四年後賺了錢，各自娶親討妾，相處和樂。十一回的沈葵爲了小官韓玉仙攜家至姑蘇，與玉仙共開緞鋪，但也在相處十多年後分手。十二回的高綽與滿身騷似漆如膠，但相處八九年，滿身騷鬧禍逃走。十三回劉珠與蘇惠郎相往不上三年也鬧翻。雖然同性戀關係的分合有多重因素，年齡因素在《龍陽逸史》中的人物來說是個較關鍵性的因素。

三、小官的等級

從唐代孫棨《北里志》序中就有對諸妓「分別品流、衡尺人物」的品藻，對青樓歌妓的評價，在飲宴狹遊或文人聚會場合中已是普遍現象，但將諸妓依照某個特定等第排出序列的「花榜」，在明代中葉後才開始盛行起來，〔註32〕不過這都是針對女妓而言。明清小說中也出現品評美男高下的情節，如《無聲戲・男孟母教合三遷》中有「南風冊」、「美男考案」〔註33〕的活動，對於男子也如「品妓」般的予以分等級，有意強調男色可以媲美女色。康正果認爲「古代的男色文學中，作者與讀

〔註31〕哈夫洛克.靄理士（Havelock Ellis）著，潘光旦譯註：《性心理學》，頁225。其也認爲「在童年孩子的性生活中，通常總有一縷同性戀氣質。」（頁223）因此他們對同性發生感情是一件極正常的事。對於同性戀與年齡的問題，Jacques Corraze 著，陳浩譯提到：「現代對同性戀的定義是指一個曾和自己同樣性別的伴侶有過肉體上接觸的人，年齡應超過十八，且重複的與同性別的他人有過達到性高潮的接觸。」詳見《同性戀》（台北：遠流出版社，1992 年），頁 5。雖沒有一個絕對的年齡來斷定眞正的同性戀，但絕不會是在十五六歲以下。

〔註32〕毛文芳：《物・性別・觀看——明末清初文化書寫新探》（台北：學生書局，2001 年），頁 380。

〔註33〕詳見李漁：《無聲戲》（杭州：浙江古籍出版社，1992 年）第六回〈男孟母教合三遷〉，頁 111～114。

者幾乎全都站在主動一方的立場上，以欣賞女色的眼光欣賞男色。」〔註34〕

《龍陽逸史》也多處出現區別優劣小官的標準：

> 把那十四五歲初蓄髮的，做了上等；十六七歲髮披肩的，做了中等；
> 十八九歲擄起髮的，做了下等。（第五回）

分等級的最大關鍵決定於年齡及髮式，蓄髮披肩或該擄頭亦依年齡而定，第十四回中開設了個專收一些各處小官，共三四十個的「發兌男貨鋪子」，並對他們分了等級：

> 把來派了四個字號，「天字上上號」、「地字上中號」、「人字中下號」、
> 「和字下下號」。把初蓄髮的派了天字，髮披肩的派了地字，初擄頭的派
> 了人字，老扒頭的派了和字。

又如第十五回中專販小官的華思橋身上帶的小官名單也分成天、地、人、和字號的等級。這些等級當中也會因怕下等的玷污小官本色而起衝突，「上等的見下等的壞了小官名色，恐怕日後倒了架子，遂拴同上等，又創起個議論，竟把那下等的圍住。」意在逼退年紀大的下等小官，下等的常要受上中兩等的譏笑。作者對這些小官的標準恆賴乎色，美貌的他才同情，醜的就加以嘲弄，小官只是依附於有錢大老官，供人作樂的玩物。

年齡做粗略的分等，並無法看出具體詳細的區分標準。書中另有一種分等，是針對小官的人格特質分成頗能愛惜羽毛之可貴及飢不擇食的卑賤：

> 小官原分貴賤兩等。……貴是只羨他相處朋友，還肯揀精擇肥，不甚
> 十分輕易。那賤的不是什麼賤，只是沒些要緊，貪圖口裏嗒嗒，腰裏撒撒，
> 不管是人是鬼，好歹就肯來，把這件東西太狼籍了。（第六回）

在作者眼中，小官的分等是以能自重，不輕易濫交的為貴；為錢而勢利的生變、濫交的為賤。如第一回的裴幼娘：

> 再不像如今這些做小官的，就肯輕易趺倒濫相處一個朋友。往來的，
> 都是貴侶豪流。那些一竅不通，憑著幾貫錢神，裝腔做勢的這樣愚夫俗子，
> 見了他只好背後把舌頭伸進伸出，那裏能夠得個親近。

裴幼娘之後靠好男色的舅舅牽合，與「不是尋常俗士，清奇帶秀」的書生韓濤相處長久。相對的，被韓濤包養的楊若芝「是個極容易趺倒的小官」，見主顧已表明心有所屬，即見風轉舵的往對他有心的裴幼娘之舅詹復生靠攏，「隨即裝模作樣，做出無數惡懶派頭。兩個眉來眼去，好不調得高興。」第一次受韓濤所託探得裴幼娘的消息，就與詹復生弄上了。往後「去一次就和詹複生弄一回，去了四五次，倒被他弄

〔註34〕康正果：《重審風月鑑——性與中國古典文學》（台北：麥田文化，1996 年），頁 147。

了四五回。」對於韓濤所託之事，根本拋諸腦後。

對於眾多愛財勢利的小官，作者著墨頗多並加以諷刺，第一回入話：

> 若遇那一種專好賣了餛飩買面吃的小官，見了錢鈔，雖是不肯放過，還略存了些兒體面，情願把自己的後孔，去換別人的前孔，見了那樣大老官，不必你先有他的意思，他倒先打點你的念頭。這正是俗語道得好，雞兒換鹽，兩不見錢，各自得便宜的所在。

> 近來出這些小官，一發沒個貴賤，個個倚著了這件不消用本錢，不消費氣力，落得賺人的錢鈔，所以都涸滾三十六帳，是這一涸，便涸的沒了樣範。（第六回）

大多小官們的願望便是「結識得個大老官，賺他些錢鈔。」第二回由牽頭羅海鰍口中道出：「近日出來小官，不過只要身上光鮮，腰邊硬掙。這兩件齊備了，還怕什麼不倒在你懷裏。」第三回：「俗語說，毒龍難鬥地頭蛇，我便做些錢鈔不著，送到他門上去，不怕不隨了我。」第四回：「那些做小官的，有錢的便是好朋友。」第五回中過氣的小官劉玉遇到從外地來經商的鄧東，「若倒是個肯買貨的主兒，莫要是說起發他的錢鈔，就是醃豬肉，弄他幾十斤在家肥肥嘴也好。」「我們做小官的，不過貪戀幾分錢鈔。你若肯撒漫，包了身上的穿，包了口中的吃，包了腰邊的用，便是斗大的雞巴，沒奈何看那家兄分上，也只得承受。你若不肯撒漫些錢鈔，總是沒雞巴的也不干我事。」「咱老子也不叫你吃虧，進得一寸，把你一寸錢；進得二寸，把你兩寸錢。」兩人並非真心真意在一起，大老官大多也是抱著玩玩的態度，剛好碰上個好拐小官的鄧東而人財兩失。第六回馬小星「一向聞得錢員外是個拐小官的，又肯撒漫使錢，時常想慕他。」第六回中秋一色跟了錢員外，錢員外待他不薄，但秋一色「只當行了這步運，不上年把，身邊到積攢得頭二百兩。」卻又不知愛惜羽毛，「他快活過了火，拼得用的是大老官的銀子，落得包私窠子，拐人家的婦女，無所不為。兩三年裏，做出許多傷風敗俗的事情。弄出來就連累著錢員外。」之後落得只在錢員外家裏劈柴燒火，而不得賞愛。第九回儲玉章手頭緊了後，「那些舊相處的小官，見他腰邊不硬掙，一個個又抱琵琶過了別船。」十一回：「玉姝見了大包銀子，那裏曉得呈色好歹，只說身邊有鈔的就是撒漫主顧，霎時間臉色又喜歡了許多。」十二回：「那做大老官的，叫做東邊也是佛，西邊也是佛，有了錢鈔，那裏沒個小官相處。」十八回「但看如今的小官，個個貪得無厭，今日張三，明日李四，滋味都嘗過。及至搭上了個大老官，恨不得一頓裏，連他家私都弄了過來。所以說貪字，是個貧字。是這一貪，連個主顧都弄脫了。」十八回山寨大王出黃金二百兩求小官，「有幾個絕色的小廝，聽說這個重價錢，個個思量要去。這總是看那二百兩金子分

上，沒奈何把這父娘皮肉，都去做成了草頭大王。」十八回中韓道士勾引小官葛妙兒，葛妙兒說：「你曉得我們做小官的，蕩慣身子吃慣嘴，那裏去熬清守淡？」十九回：「殊不知近來小官都像了白鴿，只揀旺處就飛。」「比像這時你若肯撒漫些兒，就是乞丐偷兒，也與他做了朋友；你若這時愛惜錢鈔，就是公子王孫，只落得不放在心坎上。」十九回的花四郎「得了三十兩銀子，連個性命都賣與了范公子，那裏還把個烏良放在心上？就去買了些絲綢緞疋，做了幾件麗服，一時闊綽起來。」

　　書中幾乎每回都可以看到作者把小官描寫成愛錢的勢利及卑賤的嘴臉，因為關係的建立點通常以金錢為前提，當金錢散盡或有人出更好的價錢時，隨時可以讓關係變化或結束。如十六回中的何冕先變心，結交有錢的大老官，後碰到落難的舊好達春，以冷落態度待之，「這些做小官的心腸都是這樣，結交了富的，就把貧的撇了，結交了貴的，就把富的撇了，不要說別樣，只是遠迢迢同到這裏，且莫說茶飯不曾打牙，就是喘氣也還不曾息得，便又要打發他起身，可不是情上太欠了些。」「總是如今做小官的炎涼勢利。」後得知達春顯貴，竟在路上「高高把個屁股突起，倒身跪在那裏」，希冀達春垂念舊日交情回心轉意。也無怪達春道：「你那時只指望靠了大老官受用一世，便將冷眼欺人，怎知今日我得到了這個地步，你還是舊時模樣。」如此的陋醜行徑，還無恥的說：「當今之世，欺貧愛富的小官，非止何冕一人？」

　　即使是作者眼裡認為的好小官，也是眼裡只有錢，如第八回的范六郎「不像近日這些沒嘴臉的小廝一般，極是會得看人打發，委是肯撒漫些的，方才招接個把。」第一回不肯輕易濫交朋友的裴幼娘也是見韓濤是個體面在行的主顧，所以才搭上的。

　　在作者筆下，實際上真正能自重的小官一個也沒有，在這種金錢與性的交易活動中，更見出小官在貪財勢利的多面形貌性格，其形象與妓女的重財輕義無異，更赤裸裸的展現出同性戀行為在中國社會中的娼妓形象，以及所牽涉的金錢關係。故第十一回入話：

> 大凡做小官的，與妓家相似，那妓女中也有愛人品的，也有愛錢鈔的，
> 也有希圖些酒食的。小官總是一樣。

對小官的貪財無情充滿了諷刺味。在此之下，對小官貴賤的分等似乎成為無意義且可笑的，但從中可以看出作者在創作觀上的矛盾，要求小官具有道義的期望與小官存粹商業交易的身份出現認知的落差。

　　《龍陽逸史》中小官，幾乎皆是被書寫成比女人更具女人味的陰柔纖細之美，其男兒之身完全被忽略。衡量他們得寵與否的標準無非是年齡、容貌、舉止、肌膚白晰、顧盼多情等女性特質。而小官們在外觀打扮上也模仿女性，施脂抹粉，矯揉

作態，從中可知當時小官形象及嗜小官者的審美口味。這樣的女性化形象，也影響後來同性戀文學中男同性戀者形象的書寫。清代長達六十回的同性戀小說《品花寶鑑》把這種情況詮釋得最徹底。書中扮旦角的男伶，全部是十二至十八的男孩，無論樣貌、動作、聲調、神情跟生理上的女人均沒什麼不同。

雖然歷代的男寵大多是以「貌嬌美艷，綺麗風騷」取得上位的歡心，但也看到漢武帝因衛青「貌狀體偉」、明武宗以江彬「強且健，魁碩有力」而親幸之。真正的男同性戀者，不必然都是表現出女性化的特質，不少人儀態舉止儼然是個偉丈夫。李銀河在《同性戀亞文化》對同性戀關係中角色問題所做的觀察：「在同性戀社群之中，有相當多的人不扮演固定的角色。……對於同性性行為中不可避免的主動和被動的劃分，但絕不可以簡單拿來附會男女兩性的性別角色。」〔註35〕佛洛伊德認為同性戀的性對象顯然不僅是同性，而是兩性性徵的結合，是徘徊於渴求男人與渴求女人之間，所做的一個妥協；不過有一個條件卻是根深蒂固的，那就是對象必有男性的肉體（性器）〔註36〕。可以看出晚明這種以女性陰柔美為主的被動角色書寫，明顯的與當今男同性戀族群的審美態度有所不同。

第二節　小官的營生狀況

本節將介紹與小官生存最息息相關的營生狀況，包括小官為何會走入這一行業？最重要的是以何種方式去營生？在營生過程中與同業人之間的互動為何？透過此可以更深入瞭解小官的營生文化層面。

一、當小官的原因

歷代文獻所記載同性戀的例子不少，但對於此種現象的由來成因則無學理上的探討，不過有類似先天或後天的說法。《隨園詩話》春江公子詩云：「人各有性情，樹各有枝葉，與為無鹽夫，寧作子都妾。」〔註37〕這是先天自覺意識之說。紀昀《閱微草堂筆記》：「凡女子淫佚，發乎情欲之自然；孌童則本無是心，皆幼而受給，或勢劫利餌耳。」〔註38〕這是後天之說。

〔註35〕李銀河：《同性戀亞文化》（北京：中國友誼出版社，2002年），頁179。
〔註36〕佛洛伊德著，林克明譯：《性學三論——愛情心理學》（台北：志文出版社，2000年），頁42。
〔註37〕袁枚：《隨園詩話》（台北：宏業書局，1987年）卷四，頁69。
〔註38〕紀昀：《閱微草堂筆記》（天津：天津古籍出版社，1994年）卷十二〈槐西雜志〉二，頁274。

　　袁枚認為是天生的，而紀昀則認為是後天造成的。白行簡《天地陰陽交歡大樂賦》則說是：「人情之相沿。」〔註39〕同性戀賣淫的問題顯然是與時代的社會、文化、習俗背景有較密切關聯的。《宜春相質》則以「或屈於愛、或屈於勢、或利其有、或利其才，勉為應承耳」〔註40〕來概括男性賣淫者的動機，否定男男之間有真情存在，認為其人只是為了某些現實的因素勉為應承，故無法長久維繫，下層小民更藉此騙錢維生。《龍陽逸史》中也提出小官們與女子賣淫的相同行為動機：「大凡做小官的，與妓家相似，那妓女中也有愛人品的，也有愛錢鈔的，也有希圖些酒食的。小官總是一樣。」（十一回）除了利益驅使是較必然的條件外，試分析小官「入行」的其他原因：

（一）生活所迫

　　這類原因是讓小官入行的最重要因素，小官大都無職無依，為了貼補生活，只好下海。《龍陽逸史》中為數不少的小官是基於此原因，如第四回袁通：「我們做小官叫做討不得飯，沒奈何出來幹此道的。」但因生得不甚標緻，故偶也間作牽頭生意。第八回「小官塌房」的紅牌范六郎「原是好人家兒女，沒奈何尋這條門路的。」第九回柳細兒「把沒奈何出來做小官的衰腸話」，一一告訴儲章玉，儲章玉一聽馬上想把他帶回去同開鋪子，這些「衰腸話」一定有可憐感人之處。十五回崔英，父親崔員外曾是經營小官生意的大富人家，長至三歲，父親過世，家產被族人分空，靠遠房兄子撫養，至十四五歲兒子死，頓時「沒了投奔，衣不充身，食不充口，十分狼狽，打點要做些小小生意，幾沒個本錢。無可奈何，思量到了自家背後這件汙貨，尋個主兒暫時通融幾兩銀子。」後碰到父親的舊識華思橋正販小官，華將他賣給童勇巴，童又將他出脫至大財主家。十七回馬天姿被家主妻拋在水中，適巧被唐窮救起，馬天姿思量到傷情之處，只不住涕淚而言：「我若留得父母在，如何有這個日子？」上述每個人皆有其無奈之因，或沒了父母、失去家庭的無依孤兒；或是經濟困難、衣食難維，這也凸顯另一面社會問題。

（二）他人誘導

　　在同性戀小說中，常常出現誘導情節，《龍陽逸史》中的小官大半屬年紀幼小的男童，在同性性關係中自然更易被年紀大的大老官所誘導，如第一回所言：「有等好撒漫主顧的大老，見著一個男色，決然要弄上手。縱是那從來不肯相處朋友的，聽他那一甜言媚語派頭的說話，免不得要上了他的香餌。」第七回史小喬十幾歲就喪

〔註39〕白行簡：〈天地陰陽交歡大樂賦〉（葉德輝編：《雙梅景闇叢書》，海口：海南國際出版中心，1998年），頁8。
〔註40〕詳見醉西湖心月主人：《宜春香質‧花集》第一回，頁162。

了父母，養在叔父身邊，「到了十四歲，地方上幾個無籍光棍見他年紀幼小，又生得有幾分姿色，日日哄將出去，做那不明不白的事情。」叔父雖然也再三的下苦情，訓責了幾次，「怎知這個習下流的不肖東西，那裏肯改過分毫。這也不要怪他，總是俗話兩句道得好，行要好人，坐要好伴。既入了這個夥伴，緣何有個回頭？」後被叔父驅逐出門，那些光棍見此，正中機謀，每人花些銀子，替小喬做了幾件闊綽衣服，來到杭州找買主。二十回石得寶被親族石敬岩挑撥其父子感情「一鉤子就搭了上手，石得寶被他哄誘不過，只得也曲從了。自這一遭兒後，兩個吃著味道，你戀我，我戀你，朝朝暮暮，那裏曾有一刻把這個念頭撇下？」一些小官在有心人的「哄誘」下，很容易的就可以入行。

同性戀之間的誘導最具代表性的是《弁而釵·情貞記》與《石點頭·潘文子契合鴛鴦塚》，康正果提出這是一種「身歷其境」之後體驗到快感，是在對方的引導下從自己身上找到樂處的過程。〔註41〕而對於《龍陽逸史》中年紀小的小官，利益的誘引應是大於性的誘惑。

（三）無條件自發性

從生物學角度看，兩性間不能截然劃分成雄性和雌性，在一個完全雄性與一個完全雌性之間，有許多發育程度不同的中間狀態。〔註42〕有的環境倡導對同性戀欲望的壓抑，使之長期處於潛伏。環境的因素包括法律、風俗、宗教、家庭等。一個開放的環境有助於誘發本已內生的同性戀性取向及同性戀行為的產生，不管環境如何，同性戀性傾向的存在與產生的必要條件，是同性戀者體內本身就有接收外界刺激的機制。從這個意義上來看，同性戀性傾向是自體本就具備的。

《龍陽逸史》中沒有正式探討小官同性戀是否為天生的問題，且故事內容大多是利用同性間的性行為來牟利，很難判別哪些小官是無條件自發性的同性戀者，但可以從與性對象的互動中及最後分合看出一些端倪。如第一回的韓濤與裴幼娘，兩人可以相處長久，十一回的沈葵與韓玉仙也可以相處十多年才分手，第三回湯信之、唐半瑤也相處三五年以上。依照金賽博士針對同性間性行為的頻率為基準所訂出的量表，從「絕對的同性戀」到「絕對的異性戀」劃分的七個等級，〔註43〕中間有著

〔註41〕康正果：《重審風月鑑──性與中國古典文學》（台北：麥田文化，1996年），頁142。
〔註42〕哈夫洛克.靄理士（Havelock Ellis）著，潘光旦譯註：《性心理學》（台北縣：左岸文化出版社，2002年），頁217。
〔註43〕0：完全異性戀，無任何同性戀成份；1：大部份為異性戀，只有偶然同性戀；2：大部份為異性戀，多於偶然同性戀；3：異性戀與同性戀程度相等；4：大部份為同性戀，多於偶然異性戀；5：大部份為同性戀，只是偶然異性戀；6：完全同性戀。這七個等級，大致上可分為三種狀況：絕對的同性戀、絕對的異性戀、以及處於兩極

「量」與「質」的變化。《龍陽逸史》中的一些小官在同性戀的程度上，等級應是滿強的。如同《隨園詩話》的春江公子所云，〔註44〕有人天生就是易產生斷袖之癖，甚至還有厭女症〔註45〕的男同性戀者。李漁《十二樓・萃雅樓》中也敘述一美少年與二雅士交好，情投意合，三人互相體貼，過著一種自在的同性戀生活。

二、小官的營生方式

　　《龍陽逸史》中的同性性行為氾濫，並不是嚴格意義上真心相愛的同性戀行為，雖然書中並不以「妓」來稱呼這些小官，但說白了就是「買貨」與「賣貨」的商業關係。事實上，男人的「舉體自貨」，與女人為妓相比，其性質、目的並沒什麼不同。〔註46〕在中國古代，娼、優不分，男風很大程度上是「娼妓」的同義詞。在歷史演變中男子從以前男寵、弄臣、變童的身分，轉為出賣色相、服侍男人的「男妓」，以作為謀生手段。男妓的出現，在北宋陶穀《清異錄》較明確的提到：

　　　　四方指南海為煙月作坊，以言風俗尚淫。今京師鬻色戶將及萬計，至

　　　　於男子舉體自貨，進退恬然，遂成蜂窠巷陌，又不只煙月作坊也。〔註47〕

反映出當時已經出現了職業性質的男妓，且男色風潮竟興盛到必須正式以法令禁止

端之中的中間狀態。這種分法，金賽博士認為，除了少數的「絕對的異性戀者」之外，絕大多數的人們則或多或少都有同性戀的傾向。大部分學者都同意這種量表仍可繼續使用，但為加強其功能，增加了其他個別的度量因素，如愛、性吸引力、性幻想、自我認同等。另一個重點是，個人的度量也會因時間而改變；換句話說，金賽量表不應該被當做是僵硬的、固定的描述，或被用來形容個人所有的行為或預測未來的行為。詳見瓊・瑞尼絲（June M. Reinisch）、露絲・畢思理（Ruth Beasley）作，王瑞琪等譯：《金賽性學報告》（臺北：張老師出版社，1992年），頁225。

〔註44〕（清）袁枚《隨園詩話》：「人各有性情，樹各有枝葉，與為無鹽夫，寧作子都妾。」（台北：宏業書局，1987年）卷四，頁69。

〔註45〕李漁《無聲戲》敘述「出類拔萃的龍陽」許葳：「婦人把他看得滾熱，他把婦人卻看得冰冷。為什麼緣故？只因他的生性以南為命，與北為仇，常對人說：婦人家有七可厭。人問他：哪七可厭？他就歷歷數道：塗脂抹粉，以假為真，一可厭也；纏腳鑽耳，矯揉造作，二可厭也；乳峰突起，贅若懸瘤，三可厭也；出門不得，系若匏瓜，四可厭也；兒纏女縛，不得自由，五可厭也；月經來後，濡席沾裳，六可厭也；生育之餘，茫無畔岸，十可厭也。怎如美男的姿色，有一分就是一分，有十分就是十分，全無一毫假借，從頭至腳，一味自然。任我東南西北，帶了隨身，既少嫌疑，又無掛礙，做一對潔淨夫妻，何等不妙？」詳見《無聲戲》（杭州：浙江古籍出版社，1992年）第六回〈男孟母教合三遷〉頁109～110。

〔註46〕王書奴在《中國娼妓史》中綜括諸家立論，把娼妓定義為：「因要得到他人相當報酬，乃實行性的亂交，以滿足對方性慾的，是為娼妓。男子賣淫，是同一例。」（長沙：岳麓書社，1998年9月），頁15。

〔註47〕陶穀：《清異錄》（北京：中華書局，1985年）「人事門」〈蜂窠巷陌〉，頁36。

之，從北宋朱彧《萍州可談》記載：

> 至今京師與郡邑，無賴男子用以圖衣食，舊未嘗正名禁止。政和（徽
> 宗）間始立法告補，男子爲娼，杖一百，告者賞錢五十貫。〔註48〕

明代文人筆記小說中的訊息，男子已公開從事較有規模組織的賣淫活動，田藝蘅《留青日札》曾記：「今吳俗此風尤盛，甚至有開鋪者，何風俗之澆薄至于此乎？又何怪于淫婦之多也。今京師盛行名之曰小唱，即小娼也。」〔註49〕。明末史玄《舊京遺事》也提到：「小唱在蓮子胡同與娼無異，其姝好或乃過於娼，有耽之者往往與托合歡夢矣。」〔註50〕張岱《陶庵夢憶》也提及此類場所的存在：「有無賴子于城隍廟左借空樓數楹，以姣童實之，爲『簾子胡同』。」〔註51〕晚明小說《檮杌閒評》也有對於「簾子胡同」較具體的描寫：

> 西邊有兩條小胡同，喚做新簾子胡同、舊簾子胡同，都是子弟們寓所。只見兩邊門內都坐著一些小官，一個個打扮得粉妝玉琢，如女子一般，總在那裏或談笑、或歌唱，一街皆是。又到新簾子胡同，也是如此。
> 〔註52〕

「簾子胡同」透露出京城男性的賣淫活動已成爲一種公開且職業性強的行業。

《龍陽逸史》敘述一個男色昌盛的世界，這些賣淫小官們勢不能免的會形成自己的一套營生方式。書中對於小官的營業方式有從游散不定的機緣認識，到個人在家掛牌接客、姐弟一起從妓營生，甚至大有規模同妓院一般正式、有組織性的開店營業，皆有具體記載。營生方式是小官主要的生活開展活動，透過此可以對小官階層的營生文化進一步了解。先以簡表列出其主要營生方式：

回　數	小　官	營生方式	仲　介　人
第一回	裴幼娘	游散不定	裴幼娘之舅
	楊若芝	被包養	
第二回	李小翠	被包養	牽頭羅海鰍
第三回	唐半瑤	游散不定	牽頭喬打合、牽頭和尚
	唐半瓊	游散不定	

〔註48〕 朱彧：《萍州可談》（清張海鵬集刊《墨海金壺》34集，進興書局印行）卷三，頁20206。
〔註49〕 田藝蘅：《留青日札》（《續修四庫全書》子部雜家類1129，上海：上海古籍出版社）卷三〈男娼〉，頁41。
〔註50〕 史玄：《舊京遺事》（北京：北京古籍出版社，1986年），頁25。
〔註51〕 張岱：《陶庵夢憶》（台北：漢京文化事業，1984年）卷八〈龍山放燈〉，頁71。
〔註52〕 不題撰人：《檮杌閒評》（北京：人民文學出版社，1983年）第七回，頁75。

第四回	許無暇	游散不定	小官袁通
	袁　通	游散不定	
第五回	劉　玉	自家營業	
第六回	秋一色	游散不定	歇家章曉初
	馬小星	游散不定	
第七回	史小喬	游散不定	被朋友騙賣
第八回	范六郎	「小官塌房」紅牌	
第九回	柳細兒	游散	牽頭劉瑞園
第十回	小藏倉	被包養	
	俏彌子	被包養	
	美龍陽	被包養	
十一回	韓玉仙	與姐開店鋪營業	
十二回	滿身騷	游散不定	賭場賣籌的章小坡
	滿身臊	游散不定	牽頭老蔣
十三回	蘇惠郎	游散不定	
十四回	洪　東	固定僱主	被販子拐賣到「發兌男貨鋪子」再轉賣給富翁
	小潘安	游散不定	
十五回	崔　英	固定僱主	被販子華思橋騙賣，又出脫給大財主
十六回	何　晁	游散不定	
十七回	馬天姿	固定僱主	
十八回	葛妙兒	自家營業	
十九回	花　姿	游散不定	朋友成林促成跳槽
二十回	石得寶	游散不定	族人石敬岩哄誘離家

　　從表中可看到《龍陽逸史》中小官們的營生狀況是多樣的，歸納之大致可分成下列幾種：

（一）游散不定或固定僱主

　　這是佔較多的營生方式，有姓名小官二十八人中，有二十四人是以此方式，佔了大多數。這些游散在社會各處的小官，有些是主動性賣淫，有的透過像牽頭類的仲介人尋找買主交易，其中有九例是如此，如第三回唐牛瓊遇到牽頭喬打合說：「那裡有好相處的，千萬替我尋個。」有些是中介人應大老官之託主動找上小官牽線撮合，如果找到願意包養的主顧，小官就從游散暫時有固定僱主，如果大老官另結新歡，小官又回到游散不定，有時則是小官自動跳槽。大抵這類小官是屬於自由職業，

較少被迫，一切憑個人意志行事。而且不管其是因對同性戀感興趣還是爲生活所迫而加入此行列，大都是向「錢」看齊的，金錢是決定他們動向的最重要關鍵，只要有人出更高的錢，隨時可跳槽。如十六回敘秀才達春與小官何冕交好而家財散盡，何冕轉而投奔富戶唐十萬「希圖一朝發跡」。不料唐十萬身故，就被其兒子凶狠的驅逐出門。落魄後知道達春顯達又以卑猥的方式求合。十九回的花姿本與烏良相好兩三年了，「怕沒處相往個大老官，弄他一塊」，心想跳槽，經朋友成林鼓動，「有了這副好面孔，趁著少年時節，有心破了臉，不結識得個大老官，賺他些錢鈔，也枉做個小官，虛得其名，不得其實。」後來介紹給鄉宦的兒子范公子。可以說這些游散的小官，大部分都是積極的在尋找可以「好相處」的大老官，而「好相處」的首要條件就是要「肯撒漫些」的有錢人。因爲其營業本來就是一種商業交易。

有些小官則是不幸的被騙賣、拐賣而不得不淪爲此業，被騙誘的小官，因可衣食無虞，最後倒也樂於接受此業。如第七回史小喬被朋友騙賣給姚瑞，姚瑞「也不薄待他，日則同食，夜則同寢」。十五回崔英，父親崔員外專販小官，死後財產被族人瓜分，不得不做起此業，後遇與父親生前交好的朋友華思橋，華思橋爲了二十兩銀設圈套把他賣給小官販子童勇巴，崔英事後也無反抗掙扎，後來童勇巴「把他出脫到了個大財主人家去，快活享用。」

有些則利用行業之便而順便兼起小官業，如第六回秋一色是福建建寧府甌寧縣的篦頭小廝，「我這裏出來拾尾的小廝，都倚這篦頭爲名」。「怎麼叫摺尾？……這是我這裏拐小官的鄉語，就如徽州叫搊豆腐，江西叫鑄火盆，北路上叫糙茱茱一般。」「原來貴處的篦頭小廝，都是做這道生意的。」剃頭或篦頭行業與賣淫的關係密切，類似現在美髮理容院兼做色情行業的型式。

以上所介紹的游散營生或尋找固定僱主，小官的目的無非就是錢，金錢最易引起人際之間的利害關係。尤其是同業之間的小官，免不了會有搶客人的競爭及吃醋行爲。如第五回中駱駝村出了二三十個小官，這樣一批人免不了良莠不齊，故發生了上等小官逼退下等小官之事：

> 那上等的見下等的壞了小官名色，恐怕日後倒了架子，遂拴同上等，又創起個議論，竟把那下等的圍住。下等的見他們圍住了，內中有幾個認時務的，仔細想一想：總不然到了百歲，也還是個扒頸？沒奈何，只得硬了肚腸，買個網子戴在頭上。（第五回）

年紀約三旬的劉玉也是被逼退的下等小官之一，「竟沒有生意，正沒些設法處。」（第五回）第六回馬小星因錢員外喜歡上自己的朋友秋一色，當錢員外特召其打探消息時，故意編假名戲弄他，想讓他尋不著。錢員外後尋著秋一色，要他隨其

回家過生活，秋一色「正叫做一跤跌在蜜缸裏」，滿口應承。錢員外替他從上至下換得簇新，那些同夥伴的篦頭小廝聽說秋一色被錢員外收拾在身邊，又見他身上已換得齊整，「一發氣不過，叫聲打，簇擁上前，一齊動手，把秋一色拖翻在地，那拳頭就如雨點亂下。口口聲聲嚷道：「難道生意是你一個人霸定的。」可以感受到雀屏中選的秋一色多麼讓同行的人既羨且妒，以至氣不過的結夥把箭頭全攻在秋一色身上以洩恨。

十二回入話提及：「近來出等小官，好歹便要吃醋。看將起來，小官吃醋也是常事。」如第一回韓濤與包養小官楊若芝在外頭遇見「小官魁首」的裴幼娘，韓濤忍不住的誇口讚美，楊若芝便吃味的語帶酸意說：「如今的人，只生得兩隻耳朵，幾時曾有個眼睛。難道略有些名頭的就叫做標致？只怕不能夠十全十足哩。」十二回富戶高綽先結識滿身臊，後又認識更動人的滿身騷，滿身臊向正在與大老官高綽玩耍的滿身騷吃味的說：「人人都說你做小官有崖岸，看將起來，一發比我不值錢得多哩！」而吃起醋來。十四回「那兩個小和尚，一個叫做妙通，一個叫做妙悟，都是在老和尚身邊早晚應急的。兩個見了妙心，覺就有些酸意，都不快活起來。」以上的情節都可以看到小官彼此之間為了衣食父母的大老官明爭暗鬥的爭風吃醋。

又或許身處於同一處境，特別能感同身受從此業所遭遇的辛酸與無奈，小官之間也出現彼此互助的情形。第五回的下等小官劉玉被外地人鄧東騙奸，再度相遇時，兩人扭打成一團，並決定報官司處理：「如今我們下等的，共來的也有十七八個，一齊會集出來，撚了些衙門使費，及早到州衙裏去，告他一狀，才可免得上中兩等背後譏笑。」後來劉玉輸了官司，恐怕上中兩等小官的恥笑，便打算離開駱駝村，「那些上中兩等的，見他要擺站去，卻也同調相憐，都來齊助盤纏。」這些處境相同的小官，雖以錢為重，但看到同業被欺侮、落難時，心中仍會激發出同病相憐之感而集資相挺。

小官有固定性服務對象，通常可分為主僕的關係，以及被包養的方式。依小官身份來看，可能從小就被買進當主人的侍童或門子，是為買斷方式。這種關係，小官是僱主的私人財產、專有的娛樂品，基本上只是被當作私人物品，命運完全由僱主決定。因為跟僱主間沒有倫理的關係，當僱主喜新厭舊時，可以隨時遣散、轉賣或流落他鄉。且面臨到的另一威脅則是僱主妻子的妒忌所做出的迫害行為。如十七回孤兒馬天姿一向固定住在陳員外家，不想「院君與員外因些口過爭競起來，驀地把我灌醉了，盛在這叉袋裏，拋在水中，要結果我的性命。」幸而被唐窮救起，但後又以一百一十兩被唐窮賣至戲班。事後馬天姿不但沒有想去控告或報仇，反而擔心害怕又被送回陳家，寧可求唐窮把他賣到別處。事後仍為陳員外所知，陳員外欲

將馬天姿領回，馬天姿不勝惶恐，最後潛逃到外地做戲子。又如十四回洪東：

> 在生時原是毘陵大族人家兒女，十六歲上被一個販子拐來賣在老卞家
> 裏。老卞訪得他是好人家，不肯十分狼藉他，把他派在天字上上號。後來
> 是本處一個富翁見他有些丰致，用了百把銀子弄得回去。

因非出於自願又無人身自由，想必日子一定痛苦，果眞「不上半個月日，內裏容他
不得，這洪東硬了肚腸，尋了個自盡。」這類小官，他們沒有人身自由，沒有固定
收入，爲主人提供性服務，甚至於生命也沒有保障。

另一種是在一定的時期爲某一固定的僱主所包養。第一回的楊若芝被韓濤包養
在身邊，當韓濤又愛上裴幼娘時，便送了他六七十兩分手費，關係隨時可終止。必
要時還立有契約，契約中明白規定了報酬數目、服務年限和範圍、附帶條件等等，
所以這類小官能得固定的報酬，且服務年限一到，就恢復了人身自由，可另尋僱主。
如第二回寫到小官李小翠與富戶邵囊，藉由牽頭羅海鰍出來調停二方的爭議，並立
下議單：「議定每年包倒他多少家用，多少衣服。這遭兩家才又過得熱熱絡絡起來。」
議單內容有清楚的規定：

> 立議單人羅海鰍，……往事不必重提，新議何妨再酌。三面言定，每
> 歲邵奉李家用三十金，身衣春夏套，外有零星用度，不入原議之中。此系
> 兩家情願，各無異説。如有翻覆等情，原議人自持公論。恐後無憑，立此
> 議單。各執一紙存證。

這種同性賣淫活動中，出現賣淫者與僱主之間訂立合約、確定報酬等等，在他書中
是罕見的，《龍陽逸史》提供此方面可貴訊息。

（二）店鋪營業

如果游散方式是屬於較私下隱密的同性賣淫活動，《龍陽逸史》中還有一類營生
方式是如妓院般的公開營業。小說中這種公開的同性賣淫活動可分成兩種形式：

1. 個人店鋪

如第五回中鄭州駱駝村「只見東家門首，也站著個小官，西家門首，也站著小官。」
這個村小官大多在自家營業，招攬路過的客人。第十一回敘述一對姐弟一起從妓營
生，來到杭州兩三日，名聲便稱揚開去，後因搶了妓女生意，被攢到別處，生意反而
更好，因爲「一個鋪子做了兩樣生意。有那好女色的，便看上了韓玉姝；有那好小官
的，便看上了韓玉仙。」可見當時人們「水陸兩樣都來得」的嘗鮮尙奇的口味。

第十八回中小官葛妙兒本是游散在社會的，因年紀漸長，容貌又醜陋，未能找
到大老官相處，爲招徠生意，特別請畫工畫肖像在家掛牌接客。從「老朽做了多年
的畫工，從來不曾見說要畫小官招牌的」；「那些過往的人見了這個招牌，都只道是

賣畫兒的樣子，決沒個曉得賣這一道的」；「韓道士在門首經過，看見這個招牌，只道是賣符的人家」，可知當時以此種個人掛牌的營生方式還不普遍。這種個人店鋪的營生，收入當然完全為個人所得，也有人身自由。吳存存認為它是清代中期以後相公私寓制的雛形，小官個人掛牌營業在清中期以後的京城十分普遍。〔註53〕

2. 掛牌南（男）院

男子賣淫方式還有一種是由類似妓院老鴇式的人物發起並提供場所，招來一定數量的小官聚居營業。《龍陽逸史》深入的觸及社會下層男子同性賣淫活動的場所，其中提到較正式有規模的南院有二，一是第八回出現的「小官塌坊」，故事生動的描述了「近日做小官的，也思量要立起一個行業來，倒與那做娼妓的做了對頭。」當時專為小官開設的「小官塌坊」，生意好到搶光狎客，衝擊到妓女店的生意，雙方因而引起一場訴訟來。此「小官塌坊」是光棍魯春買了五十多間廢棄的妓戶，因當時人「正作興著小官」，故順應時勢開起一個「小官塌坊」。且寫了許多「知會貼兒」的宣傳：「南林劉松衙，於某月某日換主，新開小官塌房，知會四方下顧者，招接不誤。」開張不久，吸引不少小官來。但這批小官皆長得不甚動人，生意冷淡，後來了個標致的金州小官范六郎，自從來了這樣的絕色招牌，帶動了「小官塌坊」的生意。魯春自得了標致小官范六郎，從此之後：

> 只當有了百來畝肥田，鎮日安耽吃用個自在。……眾小官有了范六郎這樣一個招牌，連各人的生意，都打發不開。從此一日一日，小官當道，人上十個裏，倒有九個好了男風。連那三十多歲生男育女的，過不得活，重新也做起這道來。

依附在「小官塌坊」接客的小官，雖沒交代接客的所得收入，但小官必須固定給吃飯錢，「一個人一日要算你三分飯錢，那裏管得你有生意，沒有生意。」雖然有固定的店鋪，不代表就能為生活帶來保障，無非只是替人賺錢的工具。運氣好時，能碰上像范六郎這樣的口碑，才可沾點邊的趁便賺些錢。

另一種是十四回中的「發兌男貨的鋪子」，故事敘述襄城縣富室卜若源：

> 做的生業不在三百六十行經紀中算帳的，你道他做的是那一行？專一收了些各處小官，開了個發兌男貨的鋪子。好的歹的，共有三四十個。

並把這些收來的小官把他們分了等級：

> 凡是要來下顧的，只須對號看貨。……卜若源也只當行了這一步運，不上開得十年鋪子，倒賺了二三十萬。

〔註53〕吳存存：《明清性愛風氣》（北京：人民文學出版社，2000年），頁141。

這些小官的來源大都是被賣身或是流落在地方上無家無業、衣食難持的小官。收進來後，沒有人身自由，成為幫人賺錢的性工具。可以看到的是當時小官賣淫生意的活絡，已發展到有經營策略的「對號看貨」。經營此業竟讓卜若源成為巨富，從所得利潤的豐渥，也側面得知消費小官的人是何其多。

另外，十五回中有個崔舒員外：

> 不做一些別的經營，一生一世專靠在小官行中過活。你道怎麼靠著小官就過得活來？他見地方上有流落的小官，只要幾分顏色，便收到家裏，把些銀子不著，做了幾件時樣衣服，妝粉了門面，只等個買貨的來，便賺他一塊。後來外州外府都聞了他的名，專有那販小官的，時常販將來交易，兩三年做成天大人家。

雖然這裡沒有營業場所的具體名稱，但從經營名聲的廣傳，可見當時小官生意的活絡，讓崔員外這類人懂得經營之道，看準客戶注重外表「包裝」的心理，私下經營的小官買賣生意，也獲取極大的利潤。

這類同妓院公開正式掛牌、開店舖的營生方式應還是不普遍，除了小說反映較詳細，其他文獻的記載簡略不多見。小說《弁而釵·情奇記》曾詳細記載「南院」狀況和賣淫小官的遭遇。故事敘福建閩縣人李又仙，因父運糧被盜入獄而沿街賣身救父，被買入「南院」充男妓，其中具體記述「南院」之制度、服務性質及收費：

> 此男院乃聚小官養漢之所。唐宋有官妓，國朝無官妓，在京官員不帶家小者，飲酒時，便叫來司酒。內穿女服，外單男衣。酒後留宿，便去了單服，內衣紅紫，一如妓女。也分上下高等，有三錢一夜的，有五錢一夜的，有一兩一夜的，以才貌兼全為第一，故曰南院。〔註54〕

剛入南院，「大漢叫摘凡來見了眾姊妹，摘凡同進後房，並無女子，都是男兒，卻人人都帶些脂粉氣。」剛接客時，摘凡並不知究裡而予推卻，被客人大罵羞辱，「你既落在南院，原是養漢生意，替妓女一樣，何必做作。」後被老闆燕龜一頓皮鞭及強行雞姦讓他就範。當時的南院就有一套規矩，老闆燕龜在屋外不時的監視，讓他「答應一句，冷汗一身，酥麻四肢」原因是：

> 夜喚三次，一次應遲，明日便是三十皮鞭，一下也不肯饒。動一動，重新打起，口內含油，一滴出口，又要加責。既不敢出聲，又不敢展動，竟如打死人一樣，豈不怕也？〔註55〕

可以看到南院中管理男妓之滅絕人道，可見出當時明末社會之一斑。男妓開舖營生

〔註54〕醉西湖心月主人：《弁而釵·情奇記》第一回，頁273～274。
〔註55〕醉西湖心月主人：《弁而釵·情奇記》第二回，頁295。

的實際狀況，在正式文獻中難以得見，從《龍陽逸史》中男妓賣淫的公開性與平常化，賣淫空間背景從私家到社會公領域，反映層面廣，展現了過去所完全沒有看到過的晚明社會生活的一個面向，也更貼近小官的生活面。

第三節　小官當道對妓女營生的影響

　　《龍陽逸史》著墨於小官風氣的興盛，多處呈現男色勝過女色甚至壓倒女色的情景，甚至可以公然的掛牌營業，與妓女競爭生意，首當其衝的當然是妓業的職業生態。男嫖女妓本是傳統男子於家庭制度外的一種性娛樂，也保障了一些從妓女子的生活。自古女子能從業的機會甚少，從妓賣色行業一直是女子之專利。但時尚改變，男人除了上妓女院尋花問柳外，還能去男院尋歡作樂。現在連男子都進來搶這片市場，同行相忌，必有競爭的威脅及壓力。在男女妓之生意競爭上，甚至發生男妓生意大興，女妓乏人問津，因而引起打官司等糾紛，從中反映出男風在當時大盛的景況，也爲男女妓訴訟留下珍貴的資料。

一、男色勝過女色

　　小說處處安排這些比女人更具女人味的小官，如何贏得大老官的賞愛，其魅力甚至勝過眞正的女人。第一回裴幼娘長得標致，是個小官魁首，「就是那些女子班頭，見他也要聲聲喝采。」所以當韓濤有次約了裴幼娘來到妓者人家，「那妓家見帶了一個小官上門，恐怕占了他的趣去，最是不喜歡的。」再如第四回寶樓娶了個教坊司裡的粉頭范麗娘爲妻，但婚後寶樓仍好狎小官，家財蕩盡，麗娘勸阻不從，小官的魅力顯然遠勝於妓女出身的妻子。第九回儲玉章好拐小官，把家私花盡，妻子范氏還是賢慧有名目人家的女兒，後來儲還是帶了個扮女裝的小官柳細兒回家，因此第九回開頭便說道：

> 　　如今偏是那有家室的多好著這一道，情願把身邊那閉月羞花，沉魚落雁，二八的嬌娘，認做了活冤家。倒將那簡殼臉皮，竹竿身子，積年的老雞，看做了眞活寶。

小說第三、七、十二、十七回中皆表現已有妻室，仍好小官的主題，並在相當程度上危及兩性婚姻及家庭關係，此留待後面章節再論。

　　第十一回也提到：

> 　　近日來人上都好了小官，那些倚門賣俏絕色的粉頭，都冷淡了生意。不是我說得沒人作興，比如這時一個標致妓女，和一個標致小官在這裏，

人都攢住了那小官，便有幾個喜歡妓女的，畢竟又識得小官味道。

故事敍述了一對姊弟皆從妓營生，姊姊玉姝「儀容俊雅，體態溫柔，彈得琴，品得簫，弈得棋，唱得曲。」弟弟玉仙「比姐姐標致幾分」，又會唱清曲。他們從姑蘇到「南北兼通」的杭州做生意。來到兩三日，名聲便稱揚開去，「一人傳百，百人傳千，好似蒼蠅見血一般，都來攢住了。竟把福清巷沙皮巷兩處的妓女，只做幾日裏生意都清淡了許多。」後被攛到別處，生意反而更好，因為「一個鋪子做了兩樣生意。有那好女色的，便看上了韓玉姝；有那好小官的，便看上了韓玉仙。」可見當時男子在性娛樂上的多元。當時有外郎沈葵是個「水陸兩樣都來得的」，既好玉姝，又更愛玉仙，不久他「那熱急急的心腸倒牽繫在玉仙身上」，並視玉姝為累贅，讓玉姝甚不快活：

> 過了兩日，果然沈葵又來，跨進門，便走到玉仙房裏，玉姝一個大不
> 快活，心下暗道：「這樣一個沒情的人，走將進來，難道見不得我一見？」
> 隨身跟到玉仙房裏去，只見他兩個對面坐著，正在那裏說幾句心苗的話。
> 仔細一看，桌上一隻火焰焰赤金挖耳，一隻碧玉簪子，又是兩個錠兒，約
> 有十多兩重。玉姝曉得是沈葵送的，越添了些不快活，竟不出一句說話，
> 冷笑一聲，就走了出來。玉仙見姐姐來看見了去，不管個嫡親姊妹，就覺
> 多得他，連忙起身把門掩上。正打點些酒兒，兩個吃得有興，偏生這玉姝
> 又推門進來。這不是玉姝真個癡呆，他是有心來渾帳的。

可以明顯看出沈葵喜愛弟弟的男色更勝於姐姐的女色。與玉仙交往兩年，「為他身上，家私也消費了一牛」，後因杭州大老多好小官，玉姝見自己沒了生意，只好回鄉。玉仙沒奈何也跟著回去，沈葵竟也變賣所有家產，攜家帶小搬到姑蘇，取玉姝為偏房，和玉仙開鋪子，一家過活。

這個故事安排妓女姊姊必須依賴小官弟弟才能有好結局，更明顯證明，即使是名妓也抵不過小官的魅力。當時小官與妓女並無實質性的區別，他們同屬性娛樂對象，只不過小官更新奇、更富刺激性罷了，故小官在那一時期比妓女更為人所津津樂道。〔註56〕

二、男院壓倒女院

同樣具有柔媚動人的女性都已不是小官的對手，而私娼寮中素質不一的土妓就更受威脅了。所以當小官決定立起自己的行業時，便強烈衝擊到女妓的營生問題。

〔註56〕吳存存：《明清性愛風氣》（北京：人民文學出版社，2000 年），頁 145。

第八回更生動的描述了男女妓在生意競爭上的對比：

　　　　當今時世，人頭上走將出來的，個個會得爭雌雄，較勝負。說便這等
　　說，這總是各要為發個行業，指望做個子孫長久之計。……近日做小官的，
　　也思量要立起一個行業來，倒與那做娼妓的做了對頭。

故事敘述光棍魯春在一片五十多間廢棄的妓戶上，重新整理，蓋了一個「小官塌坊」，
情節安排「小官塌坊」在落沒閒置的妓戶上頭重新開張，就有明顯壓倒女妓戶的意
味。魯春寫了許多「知會貼兒」昭告群眾：

　　　　南林劉松街，於某月某日換主，新開小官塌坊，知會四方下顧者，招
　　接不誤。

打出宣傳，開張不久即吸引不少小官來。但這批小官皆長得不甚動人，造成生意冷
淡，竟學起娼妓家的妝扮，搽脂抹粉，結果更為不倫不類，無人上門。但來了個標
致的范六郎後，生意經營興盛，從此之後：

　　　　小官當道，人上十個裏，到有九個好了男風。連那三十多歲生男育女
　　的，過不得活，重新也做起這道來。

且生意竟好到：

　　　　把那娼妓人家都弄得斷根絕命。後來那些娼妓坐不過了冷板凳，一齊
　　創起個議論，把各家媽兒出名，寫了一個連名手本，向各鄉宦家備訴其情。

小官的走紅，引起女妓的忌妒，影響的是最基本生活糊口的問題，「後來那些娼妓坐
不過了冷板凳，一齊創起個議論，把各家媽兒出名，寫了一個連名手本，向各鄉宦
家備訴其情。」鄉宦無法調停這種事，娼妓們便又做了揭帖，把那小官說得骯髒不
堪，各處亂貼。小官也不干示弱做了狀子，向南林縣中投告。可說是：

　　　　眼前誰是與誰非，較勝爭強總不宜。男女雖殊業一樣，加何分得兩生涯。

小官們認為女性可以從此行業賺錢，男性為何不行？判決的典史也難以審決這場紛
爭，後認為「這是小官絕了娼家的道路」，提出讓娼妓「每月初三、十八，俱要齊來
聽候唱名，打發到牢裡去齋一齋囚犯」，固定免費性服務牢裡囚犯的條件交換，於是
貼出告示禁止男風：

　　　　為禁止男風，以維風化事：照得柳陌花衢，為豪俠縱游之地；朱樓翠
　　館，屬王孫恣樂之場。近有無恥棍徒，景入桑榆，濫稱小官名色，霸居官
　　衢，斷絕娼妓生涯。一旦脂粉窩巢，竟作唾津世界，深為可恨。為此出示。
　　著地方總甲，立時嚴行驅逐外，敢有前項棍頭，潛於附近地方，希圖蹈轍，
　　坑害善良者，許諸色人等，即時扭票，以憑究遣。鄰里容留不舉，事發一
　　體連坐，決不輕貸，特示。

告示之立意主要是因小官斷絕娼妓生計，才禁男風。從典史也難以決斷這種是來看，如果小官生意沒有影響到女妓，其營生是不會被插手過問的，男性同性戀賣淫或男男之交是可以被默許的。此事雖然是娼妓佔上風，但也看出男性同性戀賣淫活動已相當活絡。小官塌坊如何地比妓院更受人歡迎而引起女妓的忿怨，顯現當時人對男色的接受度，社會上男子對性愛的口味轉向同性的熱絡，並把它視爲性生活中的一個重要的組成部分，與異性戀同樣是合理的行爲。以現在目光來看，不得不稱奇於當時對同性性關係的開放態度。同時代小說《鼓掌絕塵》也提到：

> 世情顛倒，人都好了小官。勾欄裡幾個絕色名妓，見沒有生意，盡搬
>
> 到別處去賺錢過活。還有幾個沒名的，情願搬到教坊司去習樂當官。〔註57〕

可見當時女妓生意受到小官威脅的事件時有所聞，才被反映在小說中。

無獨有偶，比《龍陽逸史》稍早之前，鄧志謨的《童婉爭奇》〔註58〕就已出現男女院中的男娼與女妓爭風的類似題材。因年代相近，可以以此故事來相印證《龍陽逸史》中的男女妓爭勝的現象。

在《童婉爭奇》卷上描寫變童與美妓爭風奪客的故事，內容敘述長安市街巷中立有一男院曰「長春苑」，一女院曰「不夜宮」。男嫖女妓本是傳統男子於家庭制度外的一種性娛樂，但時尚改變，男人除了上妓女院尋花問柳外，還能去男院尋歡作樂。而且：

> 愛婉女者若少，戀變童者頗多。長春苑更覺繁華，不夜之宮近於寂寞，
>
> 賽施諸姬，不勝其忿。

一「繁華」、一「寂寞」，強烈對比男女院的生意，同行必有競爭的威脅及壓力，所以雙方碰頭交鋒後，由女院先開戰，開始上演一場刺骨入髓的輪番開罵大戰，甚而大打出手。後由一個「與男院諸變童，密背腹之好，又與女院諸婉女，稔隔膜之交」的書生嫖客張俊出面解息紛爭。

故事的基本主旨是主張男、女兩色應「以和爲貴」，平等相處，對男妓與女妓可

〔註57〕金木散人編著：《鼓掌絕塵》（江蘇：古籍出版社，1990年）三十三回，頁397。

〔註58〕本論文所採用版本爲竹溪風月主人（鄧志謨）浪編：《童婉爭奇》（《明清善本小説叢刊初編》第七輯《鄧志謨專輯》的鈔本，台北：天一書局，1985年）。此書因無標明頁碼，故下文引用此文時，不特註頁數。《童婉爭奇》是鄧志謨一系列「爭奇小說」作品中之一種。「爭奇」系列是明清小說中風格十分獨特且別出心裁的小說。特別是其取同類相對的兩種事物，擬人化的以彼此間的優劣往復辯駁爲主題，敘述雙方爭勝，相互唇槍舌戰的辯駁，又兼雜謔語，頗多諧趣之處。從其模扰的筆法、下階層的粗鄙話語，可窺見晚明城市青樓社會的特殊面貌，也是一部反映當時男女從妓文化的珍貴資料。該書前面有序，序後有「歲天啓甲子冬畢辜月，醉中叟題于疏竹軒中」，甲子是天啓四年（1624），比《龍陽逸史》稍早八年。

以同時兼好。此突顯當時男子從妓已不是件新鮮事，可以公然、公平的與妓女競爭生意。雖然小說對當時「男院」生活的具體內容並無提及，除了爭辯、嘲諷外，也無情節推展可言，但它反映當時的男風已興盛到與女妓相媲美之況，也反映當時社會雙性戀的觀點。眾女妓對眾男妓搶走自家生意表現強烈不滿，更從尖刻對罵當中了解當時對男妓的看法，可說是不可多得的資料。

從相互揭發其短其醜的對話內容中，又夾帶濃厚性色彩猥藝式的犀利詬罵，可看出當時眾妓對這些變童的微詞。從其中「我一女一男方是陰陽交姤」、「我一童一冠另是風月機關」、「你小夥子孤陽豈能育？」「你而今是小官，轉眼是老官，後庭花忽然憔悴」、「你東邊交個情人，西邊交個情人，畢竟是虛花之債」的粗鄙話語中可看到最真實的觀點。女妓對男妓的觀點放到現在來看，也正是許多人對同性戀的看法或誤解。其中透露出男男之交違背天地陰陽之道、有害家庭制度；職業壽命短、濫交等問題，但也看出諸童卻自認為男男之交是「風月機關」的另一種風趣，且自豪自己的身分在當時對比於妓女「你有的人所棄，我有的人所取」的頗受歡迎。

書中把男院與妓院置於完全平等的位置，並且有意地強調男院如何地比妓院更受人歡迎而引起女妓的忿怨。這個作品的出現，與《龍陽逸史》第八回的情節相為呼應，表明當時人對同性戀及其賣淫行為已是司空見慣。

雖然不能確定《龍陽逸史》的作者是否看過《童婉爭奇》，但從相距不到幾年，題材相似的表現上，這樣的流行訊息更證明了晚明的男風興盛，在性風俗上是普遍能接受雙性戀的性型態。

第五章　《龍陽逸史》中的「小官」文化（中）

　　本章介紹小官營生活動中，與最相關的男色對象之間的互動關係，探討其遇合因素爲何？雙方互動時是如何的對待？彼此之間的關係是建立在何種基礎上？與異性戀之間的差別是在哪？最後從互動、相處的結局及小官歸宿觀看其情慾內涵。當一些人把興趣放在小官身上時，小官的介入對男色對象的家庭又會帶來何種衝擊與影響？透過這些問題的釐清，更深層面瞭解小官此一階層延伸與外在人事物連結時，所展現的較爲具體清晰的文化。

第一節　小官與男色對象的互動關係

　　本節將介紹小官與男色對象間的互動關係，從中藉以觀察當時社會階層中哪些身分的人是酷嗜小官的族群，並從其間的遇合互動關係及後來的情慾發展、結局，看出關係的建立點，瞭解其情慾型態。雖然作者把小官塑造成「妓」的身分，將之視爲女妓一般，理當就是屬於商業交易的短暫性娛樂，小官被當作是一種消費慾望的商品。整本書中小官的賣淫成分雖高，但在與男色對象的互動上有些並不存粹只是賣淫或遊戲態度，在同性性行爲的性別角色對待上，與異性性行爲除了性交方式（肛交）不同外，似乎仍可納入異性戀範圍內，其表現了與異性戀一樣的愛與恨，相思與相怨，並有長久關係的維繫，如此同性性行爲的同性情慾問題就有值得討論的空間。

一、小官男色對象的階層身份

　　先以簡表列出《龍陽逸史》中好小官的人物及其身分、主要事蹟：

回　數	好小官者	身　份	簡　　介
第一回	韓　濤	秀　士	「冠冕從儒，不是尋常俗士。清奇帶秀，謾誇洛下書生。」洛陽一個有名秀士。
第一回	詹復生	草藥商販	一向原在京師裏，賣些草藥。後來該得有了時運，遇著幾個大老先生作興，遂撇下了草藥擔子，便改做了個官料郎中。
第二回	李員外	員　外	李員外平日間最喜的是後庭花。
第二回	邵　囊	富　室	城中有個大老官，姓邵名囊，家私可有巨萬，算得是個好拐小官的總頭。隨你異樣做作的小官，經著他的手，做作不來了。
第三回	汪　通	朝　奉（富翁）	一張方面孔，兩臉落腮鬍。戴一頂吳江帽折起的巾兒，釘一塊蜜蠟金碾成的圈子。稀網巾包過眉稍，卻有些吳下官人打扮。銀釭耳插來鬢後，才認出徽州朝奉行頭。
第三回	湯信之	富　室	是麻陽城裏一個最撒漫的大老官
第四回	寶　樓	秀　士	家私可有上萬，只是未丟書本，也好的是小官。
第四回	朱上衢	富　室	大街朱百戶的阿弟。
第五回	鄧　東	商　販	一向是個賣棗子的巨商。只因好相處小官，把本錢都浪盡了。後來沒了經營本錢，販些胭脂到鄭州來，將就過活。
第六回	錢　神	富　室	手頭現銀子何止一二十萬，平素間廣放私債，城裏城外人家，都是拿著他的本錢去轉活的。你說這樣一個錢神，正好快活了，偏生又能個胎裏病，眼睛裏再見不得一個小官。若見了個小官，決要鑽頸覓縫弄到手來。
第七回	姚　瑞	富家子弟	這個富家子弟姓姚名瑞。
第七回	程淵如	徽州大老（姚瑞之友）	平日最是嗇吝，再不肯割捨放空用一厘銀子，專是雞子殼裏算出骨頭來的。這也是犯了這樁病，不由你嗇吝了。
第七回	唐爾先	市井之民	（程淵如的朋友）未言
第九回	儲玉章	商　賈	早年父母雙亡，平日不肯務一些正經生業，專好的是拐小官，不上三五年間，把個老大的家私罄盡，都在小官身上出脫了。
第十回	衛　逵	鄉官之子	鄉官衛恒單單生得三個兒子，三個裏倒有兩個是呆的，……這衛遠卻為了那婦人，衛逵為了那小官。
十一回	沈　葵	府廳外郎	原是府廳裏的一個外郎，平日也會唱幾個曲兒的。

十二回	高綽	富室子弟	家私巨萬，多虧父祖的根基，平日間大嫖大賭，揮金如撒土一般，錦江城中人都叫他做浪子
十三回	劉珠	儒生	年紀二十一歲，有妻小的。有一說，這劉珠有便有個妻子，平日倒好的是旱路，那水路一些也不在行，所以做親已有兩年，夫妻們算來同床不上幾夜。
十三回	鄭百廿三官	教書先生	漢陽城中有個教書先生，叫做鄭百廿三官。原是江南一個老童生，因爲考到四十多歲，不能夠進學，被親友們取笑。無奈何，拋妻撇子，來到漢陽處個鄉館。
十四回	某富商	富商	未言
十四回	慧通	住持師父	這個和尚年紀卻有五十多歲，法名慧通，外面雖是出家人模樣，那個肚裏竟比盜賊還狠幾分。出家了二三十年，從來不曾念一卷經，吃一日素。終日拐帥哥，宿娼妓，專做些不公不法事情
十四回	妙通	和尚	那兩個小和尚，一個叫做妙通，一個叫做妙悟，都是在老和尚身邊早晚應急的。
十四回	妙悟	和尚	
十五回	童勇巴	小官販子	那個專安歇販小官客人的主人家，叫做童勇巴。
十六回	達春	儒生	這達春祖父兩代，都在江州做些小小生意。後來他就入在江州學裏，才入學得一兩年，便相處了個小官，叫做何晃．一心一意，工夫都做在他身上，竟把學業都荒蕪了。
十六回	唐十萬	富室	邠陽縣中一個有名的大老官，叫做唐十萬。
十七回	陳員外	富室	未言
十七回	湯監生	監生、戲班主人	本州湯監生新置一班小子弟。
十七回	湯彪	市井之民	湯監生有個兄弟，名喚湯彪。……湯監生曉得兄弟平日間眼孔裏著不得一些垃圾的，恐怕看見馬天姿要起心了，便設下個計較。
十八回	韓道士	道士	葛妙兒見是個道士，只道買貨的，便做出許多扭捏模樣，把他迎到堂前坐了。不想這韓道士原是好這把刀兒的。
十八回	汗弓孫	山寨大王	原是廣陽縣驛的個囚徒，到驛得三日，遇天恩大赦，把他救免了。因沒了盤纏，回轉家鄉去不得，因此沒奈何落了草。……半年裏把那廣陽縣裏小官都搜尋盡了。
十九回	烏良	市井之民	平昔爲人原有些不公道，沾著他的，不是去了一層皮，定是沒了一身毛。那些小官們聞說歪烏辣三個字，個個魂消膽破，情願不要他的錢鈔，白白奉承。

十九回	范公子	鄉宦之子	府城中范鄉宦的兒子，專肯在小朋友身上用三五百兩，又有勢頭，又有錢鈔。
二十回	石敬岩	市井之民	族分中有一個叫做石敬岩，人便是個村老，平日倒喜歡的是男風。見這石得寶長成得十分標致，倚著他不是石小川的親骨血，便起了個歹心，思量要看相他。

從上表中可看出小官男色對象身分的複雜性，幾乎遍及社會各階層的人，有交代姓名或身分的三十四人中，商販富豪及其子弟十五位佔多數，官宦、士人儒生六人，官宦之子二人，道僧四人，山寨王一人，小官販子一人，未特別交代身分的市井小民五人。綜觀之，這些消費小官的人仍是以士商占多數，商人角色尤更爲突出。以下特針對本書中較爲突出的商賈、士人及道僧身分做介紹。

（一）商　賈

長久以來商業一直被視作下流末技，明中葉以後，城市商品經濟繁榮活躍，商人階層的興起，成爲不可忽視的族群，且壯大爲一股新興勢力，也躍爲當時小說中的重要腳色，如《三言》、《二拍》中出現大量商人形象，其中不乏肯定商人之正面形象，展露特殊風貌之作品，小說從側面說明了這一階層的社會地位確有提高，這可說與中晚明蓬勃的經濟發展有關。〔註1〕何良俊《四友齋叢說》提及：「昔時逐末之人尙少，今去農而改業爲工商者，三倍於前矣。」〔註2〕當時吳中王公大臣、縉紳大夫「多以貨殖爲急」，〔註3〕一般百姓也以興販爲業，《二刻拍案驚奇》曾道：「卻是徽州風俗，以商賈爲第一等生業，科第反在次著。」〔註4〕小說家言，亦可從側面支持這種現象，說明了從商成爲當時一種風氣。

隨著社會經濟生活的日益豐富，社會輿論界對商賈的看法也產生了變化。王陽明與李贄等人都對商業與予肯定，〔註5〕商人就在這種社會觀念的潛移默化中逐漸形成了自己的勢力。明代的市民小說，便是在這種社會現實引發下，眞實地描繪出

〔註1〕關於此方面資料，可以參看黃仁宇：〈從《三言》看晚明商人〉（《放寬歷史的視界》，北京：三聯書店，2004年），頁1～30。

〔註2〕何良俊：《四友齋叢說》（北京：中華書局，1997年）卷十三，頁112。

〔註3〕黃省曾：《吳風錄》（《百部叢書集成》之《百陵學山》，台北縣：藝文印書館，1967年），頁5。

〔註4〕凌濛初：《二刻拍案驚奇》（江蘇：古籍出版社，1990年）卷三七，頁701。

〔註5〕王陽明：「四民異業而同道，其盡心焉一也。」詳見《王陽明全書》第四冊（台北：正中書局，1979年）「別錄」卷二〈節庵方公墓表〉，頁56。李贄《焚書·答鄧石陽》「且商賈亦何可鄙之有？挾數萬之資，經風濤之險，受辱于關吏，忍垢于市易，辛勤萬狀，所挾者重，所得者末。」（台北縣：漢京文化事業，1984年）卷一，頁4。皆肯定商人的地位。

一個商人的世界，同時也開始做為主體形象進入青樓文學中。〔註6〕

　　以明代社會為背景的《龍陽逸史》，當中好小官的族群也以商人為多，故在小說中也可看到濃厚的商業色彩。當中只要是有錢，「肯撒漫」的大老官，就輕易的可以搭上自己喜愛的小官，且樂意把大把錢消費在小官身上。如第二回：

　　　　你說那做大老官的，拚得撒漫兩分，那裏不去相處個小官。

第一回：

　　　　只看近來有等好撒漫主顧，不肯愛惜一些錢鈔，好幹的是那風流事情。

第四回：

　　　　連這近來的大老官，也都是只生得兩個眼眶子，那裏識些好歹。見著個未冠，就說是小官，情願肯把銀子結識這個。結識若得久長，便做些銀子不著。

商業的帶動必附隨娛樂業的興起，狎妓宿娼是富商大賈最主要的消費方式，嫖女妓或嫖男妓其用意是一樣的，基本上就是要有錢。范濂《雲間據目抄》云：「予又觀豪華公子，或昵龍陽，或喜優孟，苟可結其歡心，炫其觀美。」〔註7〕說明了喜好男色的人通常也具有較優渥的經濟條件。相對於士子，商人的經濟實力來得雄厚，加上觀念和現實上所受到的約束較少，對家庭和社會所承擔的道德觀念較不濃厚，更可無所顧忌的放浪形骸。甚至可以看到有些在平時花用吝嗇計較的大老官，為了小官可以「撒漫」起來。如第六回有錢的錢員外：

　　　　偏生又能個胎裏病，眼睛裏再見不得一個小官。若見了個小官，決要鑽頭覓縫弄到手來。縱然不致相處長久，印兒也要搭一個。又有一說，日常家用一絲一毫，雞子裏算出骨頭，偏又肯在小官身上，情願一百二百。

錢員外竟可以為一個偶然撞著的小官，著魔似的叫下船隻，花上四天從廬陵到建寧，特地尋訪小官。第七回徽州人程淵如：「平日最是吝嗇，再不肯割捨放空用一厘銀子，專是雞子殼裏算出骨頭來的。這也是犯了這樁病，不由你吝嗇了。」因受友人之託照顧小官小喬，見小喬生得標致，也動了歹念頭，「竟大撒漫起來，只揀他中意的東西，不論多少價錢，開口要的就有。」此現象可對照當時的筆記文獻，謝肇淛在《五雜俎》提到當時南北兩大商派，新安商人可以在娶妾、宿妓上「揮金如土」。〔註8〕

〔註6〕陶慕寧：《青樓文學與中國文化》（北京：東方出版社，1993年），頁145。
〔註7〕范濂：《雲間據目抄》（天津：天津古籍出版社，1994年）卷二〈記風俗〉，頁2627。
〔註8〕詳見謝肇淛：《五雜俎》（《筆記小說大觀》八編第六冊，台北：新興書局，1984年）卷四「地部二」，頁3452～3453。

商賈負販在消費態度上往往帶有豪宕的氣概，在嫖妓消費上是可以大擲千金而不悔的情形。加上商人「金錢萬能」的觀點，在《龍陽逸史》第三回大老官湯信之欲讓小官唐半瑤跳槽，便對牽頭喬打合道：「我便做些錢鈔不著，送到他門上去，不怕不隨了我。」商人終年窮極心力，圖的是金錢，有的也是金錢，在他們看來，只要捨得花銀子，無物不可買、無事不可辦、無路不可通；只要捨得花銀子，生活就會變得有滋有味，享盡人間繁華。這種用錢消費小官的態度，最終可能落得因溺於小官而傾財破家。如第五回鄧東本是個賣棗子的巨商，「只因好相處小官，把本錢都浪盡了。」第九回儲玉章專好拐小官，「不上三五年間，把個老大的家私罄盡，都在小官身上出脫了。」而仍不知收手回頭。十一回沈葵與韓玉仙來往兩年，「爲他身上，家私也消費了一半。」十二回高綽與滿身騷「兩個似漆如膠，共相處有八九個年頭。高綽險些兒把個家私都在滿身騷身上浪盡了。後來滿身騷爲闖出一椿空頭禍，逃走到別處去，方才歇帳。」商人是商業消費生活中的主消費群，獲利大且快速，所以在消費上有新奇、奢侈、僭越的特點，但隨之而來的是可能傾家蕩產。

（二）士　人

除了商人，《龍陽逸史》同性性行爲還發生在士人儒生中的師生及同學關係上，十三回教書先生鄭百廿三官對於來附學的學生蘇惠郎：「你道只是朋友們到手也罷，連個先生都看相他，早晚眉來眼去，全沒些做師長的體面。」其中已有妻室的學生劉珠，「好的是旱路」，便把蘇惠郎留在館中，「日間做個朋友，晚來權當夫妻。」帶來的影響是學業的荒廢。如十三回蘇惠郎與劉珠：

> 同伴了一個年頭，兩個把那讀書念頭漸漸丟落水缸。有一說，這一個倚著家中有的是銀子，便歇了書，也儘快活過得一世；那一個倚著有了大老官，落得吃現成，用現成，陪伴他過了生世。

十六回的達春：

> 入在江州學裏，才入學得一兩年，便相處了個小官，叫做何晃。一心一意，工夫都做在他身上，竟把學業都荒蕪了。一日宗師歲考，把達春降了青衣。

而塾師本身也是書生，這類人因職業關係只能像幕客一樣獨自在外謀食，身邊難有家眷陪伴，在孤獨的情境下，便會把目光投往到學生身上。古代學堂的單一性別環境一向是易滋生同性戀的場所，因缺少異性，便找同性發洩，是明清小說常見的插曲。《紅樓夢》中的同性戀已有學者做過探討，其中也有學堂中發生的同性戀現象。

〔註9〕小說《宜春香質》也寫到學館中師徒淫亂情形：「經學先生，姓鍾名萬祿，是個少年秀才，生得有幾分姿色，小時也替人龍陽，以其色也，號爲鍾娘子。如今做了秀才，撞著舊時朋友，也還饒他不過。他覺看了標致學生，卻也不肯放過。所以館中爭以南風相尙，容貌爭寵。」〔註10〕其中孫義裝醉勾引學館先生行雞姦，又接受同館生十八人集體姦之。《石點頭・潘文子契合鴛鴦塚》也寫晉陵書生潘文子和湘潭秀士王仲先在杭州學堂認識而發生哀婉的同性戀故事。其中提到「這些朋友，都是少年，又在外遊學，久曠女色。其中還有掛名讀書，專意拐小夥子，不三不四的。一見了小潘安這般美貌，個個搖唇吐舌。」〔註11〕《弁而釵・情貞記》中也有同樣劇情，翰林風翔對本來認爲「爲婦人女子之事」感到羞恥的趙王孫作一番說服，終於受到感動，被誘發成功的在一起。〔註12〕

　　學堂生活中，生理的本能慾望受到形勢阻隔，不得不找最便利的替代方法，士人讀書論道、飲食起居接觸緊密，禮法上也不會犯禁，開始嘗試覺得可行，於是變成習慣而樂此不疲。這與前面提及的《敝帚軒剩語上・周解元淳樸》中的嚴謹儒生，在一次男色經驗後，後竟沈溺此道致死一樣。除了有可能激發出本我的同性戀特質外，也說明某些同性戀是可以藉由嘗試經驗、增強學習而習慣，習慣又塑造一個人往後的行爲。

（三）僧　道

　　好男色也發生在一特殊的階層，即表面給人聖潔、戒淫印象的僧道。明初僧道猶能自持謹嚴，但自中期後，僧道世俗化的程度相當嚴重，主要表現在兩個方面：一是僧道與士大夫相交，出入於公卿之門；二是僧道不守祖風，喝酒吃肉，娶妻生子，甚至闖寡門，嫖娼妓。〔註13〕僧道形象常在明清話本小說成爲要角，處處可見其蹤影，從而形成龐大的人物群像，不但在人物塑造、情節模式等方面有別以往，對於僧道之淫也有了更集中反映，〔註14〕在當時小說、筆記當中，幾乎是以淫僧形

〔註 9〕陳益源：〈《紅樓夢》裡的同性戀〉，《國文天地》10 卷第 11 期，1995 年 4 月，頁 10～25）。

〔註10〕醉西湖心月主人：《宜春香質・風集》第二回，頁 110～111。

〔註11〕天然癡叟：《石點頭》（台北：三民書局，1998 年），頁 342。

〔註12〕詳見醉西湖心月主人：《宜春香質・風集》，頁 63～125。

〔註13〕陳寶良：《飄搖的傳統──明代城市生活長卷》（長沙：湖南出版社，1996 年），頁 289。

〔註14〕明代艷情小說《僧尼孽海》中更收集了二十六個和僧尼有關的色情故事，其〈乾集〉開卷語說：「謾說僧家快樂，僧家真個強梁，披緇削髮乍光光，裝出恁般模樣。上禿牽連上禿，下光賽過上光，禿光光禿禿光光，才是兩頭和尙。兩眼偷油老鼠，雙拳叮血螞蝗。鑽頭覓縫喚嬌娘，露出佛牙本相。淨土變成慾海，袈裟伴著霓裳。狂言地獄狠難當，不怕閻王算帳。」把六根清淨，平常讓人莊嚴尊敬的僧尼描述得極其

象出現，極度禁欲的身份及地方卻被安排成宣淫的角色與場所。〔註15〕此種現象足以顯示僧道形象蘊含文學及文化上的重要意義，值得加以重視和探究。《水滸傳》曾生動的評論出家人在禁欲的環境下，呈現出其在聖潔外衣下掩藏一顆墮落的靈魂，可作爲明初文人對出家人嘲諷態度之證：

> 看官聽說：原來但凡世上的人情，惟有和尚色情最緊。爲何說這等話？且如俗人、出家人，都是一般父精母血所生，緣何見得和尚家色情最緊？……惟有和尚家第一閑。一日三餐，吃了檀越施主的好齋好供，住了那高堂大殿僧房，又無俗事所煩，房裏好床好鋪睡著，無得尋思，只是想著此一件事。……說這和尚們眞個利害，因此蘇東坡學士道：「不禿不毒，不毒不禿，轉禿轉毒，轉毒轉禿。」和尚們還有四句言語，道是：「一個字便是僧，兩個字是和尚，三個字鬼樂官，四字色中餓鬼。」〔註16〕

《金瓶梅》也記：「有幾個憊懶的和尚，撇賴了百丈清規，養婆兒吃燒酒，啥事兒不弄出來？打哄了燒苦蔥，啥勾當不做？」〔註17〕書中九十三回描寫道士金宗明玩小徒弟，並誘姦落魄的陳經濟。《拍案驚奇》也揭示許多佛徒與道士欺騙性的縱欲活動。〔註18〕

　　《龍陽逸史》也寫到僧道之間或其與俗人之間的同性戀關係，揭露出對僧道表面戒守清規，但裡子卻縱欲淫放的歧視與貶意。十四回由經營小官鋪子而致富的卞若源死後投胎爲小官小潘安，二十歲發念出家，「錯了路頭，倒去跟了一夥游方和尚。說那游方和尚最是憊懶，日間把他做個夥伴，夜來就當了尿鱉。全不會看經念佛，倒會些鼠竊狗偷事情。」後來到一間寺院圖安身，「道人偷眼把潘和尚瞧了幾眼，看他著實有些丰采，曉得是師父中意的。」其中「那兩個小和尚，一個叫做妙通，一個叫做妙悟，都是在老和尚身邊早晚應急的。」而住持師父慧通則是：

淫猥不堪。詳見南陵風魔解元・唐伯虎：《僧尼孽海・乾集》（陳慶浩、王秋桂編《思無邪匯寶》24，台北：大英百科出版公司，1994年），頁197。

〔註15〕康正果從社會心理的角度切入，將這些故事的廣爲流傳委之以中國文化的非宗教傳統，以及俗人猜忌出家人的可笑心理。詳見康正果：《重審風月鑑——性與中國古典文學》（台北：麥田文化，1996年），頁244～253。

〔註16〕（明）羅貫中、施耐庵：《水滸傳》（北京：人民文學出版社，1975年）四十五回〈楊雄醉罵潘巧雲，石秀智殺裴如海〉，頁3411～3414。

〔註17〕蘭陵笑笑生：《金瓶梅》（據萬曆丁巳本重刊，台北：三民書局，1991年）五十七回，頁511。

〔註18〕《拍案驚奇》卷十七寫西山觀一個道士黃知觀，平時不僅養著兩個道童，耽溺男風；而且借設壇爲由，勾引寡婦，以至因姦唆殺人子，最後死於非命。卷二六寫寺院的老和尚和徒弟搞同性戀，後與徒弟因爭奪一個農婦，竟下毒手殺死了村婦。

手拿一串菩提子，那些淨念持心，口念幾聲觀世音。可惜有名無實，兩隻近覷眼睛，害了多少男男女女。一副賊人心膽，曉些什麼色色空空。……外面雖是出家人模樣，那個肚裏竟比盜賊還狠幾分。出家了二三十年，從來不曾念一卷經，吃一日素。終日拐帥哥，宿娼妓，專做些不公不法事情。……滿桌上擺列的，都是古今玩器，名人詩畫，還有那估不來的幾件值錢東西。

還自稱這樣的生活「是我出家人的極樂世界」。並自述：「我們出家不比別的出家，指望修成正果，上西天做活佛的。只要圖個眼前快活也就夠了。」要求小潘安「日間或有賓客來往，不過支值些茶水，權做個家主公。夜間極安閒自在，不過鋪床疊被，權當個家主婆。」其中不只老和尚對小和尚，這些小和尚在耳濡目染中也「翻餅兒」的交互淫亂起來，把和尚間的同性性行為描寫得非常露骨。

《龍陽逸史》第十八回，也是「好這把刀兒」的韓道士對小官葛妙兒道：「好教你得知，我們做道士，與別的道士不同，越吃用得好。早晨起來，或是雞子酒，或是乳餅酒，到晚間，只除鳳髓龍肝這兩件，憑你要什麼東西都是有的。」要把小官葛妙兒帶到道觀中一起生活，寫出其表裡不一的真面目。第三回還寫到了連和尚都出來當牽頭，當起男男淫行的皮條客。凡此皆反映出僧道的獨身制度剝奪其過正當性生活的權利，他們只好以非正當的手段去尋求性滿足。

同時代小說中也常寫到寺裡和尚彼此發洩縱慾的情狀，這種淫風似乎已成為隱伏在寺院的不成文規定。〔註19〕《鼓掌絕塵》十四回中「目秀眉清，唇紅齒皓」的小和尚，平常是「聊供師父耍風流」〔註20〕的；《型世言》三十四回：「到了夜，眾僧在堂上做個晚功課，摟了個沙彌去房中睡。」〔註21〕而對於外來香客更激起被禁慾所扭曲的人性反應，於是不分性別設局誘奸、無所不為。如《宜春香質・風集》第三回孫義到和尚寺中做代書「名為代書，實為和尚老婆。那些和尚人又眾、屌又硬，弄又久長，日夜相繼弄了十數日，還不曾周遍。大家爭風，打了一場。」〔註22〕

在封閉的單一性別環境下，男色之戒比起女色可能更容易打破。某些僧道認為好女色是真淫，只要自己避而不為，那麼在男色上放任，只算是一種可以理解的方便解脫，無罪可言，即使有罪也是輕犯，故而敢於安心放膽的去逐男淫之欲。

〔註19〕清溪道人《禪真逸史》中把道士間的同性性行為視為相傳的「道教源流」，並言：「道家和婦人交媾為伏陰，與童子淫狎為朝陽，實系老祖流傳到今，人人如此。」詳見《禪真逸史》（上海：上海古籍出版社，1990年）十三回，頁189～190。

〔註20〕金木散人編著：《鼓掌絕塵》（江蘇：古籍出版社，1990年）十四回，頁173～183。

〔註21〕陸人龍：《型世言》（北京：中華書局，1993年）三十四回，頁476。

〔註22〕醉西湖心月主人：《宜春香質・風集》第三回，頁129～130。

〔註23〕如《型世言》三十五回便明言說:「我門和尚沒個婦人,不過老的尋徒弟,小的尋師弟。」〔註24〕與好女色相比,好男色確實是方便許多的。《肉蒲團》也寫出家人「不是借指頭救急,就是尋徒弟解紛,這兩樁事是僧家的方便法門。」〔註25〕僧道制度的環境確實比較容易成為發生同性戀的溫床,《龍陽逸史》也表現了僧道階層同性戀的風氣。

二、兩方情慾互動的關係模式

先以簡表列出小官與男色對象之間,彼此的遇合因素、互動後的結局:

回 數	小 官	男色對象	遇合因素	結 局
第一回	裴幼娘	韓 濤	裴舅介紹,兩情相悅	韓厚待之,相處長久
	楊若芝	韓 濤	為韓濤所包養	韓愛上別人,送楊六七十兩分手費
		詹復生	受韓之託到詹處辦事,兩人搞上	未言
第二回	李小翠	邵 囊	邵囊與牽頭利誘之	立契約,議定每年包養
第三回	唐半瑤	汪 通	牽頭介紹	因利跳槽至湯信之
		湯信之	牽頭介紹	唐不帶小官氣,替湯作許多正經事
	唐半瓊	湯信之	湯為以前舊主顧	未言
第四回	許無暇	寶 樓	小官袁通介紹	無結局,寶妻討了二名標緻小廝讓寶樓在家受用
		朱上衢	相處的朋友	未言
	袁 通	朱上衢	以前的舊相處	未言
第五回	劉 玉	鄧 東	鄧經商至劉的村落巧遇,劉為錢被騙身	劉告官府告輸,離開駱駝村,村中下等小官也各自別作經營
第六回	秋一色	錢 神	偶然一面,錢特地到福建尋秋	錢包養厚待,但秋卻包私窠子,拐婦女,落得為錢家作粗活
第七回	史小喬	姚 瑞	偶遇,史的夥伴把他設計騙賣給姚瑞	沒奈何投奔姚,姚也不薄待他,後被程淵如設計姦騙,姚生氣打發史回鄉
		程淵如	姚瑞為躲悍妻,暫時把小喬托付之,卻與唐爾一起姦騙小喬	未言
		唐爾先	設計姦騙小喬	未言

〔註23〕張在舟:《曖昧的歷程——中國古代同性戀史》(鄭州:中州古籍出版社,2001年),頁 667。
〔註24〕陸人龍:《型世言》(北京:中華書局,1993年),頁 488。
〔註25〕李漁:《肉蒲團》(台北:微風草堂文化,2001年)二十回,頁 231。

第八回	范六郎		小官塌房的紅牌	與妓戶打官司，判禁男風，塌房沒落，轉別處做小官
第九回	柳細兒	儲玉章	牽頭撮合	柳換女裝被儲帶回，事發被儲妻打出家門，儲後爲柳離家，同經營生意賺錢，各自娶親討妾，相處和樂
第十回	小藏倉俏彌子美龍陽	衛遂	包養	因家人勸說，每人送了十兩銀子，兩套衣服，打發出來
十一回	韓玉仙	沈葵	姊弟開鋪做生意，沈先與姊玉姝往來，又愛上玉仙	爲韓攜家至姑蘇，娶玉姝爲妾，與玉仙共開緞鋪，相處十多年後分手
十二回	滿身騷滿身臊	高綽	先與滿身臊，再愛上滿身騷	與滿身騷似漆如膠，相處八九年，滿身騷闖禍逃走
十三回	蘇惠郎	劉珠	同學關係	相往不上三年，鬧翻
		鄭百廿三官	師生關係	蘇先與鄭有染，後又與劉珠，鄭回鄉後過世
十四回	洪東	某富商	被販子拐賣，後至富翁家	富翁妻容不得他，自盡
	小潘安（妙心）	慧通	自願爲小官氣死父母，後出家至寺院	被慧通收爲身邊的「家主婆」，後離開寺院，患病而死（前生孽帳）
		妙通妙悟	在慧通身邊早晚應急用	與妙通、妙悟皆有染，且落得快活
十五回	崔英	童勇巴	被販子騙賣	被童轉手出脫給大財主家，快活享用
十六回	何晃	達春	同在學館	達因何廢學，後出家，三年後遇何，卻被無情打發，後達上進士，何附勢，達收留在身邊讓何也做官
		唐十萬	達春出家後，跳槽	唐死後被其子趕出
十七回	馬天姿	陳員外	主僕關係	陳妻吃醋陷害天姿溺於水中，被搭救
		湯監生	被唐窮仲介至戲班當生旦	優待之，但又被反間回陳員外處，逃至外地當戲子
		湯彪	風聞天姿美色，欲佔領	與唐窮設計反間計
十八回	葛妙兒	韓道士	韓路過妙兒店鋪，邀同往其處所	因碰上山寨大王，韓人財兩失
		汪弓孫	妙兒路過被搶擄	葛接母至山上生活

十九回	花姿	烏　良	同袍朋友	相好兩三年，花姿爲錢生變跳槽，烏寫榜中傷，後過世
		范公子	託朋友仲介跳槽	伴讀，花被中傷名譽，范打發，隔五六年再度相逢，帶回上頭作門客
二十回	石得寶	石敬岩	哄誘石得寶離家	石敬岩帶得寶至姊夫家住，卻謀財害命，得寶後被雷打死，敬岩改過從善。

　　在《龍陽逸史》中，同性戀關係可以發生在朋友、同學、師生、僧道、主僕及親族之間，以及嫖客與小官的消費關係上。兩男間同性戀的情慾型態本來就具有多樣面貌，從他們的互動中，可以展現出他們的社會關係、權力運作、性別概念與情慾內涵。試從上表中兩男的遇合關係及其互動往來結局，爲其關係中的情慾內涵作以下之分析。

（一）錢財的交易

　　既知《龍陽逸史》中的男男關係是以賣淫的成份居多，尤其書中被販來賣去的小官、正式營業的小官舖子，明白的呈現一種金錢交易。賣淫小官與嫖客之間，本質上是建立在財與色（性）的交易消費關係。其間的主動與被動角色，通常很明顯的被決定於社經地位，消費者的大老官爲主動，被消費者的小官爲被動。兩者各取所需的一爲色（性），一爲財。這種屬交易性質而進行的同性性行爲，當然少能有眞情存在。在《龍陽逸史》第二、三、五、七、八、十六、十八、十九回中皆可以見到這種財色關係的存在。小官的愛財勢利、財盡生變的特質已在前章節介紹過。又如《龍陽逸史》第三回，大老官湯信之欲讓小官唐半瑤跳槽，便對牽頭喬打合道：「我便做些錢鈔不著，送到他門上去，不怕不隨了我。」於是打點了厚禮送過去：

> 　　原來近日這些做小官的，個個都是貪得無厭。只除你沒得送便罷，若有得送，莫說是這樣厚禮，便是不值幾個錢的，也沒得反璧。……所以說那做小官的極是反面無情，鬼臉兒帶在額角上，抹下來最快。唐半瑤見湯信之送了這些禮，一心就向在他身上。見汪通走來，豈不是昨日光景，便覺有些下眉下眼，做出那不儌睞的模樣。

可見小官爲一點小惠即可更換對象，對於舊主顧可以馬上翻臉不認人。相對於小官的認錢不認人，大老官花下大把銀兩，以其觀點當然也只把小官當作商品看待了。如湯信之最後道：「這番不怕那唐半瑤不是我的貨了。」第七回姚瑞見到有幾分姿色的史小喬便道：「這樣的好面孔，又是這樣的好曲子，難道不值一萬兩銀子？」皆以金錢來估量其身價，小官是被物化的商品。平時吝嗇的大老程淵如在小官史小喬身上撒漫不少，但仍不得親近時，「那徽州大老一分銀子要做一錢金子用的，想一想看，

送他幾次，約莫去了一塊銀子，怎生氣得過？」第五回中過氣的小官劉玉遇到從外地來經商的鄧東，說道：「我們做小官的，不過貪戀幾分錢鈔。你若肯撒漫，包了身上的穿，包了口中的吃，包了腰邊的用，便是斗大的雞巴，沒奈何看那家兄分上，也只得承受。你若不肯撒漫些錢鈔，總是沒雞巴的也不干我事。」講好價錢，鄧東把錢都傾出來道：「咱老子也不叫你吃虧，進得一寸，把你一寸錢；進得二寸，把你兩寸錢。」彼此關係明顯的建立在金錢與性的交易上。在爾虞我詐，只認銀兩不認情的人際關係中，常見錢財主導下賣淫小官以皮肉色笑為招牌，藉此為營生活計的世情澆薄與勢利。

（二）肉慾的滿足

性活動是雙方互動中重要的組成部分，先從下表幾回的具體的性行為中，觀察《龍陽逸史》中小官與其性對象在性行為的互動表現：

回數	小官	施奸／受奸	性對象	施奸／受奸	具體的性行為
第一回	裴幼娘	受奸	韓濤	施奸	韓濤就走起來，把上下衣服都脫去了，三個人睡做了一頭。裴幼娘睡到半夜，漸漸酒醒，將手到外床一摸，卻摸著的是衛湘卿，便覺高興，兩個正動得手。只見韓濤又把那件東西，向屁眼裏放將進來。裴幼娘只做不得知，這個抽一抽，那個送一送，二個人弄得個好耍子，那裏割捨得丟手。弄了半個更，不想韓濤先自洩了。
第一回	楊若芝	受奸	詹復生	施奸	去一次就和詹復生弄一回，去了四五次，倒被他弄了四五回。
第二回	李小翠	受奸	邵囊	施奸	兩個弄了好一會，只是弄不進去。你道他如何弄不進去，一個是不曾十分受這道過的，那個屁眼緊緊湊湊，一時間如何寬綽得來。一個是本錢忒莽撞了，略放得進去些兒，就像戴緊箍兒一般，弄得生疼。邵囊一團高興怎麼丟得手，抽出塵柄，多探些津唾，也管不得弄開他的屁眼，盡著力氣實一送，齊根進去。李小翠抵當不住，個寒噤，叫了一聲我的娘，連忙把身子一扭，那裏扭得出來。一個熬著疼，一個乘著興，不只抽的二百多回，早又歇帳了。
第三回	唐半瑤	受奸	湯信之	施奸	兩個就在假山背後弄了一會。唐半瑤弄得個遍體酥麻，靠倒在假山石上，那裏爬得起來。湯信之袖裏摸出一條汗巾替他把彼處輕輕拭了一會，又替他把褲兒繫了。

第五回	劉玉	受奸	鄧東	施奸	劉玉看了那些銅錢，好不眼熱，便做個瘋臉，脫下褲子來，把個肥膩膩的屁股高高突起，緊咬著牙關，不管疼痛，任他把那個陽物放將進去。原來這鄧東，是個多年拐小官的主顧，幫襯在行，把陽物上多抹了些津唾，輕輕在那肛門口攪了一攪。劉玉打了個寒噤，鄧東便款款放將進去。恰好這劉玉又是個會幫襯的小官，把屁股突起來，猛可的不知不覺，倒進了四五寸。劉東見他著實去得，盡著高興，又送了幾送。那劉玉才有些不好過，把副臉皮掙得通紅，掙了幾掙，只指望把那玉莖掙掙出來，怎知倒掙了進去。這回抵擋不起，把個屁股左扭右扭：好利害，好利害，我做了一世小官，幾曾受著這樣苦楚，今番把個性命斷送在你手裏了。鄧東道：你便講這樣的話，咱老子正不曾盡興哩。便又著實抽了幾抽。劉玉賣個本事，將身子一扭，突地把那個玉莖甩將出來，鄧東也就洩了。
第六回	秋一色	受奸	錢神	施奸	錢員外先把手向他身上摸了一摸，真個光溜溜，綿團樣軟得可愛。那秋一色就把身子側將轉來，款款幫襯進去。錢員外卻是放劣馬一般，一個屁頭，從裏面齊根直溜。這叫做棋逢敵手，秋一色也抖擻精神，賣出本事。兩家弄個不了：這一個高聳聳，突起尊具；那一個急溜溜，亂抽厥物。這一個卻像喞著瞎老鼠，那一個分明戴了緊箍兒。這一個巴不得一銃緊關皮場廟，那個兒恨不得一篙直入水晶宮。約莫弄了兩個時辰，間壁房裏那些孤客，聽了都熬不過，個個翻來覆去，那裏睡得安穩？錢員外弄得忒爽利了，猛可的一個寒噤，洩了若干。正要打點拿了出來，秋一色把個屁眼牢牢夾住，停得一會，兩個又發作了。這一回倒比頭一次又有工夫
第七回	史小喬	受奸	唐爾先	施奸	輕輕爬到小喬身上，把那尺把長的一根塵柄，抹了些津唾，也管不得他承受得起承受不起，款款放將進去，緊抽慢送。約有二三百回，那小喬端然不醒。
		受奸	程淵如	施奸	程淵如高興得很，爬上去，也記不得放了津唾，乾膩膩的放將進去。這遭小喬有些著痛，醒將轉來，看見是程淵如，一個臉紅，把他推將下來。
第十一回	韓玉仙	受奸	沈葵	施奸	玉仙把個屁股突將起來，沈葵用個上馬勢跨將上去，塵柄上著實放了些作料，輕輕弄進去寸許。玉仙作難道：官人不要放進去罷，險些兒弄開了屁眼哩。沈葵那裏管他承受得起承受不起，抱住了他的身子，噴的一聲，都進去了。玉仙禁受不得，咬住牙根，把個身子扭將轉來，道：官人做個好事，拿了出來，再停一會兒放進去罷。沈葵道：你卻來哄我，拿了出來，你還肯把我又放進去？說不了，盡力送上幾送。玉仙索性熬了個疼，把被角緊緊咬住，憑他抽了七八十回，竟把那件東西弄做個開的荷包口樣。玉仙這回倒也不覺得疼痛，抽抽送送又是四五十回，沈葵才有些力倦，氽了些白溜溜的物事出來，隨即拭乾淨了。

十二回	滿身騷 滿身臊	受奸	高綽	施奸	一隻手把他衣服緊緊扯住，滿身臊設法不脫，只得做個風臉兒不著，也把褲子脫將下來。高綽趁著屏頭上還有些滑溜溜的東西，唧的弄將進去，怎知這一回，倒比先前愈加有工夫。約莫著抽了三千抽，還不得了帳。滿身騷在前面看得熬不過了，咬住牙根，才把個騷態做作出來。這高綽屌便放在這個屁眼裏，眼睛又看了那個的做作，越發不得興鬧。滿身臊弄得快活過火，正要賣個手段，不料高綽早又洩了。停了一會，那張屌又發作起來，高綽拼得個快活死了，也做個風流鬼，一把又將滿身騷抱住，放將進去·才抽得十來抽，只聽得園門亂敲，卻是章小坡來了·連忙丟開手。
十三回	蘇惠郎	受奸	鄭百廿三官	施奸	蘇惠郎見他那些熱急急的光景，故意要對付他，決不肯就把個褲子褪將下來。鄭先生熬不過了，一隻手按住了塵柄，咄的把兩隻腳跪將下去。蘇惠郎見先生下了這個大禮，沒奈何把褲子脫下，兩個就在床上發揮一道。鄭先生決不肯丟手，牢牢把塵柄放在裏面，緊緊摟著，打點正要復帳，猛可的房門外大呼小叫，恰好是劉珠吃醉了回來。鄭先生聽見，驚得癡呆呆，連忙扯出那張呆屌，輕輕開了窗子，一骨碌跳出天井去。
		受奸	劉珠	施奸	劉珠畢竟放蘇惠郎不過，也管不得先生撞到，一把抱住身子，撳在床上。蘇惠郎恰是明白先生在窗外的，那裏肯應承，被他硬放不過，只得跌倒了。劉珠正騰的跨身上去，打點動手，只聽得天井裏咳嗽聲響。
十四回	妙悟	受奸	慧通	施奸	老和尚那裏肯放，便把褲子鬆將下來，撲的跳出來那張呆屌，便像剝皮老鼠，生蠻的把妙悟褲子扯下。兩個在禪床上弄個好耍了。
	妙心	施奸	妙通	受奸	妙通滿口應承，就靠在凳頭上，把個雪白粉嫩的屁股高高突著。妙心略放些津唾，款款弄將進去，連抽得三四百回。妙通被他弄得快活，恐怕當真就要了帳，緊緊把個屁眼夾住。妙心正要弄個爽利，恰好房裏老和尚完了，開門出來，看見他兩個，吃上驚。這妙心妙通，慌做一團，要跑了去。
		受奸	慧通	施奸	老和尚先把妙心摟住，放進去不上抽得二三十抽，就有些來不得了，隨即拿了出來。
十八回	葛妙兒	受奸	汪弓孫	施奸	汪弓孫把葛妙兒攜至寢室，不等個天晚就動手起來，葛妙兒不敢違拗，只得脫下褲子，高高把個陽貨獻來突著。那汪弓孫拿出那張呆屌，竟與桅杆相似，又長又硬。葛妙兒是長久不曾見面的，只道是好吃果子，盡脾胃受用了大半。汪弓孫見他著實受得，越盡力送將進去。葛妙兒害怕，熬不住痛苦，活跌起來。這回約莫有千來抽，方才丟手。

十九回	花姿	受奸	范公子	施奸	果然這范公子是個見了屁股就呆的主兒，看了這個瑩白一塊肉的東西，腰邊便豎了桅杆，不知怎麼放進去好。右看左看，只是沒膽氣動手，把張屌只在屁股上擂來擂去。花四郎倒熬不住了，回轉頭來，哈哈的笑了一聲道：你還說是個公子，見了屁股都不會弄，不枉了人叫你做呆骨朵。也睏倒來，我替你放進去罷。范公子直睡在身邊，花四郎把些津唾搽在龜頭上，唧的一聲，幫襯他齊根進去了。……范公子放便放了進去，又不會得抽送。花四郎有心幫襯到底，把個屁股送了二三十送，范公子恰才有些爽利，早又洩出來了。

被列為艷情小說的《龍陽逸史》內容不乏性描寫，屬於輕描淡寫的場景有第三、九、十一、十八回；而在第一、二、五、六、七、十一、十二、十三、十四、十九回則大量繪聲繪狀的具體性行為描寫。作者刻意用誇張戲謔的方式渲染描寫同性性行為，以滿足男性讀者的性刺激。似乎也想表達兩男間的性行為只是求一種性的刺激、肉體的滿足。其中並非是一種平等互惠的關係，明顯看出其中的權/錢力關係決定了主被動關係。

從上表中以肛交為主要性行為的活動上，主動者/施奸（插入）者及被動者/受奸（被插入）者的角色幾乎是固定的，且與地位權勢相關連。身分高的施奸者不可能同意對方轉過來對自己做同樣的事，即他只施不受，否則代表一種身分的被踰越。除了彼此間地位較接近的可以見到相互肛交情形，如十四回中寺院的小徒弟們。

從上述「一個熬著疼，一個乘著興」、「也管不得他承受得起承受不起」、「玉仙索性熬了個疼，把被角緊緊咬住，憑他抽了七八十回，竟把那件東西弄做個開的荷包口樣」、「葛妙兒害怕，熬不住痛苦，活跌起來」的敘述中，看出身分高的施奸者在性行為中，對小官的愛惡與反應，有時全然置之不理，只是一味縱容自己的性慾滿足，枉顧小官的尊嚴與感受以迫其就範，帶有極嚴重的單方玩弄色彩，而不是具有雙方享樂特徵。在其觀點，小官只不過是低賤不貞之輩，只要付出錢，便有役使、支配他們的權力。

在第五、六、十一、十二、十九回中小官有時為了得到對方的寵愛相處或者為了利益交換，他們還盡可能幫襯的大展手段讓對方得到性滿足，於交合中往往傾向迎合的卑猥。另外有的是被迫就範，如十八回汗弓孫對擄來的葛妙兒；或是以非正常手段，用設計欺騙的卑劣方式達成性交目的，並非兩方意願及互惠享樂，只求單方肉慾的滿足，如第二回李小翠被設計酒醉，第七回的史小喬也是在被灌醉的情形下讓兩個人先後得逞。

當中雖也有兩廂情願，卻是隨便、臨時苟合的同性性行為，如第一回的楊若芝，

先被包養，但他是個「極容易跌倒的小官。見詹復生有心向他，隨即裝模作樣，做出無數惡懶派頭。兩個眉來眼去，好不調得高興。」馬上同詹復生回家，「才說出幾句透心肝的話來，楊若芝就捨著臉皮，才一次上門就被他弄上。」此屬於苟且結交的狎褻行為，存粹的肉慾關係。第一回的韓濤與裴幼娘雖屬情投意合，但第一次約會卻在妓院與女妓一起三人行群交，類似一種遊戲態度。從其同性性行為的動機、性行為過程互動及性對象的數目，很難看到真情相待的成分。

（三）權力的運作

傅柯說：「慾望存在之處，權力關係早已存在。」〔註26〕身分、經濟、性格、身體、年齡等各種因素都會影響性關係的互動，形成權力差異上的種種表現。中國男同性戀之中的權力關係，尤其明顯存在於古代帝王與寵臣、主人與奴僕、社經地位高與社經地位低之間。權力決定同性戀關係中的主動與被動、性別角色扮演與人際關係。《龍陽逸史》中權力、位階與性交易的性質很明顯，在性關係中通常性行為角色是固定的，一方是插入方（施奸），一方是被插入方（受奸），常常是一種「在上者」對「在下者」權力的展示，是其性遊戲的擴大和補充。

《龍陽逸史》最明顯的權力關係是包養與主僕的關係。包養形成一種主雇關係，同時也是一種商業行為，當不合意時，隨時可中止關係。如《龍陽逸史》第一回韓濤包了個小官楊若芝，當韓濤又愛上裴幼娘時，隨時可打發他走；第十回陸逵也因家人勸說遣散了三個小官。

由於身分低微及生活上的切近，同性戀在主僕關係上成為一種方便的性服務關係，家僕或書童往往成為主人同性戀的最便捷對象。如《金瓶梅》中西門慶對其書童；《弁而釵‧情貞記》中翰林未得逞於趙王孫前，也是以其書童得芳、得韻及趙王孫的書童小燕暫時遣「性」；《宜春香質》中家僕也因孫義兄弟脅迫下發生性關係。其皆非主體意願，有時甚至還被拿來招待客人。家僕或書童可說是被動的被訓練成不得已的同性性關係。

《閱微草堂筆記》敘述一小童家道中落，賣身為小奴，寬衣自獻於主人，被拒時說：「吾父在時，所蓄小奴數人，無不薦枕席。」〔註27〕因耳濡目染父親對僕人「何所不為」的行為，也道出多少奴僕的無奈和心酸。除了沒有自主權、人身自由外，有時生命也沒保障。《龍陽逸史》中屬於主僕關係的出現在十四回洪東、十七回馬天資，他們不僅是主人的性工具，有時還受到家妻的嫉妒迫害，等於是受到雙重

〔註26〕米歇爾‧傅科（Michel Foucault）著，謝石，沈力譯：《性史》（台北：結構群文化事業，1990 年），頁 73。

〔註27〕紀昀：《閱微草堂筆記》（天津：天津古籍出版社，1994 年）卷六，頁 116。

的剝削。而最後下場是洪東自盡、馬天資流落天涯，皆是為最可憐的人。

　　主僕的關係也常是一種戀孌童的關係，孌童是供成年男子作為性行為物件的少年男子，而且常是被當成女性般玩弄童。畜養孌童在當時上流社會被視為時髦風雅，也是某種身份象徵。這裡對男童的性關係不是平等的兩人皆已到結婚年齡的成年男子的個人行為，而是公共的買賣或包養性質的契約性行為。主人對孌童基本上都是收買、利用的關係，男僕以卑幼的身分進入主人家後，是主人的財產和工具，須條件供其役使。男色的癖好只是主人的欲望，孌童則大多是由於經濟原因，為勢所迫，受到利誘。推本溯源，其本身未必好此道，有時算是一種謀生之業、進取之階。在某種程度上，他們是經濟制度和社會風氣下的犧牲者。他們是被主人馴服成同性戀的被動角色，其價值在於他的孩子氣之美。〔註28〕

　　紀昀在《閱微草堂筆記》寫道：「凡女子淫佚，發乎情欲之自然。孌童則本無是心，皆幼而受紿，或勢劫利餌耳。」〔註29〕意味孌童的同性戀並非是因性欲的自然湧現，他們本來沒有這種心性，乃是由於童年時受到影響，或是因為有錢有勢者的威脅利誘所造成。所以當成年同性戀者對幼童進行同性戀行為的誘導時，此行徑會被認為有害青少年的心理發展。〔註30〕「孌童癖」其實是一種最粗暴的剝削，許多人特別擅好以兒童為性對象，可能因為他們無法和同輩從事性交往，因而遂將受挫的性權力轉向沒有抵抗力的兒童。當其以兒童為性對象時，得到的是性權力放縱與操縱的快樂。《龍陽逸史》大老官酷嗜幼小的小官，可引發為何男子有戀孌童癖的一些省思。

　　以上錢財的交易關係、肉慾的滿足及權力的運作關係並非獨立存在，有時可能是交疊出現。綜觀《龍陽逸史》二十回中的同性情慾關係，存在著一些特點：

　　第一，階級結構的差別。如稱謂上的「大」老官對「小」官，年齡上的「長」對「幼」，社經地位上的「高」對「低」，小官明顯的處於多重劣勢中。同性戀者之間地位完全不平等，與他們的社會地位和他們在性活動中的扮演的角色（主動者和被動者）是一致的，本質上屬交易及性欲的發洩。吳存存認為雖然同性戀盛行一時，人們亦普遍持一種寬容甚至欣賞的態度，但這實際上確有著嚴格的限制，亦即它僅限於對待同性戀中的主動方面——有錢有地位的階層，而被動的方面——小官階層，是被玩弄的對象，不惟得不到寬容，而且受到了比任何社會下層都更為嚴重的

〔註28〕康正果：《重審風月鑑——性與中國古典文學》（台北：麥田文化，1996年），頁135。
〔註29〕紀昀：《閱微草堂筆記》（天津：天津古籍出版社，1994年）卷十二，頁274。
〔註30〕紀昀：《閱微草堂筆記》卷十二提到：「若處心積慮，齒赤子之天真，則恐干神怒。夫術取者，造物所忌，況此事而以術取哉！」，頁274。

歧視。〔註31〕《龍陽逸史》明顯存在這種不公平的對待。

第二，不同性別角色的扮演。前章節有介紹被玩弄的一方被渲染刻畫其標致之女性化，實際上在性行為中其也扮演著女性的角色。主流異性戀影響同性戀者在性別角色對待上的以「男」對「女」，康正果認為中國古代同性戀並無自己的正面價值和情感模式，只有通過比擬、戲仿異性戀，才能賦予他本不具備的價值。因而當文學作品把同性戀作為理想的關係表現時，大都套用夫婦關係的模式來編造同性戀的神話。凡是女人在男人的世界裡經歷的事情，幾乎都被不倫不類地照搬到同性戀中被動一方的身上。〔註32〕因為用異性戀模式去類比同性戀，故也很難發展出平等的同性戀關係。

在同性性行為中的角色問題上，是否有一個清楚界限，即性行為方式中主被動角色與性別角色中男性女性這兩種角色之間的界限。因為男同性戀者雖然在性行為方式上與男異性戀者有所不同，即有時有一方會扮演被動接受的角色。一般人習慣將異性戀的固化角色加在同性戀者的身上，根據李銀河《同性戀亞文化》中的調查，同性戀者只不過是選擇了不同的性行為方式，並不一定會產生角色認同方面的問題。〔註33〕在同性性行為中，確實存在著角色差異。在具體表現行為上，有人扮演支配的、施予的、主動的角色；有人扮演服從的、接受的、被動的角色。〔註34〕這種角色的區別，很容易被誤解為男性角色和女性角色的區別。但在《龍陽逸史》中，因雙方多重方面的不平等，所以男性角色和女性角色的區別很明顯。

第三，具備雙性戀特質。這些狎客其實不屬於真正的同性戀者，他們往往出於獵奇心理，希望在性生活中尋求一些反常的經驗，但這種現象大多是一種階段性，可以看到書中的狎客不乏是已有妻室之人。又如第一回韓濤與小官裴幼娘借妓家處行樂，與頗有姿色的妓女衛湘卿三人同床淫樂；第十一回沈葵先跟姐姐玉姝，又跟弟弟玉仙。往往男男之愛與男女之愛是並行不悖的，一般而言，男人都還是會娶妻成家。而且隨著男童的長大和社會角色的變動，這種感情也會發生轉變，他們不會一輩子沉溺於同性戀愛當中，娶妻生子、成家立業是必然之事。

古代的「男寵」通常是男子在享受男女之樂以外的一種雖不冠冕堂皇，但也無傷大雅的癖好，因為沒有影響他們對女人的興趣，也沒有影響到社會所重視的傳宗

〔註31〕吳存存：《明清性愛風氣》（北京：人民文學出版社，2000年），頁147。

〔註32〕康正果：《重審風月鑑——性與中國古典文學》（台北：麥田文化，1996年），頁139。

〔註33〕李銀河：《同性戀亞文化》（北京：中國友誼出版社，2002年），頁167。

〔註34〕後代研究男女同性戀相異之處時，特別提出男同性戀比女同性戀在角色扮演及權力爭奪上更為專注。詳見 Susan A.Basow 著，劉秀娟、林明寬譯：《兩性關係——性別刻板化與角色》（台北：智揚文化，1996年），頁423。

接代的職責，因而爲社會和正統文化所包容。書中那些「變童」本身也不是「專業」的被玩弄，他們通常在成年後也會結婚。如第九回即使當初儲玉章爲柳細兒抛妻離家，同經營生意，但後來仍各自娶親討妾，且相處和樂。

《弁而釵·情烈記》中雲天章對文韻有「就令絕嗣，亦所甘心」之情，而文韻大笑道：「從古及今，可有兩雄終身之理？不孝有三，無後爲大，爲朋友而絕祖宗血食，大不孝也。且弟已成年矣，至廿歲無有不引退者。」〔註35〕表明雙方皆已成年應各自婚娶，不宜有廝守終身的想法。這裡突顯出同性戀關係中年齡的限制及傳宗接代的問題。男子廿歲之前對於一些規範的違反可以得到寬容與諒解，包含個人年少輕狂的風流韻事，有時甚至可以不論性對象的性別。性別在中國傳統文化中從來都不佔有重要的地位〔註36〕，所以《石點頭》第十四回〈潘文子契合鴛鴦塚〉才有：「何況你我未成名，年紀才得十五六七，只算做兒戲，有什麼羞？」〔註37〕但廿歲後代表人生過程的一個重要階段，意味著成年，必須擔負更多的社會與家庭責任。所以《弁而釵》中〈情眞記〉的風翔與趙王孫、〈情俠記〉的鍾圖南與張機，縱使皆兩情相悅，最後仍必須回歸到倫理的範疇，各自婚娶而世代交好。

第四，關係的短暫性。這一點也是因前三點而來的結果。《龍陽逸史》二十回中同性戀關係的脆弱及短暫性是顯而易見的，他們的性關係較帶著自由放縱的態度。尤其小說中的這群小官又是屬於主動性的賣淫活動，在金錢交易下是否存有眞情，且能把同性戀當作單一和一貫的性選擇？除了第一回的韓濤與裴幼娘是兩情相悅，相處長久外，第一回楊若芝在主雇韓濤移情別戀後說：「朋友們相處，原是你管不得我一生，我靠不得你一世。」第七回史小喬被程淵如設計騙姦，姚瑞生氣打發史回鄉；第九回儲玉章雖爲柳細兒離家在一起，最後仍各自娶親討妾；十一回沈葵與韓玉仙相處十多年後分手；十二回高紳滿身騷相處八九年，滿身騷闖禍逃走；十三回蘇惠郎與劉珠相往不上三年鬧翻。十八回韓道士與葛妙兒遇上好男風的汗弓孫大王，韓道士爲了保住自己的性命說：「大王爺饒了道士的狗命，如今就把這徒弟先獻奉了。」皆表現出關係的脆弱、短暫性。

兩人是否能長久相處，除了性愛因素之外，還有情感和經濟等方面的需求。婚姻爲異性戀伴侶提供了重要保障，但這種社會保障對於同性戀者來說，是個難以企及的奢望。《龍陽逸史》中即使剛開始是情投意合的，也是要以大老有否豐厚的錢財

〔註35〕醉西湖心月主人：《弁而釵·情烈記》第四回，頁251。
〔註36〕宋耕：〈從《情史·情外類》看情的本質〉（辜美高、黃霖主編：《明代小說面面觀》，上海：學林出版社，2002年），頁347。
〔註37〕天然癡叟：《石點頭》（台北：三民書局，1998年），頁349。

物質爲基礎，兩人之間關係的脆弱禁不起一些考驗，故常常是「財盡生變」的關係。與異性戀相比較，同性伴侶關係缺乏社會和法律保障，聚散無常就成爲慣例，故不可否認的，同性戀確實帶有較強的短暫性和肉慾性。

同性戀關係之脆弱性，讓很多人以爲同性戀關係似乎只有「性」的內容。有些人將同性戀與異性戀相比時，片面地突出同性戀的「濫」和異性戀的「貞」，似乎兩者對待情愛的態度有所差別，這種看問題的角度無疑太過簡單。同性戀者中也有堅貞的愛情故事，異性戀者中也有比比皆是「濫」的成員。異性戀主流文化下，得天獨厚的種種優越性，並不爲同性戀者所享有，所以難以相互識知，即使鍾情某人，也不敢貿然探詢。社會壓力也使許多同性戀者不習慣將個人狀況和盤托出，並沒有足夠的機會和時間瞭解對方的個性、愛好與其他背景，於是溝通就僅局限於對外表的關注和對性滿足的追求。

一般人的情愛關係最後總會聯想到婚姻，婚姻成爲愛情的目的，似乎也是保障愛情的最牢固方式。婚後接續著的傳宗接代，這在同性戀來說是無法實現且也不是導向於此爲最後目的，因此同性戀關係來得較爲短暫性和脆弱性，也成了大多人否定同性愛情的理由之一。加上雙方的社會人際關係對於鞏固伴侶關係所起的作用，雙方的關係若能得到某種社會承認，這種承認本身就構成了多種無形的支持和道德約束。另一個不可忽視的社會關係就是子女，同性戀沒有這些負擔及約束。故彼此之間就不容易確立牢固的義務觀念，也較不存在同性戀方面的性道德。

社會的偏見使很多人，包括同性戀者們自己都認爲同性戀之間只能抱著玩玩態度而已。得不到任何社會承認，同性關係的公開化往往招致嘲笑和反對。同性伴侶如果感情上出現摩擦，也找不到支持點，這無疑使離異變得很容易。另外同性戀伴侶關係並不受到法律的保護，感情破裂造成的離異無須承擔太多社會責任，這樣就使分離顯得相當容易。更加上不會涉及懷孕和生育等枝節問題，因此性行爲附帶而來的責任性較小，故缺乏婚姻的契約作用也是同性戀關係脆弱性的一個重要原因。

以上所談到的親友、禮教、法律可說是一種「超我」對「原我」慾望的約束及懲罰力量，沒有這些束縛，當然容易成爲以偶然的聚散爲特徵的慾望追求。

三、兩方情慾互動與異性戀相似之處

在古代中國，同性戀與異性戀從來都不是兩種完全對立和互相排斥的關係，同性戀除了性對象選擇同性之外，也有像某些異性戀之間存在的眞情實意。古代關於同性戀的故事中不乏用情專一的事例，如漢哀帝爲了不驚醒所愛的人而自割袍袖的「斷袖之情」；《石點頭》中潘文子與王仲先從相見到相愛到情同夫婦，甚至可以同

死。同性情慾的表現或許不是單一呈現，這當中也不無多重情慾流動的可能。靄理士在解說同性戀時，說道：

> 同樣是性衝動的表現，同樣是用情，而情的寄託則根本而且很完整從一個常態對象轉移到另一種對象身上，若就常情而論，這對象是逸出了性慾的範圍以外的。而除了對象的轉變爲同性之外，其餘一切用情的方法、過程、滿足等等，可以說完全和異性戀沒有二致。〔註38〕

《龍陽逸史》中也可見到小官與性對象間是與異性戀一樣，存在著嫉妒、因愛成恨等種種複雜的情慾流動，也會由於失戀引起了一些矛盾、衝突，而侮辱對方。

（一）吃　醋

第一回韓濤包養個小官楊若芝，但見了裴幼娘後直稱標緻，引起楊若芝的醋意，後來韓濤心已在裴幼娘身上，楊若芝冷笑說：「你的心事不過想在那裴幼娘身上。我倒是個識時務的，若對我實說就先告辭去了，隨你兩個相處。若是遮遮掩掩，明日有些風吹草動，那個醋罐兒，怪不得我傾翻哩。」但韓濤對裴幼娘因相思成疾時，楊若芝說：「如今你竟把心腹對我商量，巴不得你的病好，終不然坐視其危不成。」而竟能以一種貼心體意而犧牲成全的態度受韓濤之託，幫忙撮合二人。十九回烏良與小官花姿來往兩三年，後花姿爲錢跳槽，烏良怒氣下寫了張「揭帖」來破壞他的新戀情。故入話提到：「世上有等人，每每在小官身上做了著實工夫，好歹就要吃醋撚酸，動了眞怒。」

（二）相　思

情人間最常見到的相思，同樣可以在書中的同性關係看到。第一回韓濤自見了裴幼娘回去，「廢寢忘餐，眠思夢想。捱了幾個更長漏永，撇了幾番黃卷青編。鎭日悶縈心上，鬱結眉頭。」以後「鬱怒交加，遂染成了一個症候。」等到知道有機會見裴幼娘後，「藥籠也不打開，包兒也不指望」，「十分的病霎時間竟減了三分。」第九回的儲玉章也因思念柳細兒而成疾，妻子只好託人找回被趕出的柳細兒，過得五六日完完全全病都好了，後還拋妻棄家的選擇柳細兒在一起。第十一回沈葵也因心繫在韓玉仙身上，爲了能在一起而舉家遷移。

（三）相　怨

《龍陽逸史》中第二回的李小翠被反間跳槽到更有錢的主顧，一兩年後想回舊主顧邵囊處，邵囊憤恨寫字條說：「與你情斷義絕，今日復來何說。你卻容易進門，

〔註38〕哈夫洛克.靄理士（Havelock Ellis）著，潘光旦譯註：《性心理學》（台北縣：左岸文化出版社，2002 年），頁 212。

我卻懶於應接。思之理上誰虧，提起心頭火冽。便宜早是歸家，省得一場面叱。」
李小翠回寫「昔日交情何厚，今日撇人腦後。縱使一二有虧，還必萬千寬宥。不記
門外奇逢，不記燈前苦受。這的鐵石心腸，何異衣冠禽獸。」希望可以顧念舊情，
邵囊一看後大笑消釋夙恨。十九回的花姿在為了錢移情別戀，舊情人烏良吃醋氣不
過的寫了「沒頭榜」的黑函中傷他，壞他名譽，讓新情人打發了他。情人之間的情
變生恨，容易去揭發對方的瘡疤，此揭帖詳細的攻訐對方：

> 揭延安之逆雛，住盤石之街東，托花姓以更名，假別宗而為子。出入
> 橫行於鄉黨，所知者無不咢聲。往來正色於親朋，相識者為之切齒。眼底
> 視若無人，喬作百般模樣；目前只知有己，裝成萬種形容。但爾出自斗筲，
> 生非閥閱。甫能小鼠跳樑，便學沐猴而冠。指狗黨以稱盟，邀狐群而為友。
> 藉口讀書，半係大開方便；托言伴讀，實為廣積陰功。暗授難經脈訣，那
> 辭夏熱冬寒。秘傳燮理陰陽，不顧暴風疾雨。若云硃水墨泉，肚內終無一
> 滴；要貨黃占白蠟，身中約有千斤。或暗或明，不忌五行長短；半男半女，
> 偏爭八字差移。半畝方塘，難禁魚蝦爭戲；寸金田地，何妨蔥蒜同栽。枉
> 施為毛羽之衣冠，只欲掩人耳目；空希縱兒曹之裝束，惟難昧我睹聞。半
> 夜月明，須記熱心為爾；一朝心黑，反將冷眼欺人。迎新棄舊，本爾有虧；
> 負義忘情，非吾得罪。爾既能掩耳盜鈴，吾權為驚蛇打草。倘他時而故態
> 依然，則今日之新文復起矣。

此揭帖一公佈流傳，果真深得烏良之計謀，化四郎的新情人范公子見了揭帖，認為
「不像模樣」，拿些錢打發了他。可以看到同性戀之間由愛生恨引起了一些矛盾和衝
突，甚而中傷對方。

其中也有分分又合合的，十六回達春因何冕廢學，後出家落魄，三年後遇何卻
被無情打發，後達春考上進士，何附勢，達春卻也不忘舊情的接納他，並讓他做官；
十九回花姿被中傷名譽，范公子打發他，隔五六年再度相逢，又把他帶回上頭作門
客。如果兩人之間只有肉慾與金錢物質為基礎，不可能產生這些複雜的情緒糾葛。

在部分同性戀者眼中，或許只是回歸到馮夢龍所提的「情」字至上，而對於性
別反倒是模糊了。如傅柯所說「照他們的思維方式來看，人們之所以可能對男人或
女人產生慾望，只不過是天性植於人心之中的那種對『美』人的慾望使然，不管其
性別如何。」〔註39〕對於「男色美」也只是普遍對「美」的愛戀。故《品花寶鑑》
就道：「不解今人好女色，則以為常，好男色，則以為異，究竟色就是了，又何必分

〔註39〕米歇爾·傅科（Michel Foucault）著，謝石，沈力譯：《性史》（台北：結構群文化事
　　　業，1990年），頁337。

出男女來？」〔註40〕以一種跳脫性別的藩籬為好男色找立足點。《儒林外史》也藉杜慎卿之口道出男男之間的對待：

> 難道人情只有男女麼？朋友之情，更勝於男女，你不看別的，只有鄂君繡被的故事。據小弟看來，千古只有一個漢哀帝欲禪天下於董賢，這個獨得情之正，便堯舜揖讓，也不過如此，可惜無人能解。……比如要在梨園中求，便是愛女色的要在青樓中求一個情種，豈不大錯？這是要相遇於心腹之中，相感於形骸之外，方是天下第一等人！〔註41〕

藉友情的廣泛平常，把男色情慾之特殊性轉化成為五倫中的友倫，使兩男之情合乎一種普遍性的人之常情，從中得到立足點。如此似乎也為男／女、陽剛／陰柔、異性戀／同性戀的二元對立架構開出更多元豐富的性別與情慾流動。

第二節　小官與家庭制度的扞格

　　人生的歷練過程都必然跟家庭機制產生或多或少的糾葛關係，家庭是個人十分重要的文化聯繫，代表著身份的基石。正史當中，很早就提出男色對家庭的威脅，〔註42〕現代同性戀小說中也常以表現同性戀者在家庭中的困境為重要議題。〔註43〕《龍陽逸史》觸及到小官與自身家庭或是介入他人家庭時，凸顯出同性戀者跟傳統家庭機制產生正面交鋒的情景，把小官放在家庭場域來看，更能瞭解其處境，也更深掘他與家庭文化產生種種錯綜複雜的關係。

一、小官與自身家庭的糾葛

　　大多數人對家庭都懷有一種特別的感覺，它讓人想起教導、愛護、支持、安慰，並獲得安全感。但對於同性戀者，這個詞也許包含更多的內容，它讓人想起寬容或

〔註40〕陳森：《品花寶鑑》（上海：上海古籍出版社，1990年）第十二回，頁170。

〔註41〕吳敬梓：《儒林外史》（台北：文化圖書，1988年）三十回，頁236。

〔註42〕例如沈約：《宋書・五行志》就曾載社會上「男寵大興，甚於女色」而導致「夫婦離絕，怨曠妒忌」的結果。卷三四，頁1006。《魏書》也記載北魏汝南王元悅因為「有崔延夏者，以左道與悅游，合服仙藥松朮之屬，……又絕房中，而更好男色」，竟至於「輕忿妃妾，至加捶撻」。詳見魏收：《魏書・汝南王悅傳》（台北：鼎文書局，1979年）卷二二，頁593。

〔註43〕例如白先勇小說《孽子》是「寫給那一群在最深最深的黑夜裏獨自彷徨街頭無所歸依孩子們。」書中的「孽子」是一些脆弱的孩子，或被逐出家門、或屢次從家中逃跑、或是未被了解而流浪街頭，他們聚集在隱密處，沈湎於為錢而做的愛、屈服於為他們短暫命運設置信標的長者，而最終，他們還是困於宿命的運數中。詳見白先勇：《孽子》（台北：允晨文化，1989年）。

拋棄，理解或拒絕的經歷。並非所有的家庭都能容忍其家人選擇了與主流社會不同的性取向，即使在最具有容忍精神的家庭中，同性戀者的亮相也不一定會得到鼓舞性的反應，更何況加上同性賣淫這種雙重不名譽的行爲。以今日性開放的觀點，從妓行業仍是不名譽，自身及其家人一定儘量掩飾。在晚明對於如此特殊的營生，小官家人到底抱持何種看法？

　　《龍陽逸史》中可以看到一些賣淫小官的家庭，其家人對其從事此業的態度及觀感。其中有家境貧寒，爲了錢財、生活，碰到闊綽的主顧時，長輩是鼓勵性質的利用兒子以色事人。如第二回牽頭羅海鰍爲李小翠兜攬主顧，後又反間李小翠跳槽，不上半年沒結果，「他那母親李翠兒，原是個在行的，教他還到邵囊家走走。」鼓動他到舊主顧家走動。十八回小官葛妙兒已近三十，自認爲還不曾相處過好主顧，對其母說起，其母也替他老大懊悔云：「我兒，你如今趁早裝扮得俊俊俏俏出去，還不爲遲。」還幫他想出用掛「畫小官招牌」的辦法，以遮掩已長髭鬚的長相。當有主顧時，其母滿口應允道：「我兒，怎得個計較，也挈帶你娘去快活幾時麼？」「你去後我也沒甚掛念，只是　件，你卻不曾經過那般滋味的，恐怕那些道士們見了，又是久旱逢甘雨一般，把你弄得個不尷不尬‧那時可不教我做娘的活活心疼殺了。」「那媽媽的本心，豈是割捨得兒子出門去的，這也是看那兩把銀子分上，只得母子分離了。這媽媽一把眼淚，一把鼻涕，直送到大門首。千叮嚀，萬囑付，不過是口口教他體心貼意，不要打斷了這個主顧的說話。」可以見到小說中呈現「金錢擺中間，廉恥放兩邊」的世態。對於家中男子從妓不需要有羞恥感，有時還帶鼓勵性的支持，甚至可以當起介紹人，從中營利。第一回的裴幼娘還頗爲清高，舅舅詹復生知道韓濤對自己外甥裴幼娘有興趣，忙道：「我那舍甥，倒也是個見廣識大的。足下若想著他，只依學生一個計策，管取唾手得來。」韓濤只要得一見面，便奉酬十兩黃金。詹復生聽後，就動了念頭，馬上想出「打合法」計策欲撮成之。有些則是家中兄姐弟一起從事此業的，如第三回唐半瓊、唐半瑤兄弟先後與同一個主顧；第十一回姐弟也同時接客營生。或許有些家庭正是訓練、促成其子從此業的環境。〔註44〕

　　這當中也有持反對、斥責的態度，當家人對小官的干涉、勸說時，不見得能發揮效果，家人對此也只能保持沈默，或者生氣得對他發表侮辱性的言論，甚至遭到

〔註44〕馮夢龍《笑府》有則笑話：「有龍陽生子，人謂之曰：『汝已作老官人矣，難道還做小官人事？』龍陽指其子曰：『深欲告致，只恨替代還小。』」（上海：上海古籍出版社，1993年）卷三「世諱部」〈世襲小官人〉，頁82。這位龍陽父親顯然要將其子訓練教養成同性戀來繼承衣缽。

家庭的遺棄，如第七回史小喬被光棍誘引，「叔父見他一日一日，弄得不尷不尬，只得硬了心腸，把他驅逐出門。」有時更讓家人難堪生氣到喪命，如十四回中的小潘安「落得賣弄個小官的樣子，不上半年，濠州城中竟出了個會做雞的大名」，「爹娘見這個光景，恐怕辱沒了家門，苦苦訓誨，他那裏肯想個回頭。爹娘沒了設法，正是一拳打落牙齒，自咽在肚裏。過得年把，雙雙氣死了。」影響與家庭成員的感情，嚴重時甚至與家庭徹底決裂，如二十回石得寶被親族石敬岩挑撥其父子感情，「石敬岩趁著過得綢繆，說了許多甜言蜜語，一心要攛哄他離了那石小川。」家裡知道他的行徑後，免不了埋怨幾句，「石小川聽了這些埋怨，免不得動了怒氣，口口聲聲要把石得寶趕了出去．石得寶倒也巴不得就走，聽這句說話，悄地裏一道生煙竟不知走到那裏。」看到了家人對於小官的態度是夾雜著無奈、丟臉、勸說、盛怒，甚而驅逐或是小官最後自動選擇逃離家庭。在這場拉鋸戰中只有看到第十回衛逹在家人勸說下回了頭，大多或者因無法管束任他沈淪，可看到書中家庭功能對小官的約束影響力並不大。第五回州官對小官劉玉的父親說：「你也本當究責，姑宥年老，只擬一個養子不教的罪名。」對於家庭成員同性戀賣淫身份的反應，只能看到代表公權力微弱的介入、干涉其賣色行為。

二、小官對他人家庭的衝擊

　　明清小說常描述丈夫因嫖娼宿妓，淫逸過度而造成家庭、社會問題。突顯出娼妓介入對家庭裂變的殺傷力。丈夫好女色，帶回娼妾，致使家庭紛爭之事例，甚可理解。但如果是因好男色而造成家庭的不和諧，實在就令人匪夷所思，但明清小說中卻有為數不少的類似情節。有些是因丈夫同性戀而疏淡了夫妻關係，更帶來夫妻感情變節的問題；〔註45〕有些則是丈夫把時間、精力、金錢放在好男色上，自然會破壞威脅到家庭的穩定。對於無人敢挑戰最高權力的一家之主，如果沉溺於小官，

〔註45〕如《醉醒石》中寫某些大戶富豪「倚著有兩分錢，沒個不蓄妾置婢。⋯⋯或情分外寵，裡邊反不及。」詳見東魯古狂生：《醉醒石》（上海：上海古籍出版社，1992 年）第八回，頁 64。《濃情快史》中「只因老白好小官，把前妻活活氣死了。娶宜兒在內料理，也為老白房事稀疎，便搭上了六郎，早已有兩年多光景了。」詳見清）嘉禾餐花主人編次：《濃情快史》（陳慶浩、王秋桂編《思無邪匯寶》21，台北：大英百科出版公司，1994 年），第七回，頁 170～171。另外《傳家寶》也以家訓方式提出妻妾難忍丈夫好外所造成孤獨感之警言：「世上有幾種男人，辜負妻子，必有惡報：⋯⋯又有商賈遠出，貪著外寵，經年累月不歸家的；⋯⋯又有狂癖男風外宿的。這幾種人，總不知唱隨相守、琴瑟相調的快樂，致令妻子孤燈獨宿，淒慘誰訴，黃昏風雨，情更難堪。」詳見（清）石天基：《傳家寶》（《明清善本小說叢刊續編》，台北：天一出版社，1990 年）初集卷一〈和妻〉，頁 24。

又會對家庭帶來什麼影響？《龍陽逸史》中也有明顯生動的反映。小官對家庭關係所引起的紛擾，以及對家庭制度穩定性造成一定的威脅，主要表現於丈夫因沉溺男色，而減少甚至放棄對妻子兒女所應負的倫理責任，降低家庭的凝聚力；或是妻子因跟男色爭風吃醋甚而妒忌，引起家庭內部的不安寧。輕則造成散財或耽誤日常事務及墮墮前途；重則破壞家庭幸福，違反傳統社會禮法。

　　對於家財的損失，如第六回錢員外「日常家用一絲一毫，雞子裏算出骨頭，偏又肯在小官身上，情願一百二百。」後包養厚待小官秋一色，但秋一色「掙得用的是大老官的銀子。落得包私窠子，拐人家婦女，無所不爲。兩三年裡作出許多傷風敗俗的事情，弄出來就連累著錢員外。」小官濫用大老官的寵愛及家財並到處惹事生非，家中怎得安寧？也有沉溺於小官而嚴重到傾財破家的。如第四回黃州秀士寶樓「不出幾個年頭，把家私漸漸弄空。」第五回鄧東本是個巨商，「只因好相處小官，把本錢都浪盡了。」只好當起流動販子到處行商。第九回儲玉章專好拐小官，「不上三五年間，把個老大的家私罄盡，都在小官身上出脫了。」但仍不知收手回頭。十一回沈葵與韓玉仙來往兩年，「爲他身上，家私也消費了一半。」十二回高綽與滿身騷「兩個似漆如膠，共相處有八九個年頭。高綽險些兒把個家私都在滿身騷身上浪盡了。」男子是家中經濟支柱，如此揮霍，整家人生計何以爲繼，另外如包養關係的，也是家財的一大開銷。

　　古代男子擁有性特權，妻子主要是被視爲生育工具和社交角色看待，一般而言對夫妻感情並不非常看重。於是男子在家內可以合法公開的納妾收婢；家外可以嫖娼宿妓，對於玩小官或是把他帶回家，也只不過算是其性特權的一部分罷了，沒有什麼約束力可以禁止之。《龍陽逸史》中因好男色使得夫妻感情疏淡，如第十三回的劉珠已有個妻子，但是「平日倒好的是旱路，那水路一些也不在行，所以做親已有兩年，夫妻們算來同床不上幾夜。」第九回入話就提及丈夫好小官，冷落了家中女眷時，女眷的態度反應及心理期待：

> 世間有等男子漢，常把正經生業，看作等閒餘事，整日勞心焦思，工夫都用在小官身上。這索性是個孤身鰥客，也不足計較，如今偏是那有家室的多好著這一道，情願把身邊那閉月羞花，沉魚落雁，二八的嬌娘，認做了活冤家。倒將那箇殼臉皮，竹竿身子，積年的老雞，看做了真活寶。常有那肯做人家，要丈夫好的女眷們，說著小官切齒之恨。這個恨有那不明白的，每每說他是吃醋撚酸，殊不知女眷中爲小官吃醋的儘有。也儘有不是爲吃醋，巴不得要丈夫斷絕了這條門路，成家立業的。

明媒正娶過來的妻子把夫家視爲自己的歸屬地，丈夫的榮華富貴，家族的榮辱興衰

都直接影響她的命運。她把全部身心都投注在家庭中，當然會盡全力去防護介入家庭，包括危害到家庭利益的人事。小官的介入家庭，首當其衝的是瓜分了丈夫的感情及家庭經濟，以致妻子受冷落及威脅到生活的保障，並且造成家庭名譽上的破壞。這些剛好是爲妻者最在意的幾樣重要東西，自然會想盡辦法、手段阻遏小官的介入。故在剛開始知道丈夫搞小官時，會先好言相勸，以家譽、求取功名或家業爲重，但當時的社會，丈夫所代表的的男權不容妻子對抗，所以當妻子勸說不動也管不著時，只能任其爲所欲爲。如第四回黃州秀士寶樓之妻范麗娘見丈夫好小官，免不得有些不快活，但又「總只不是個結髮夫妻，落得做人情，只得隨他在外浪使浪用。」寶樓因沒人拘束他，「不出幾個年頭，把家私漸漸弄空，那讀書兩個字一發不要說起。」還認爲妻子只是因自己相處小官而吃醋，爲了停止妻子的醋意，還演出一場「去勢」的苦肉計威脅妻子，讓自己以後更可無拘無束的搞小官而不會再受妻子的吵鬧，並理直氣壯道：「想將起來最恩愛的莫如夫妻，何苦爲這些閒事，終日鬧鬧吵吵，外人得知不說是我不成器，倒說是你不賢慧，像甚麼模樣。」好小官對家庭造成的動盪，當事人丈夫只視之爲「閒事」，並責怪妻子不夠包容。寶樓後來帶了小官往長沙頑耍個把月，「耍子其實像意，費用卻也利害，約莫著沒了百把兩銀子。」還厚顏的寫信向妻子討盤纏。范麗娘知眞相後，大爲光火，於是想出對策，回信騙說家中買了四個標致小廝等他回來受用。寶樓果眞火速趕回，結果被四個長得噁心又帶殘疾的小廝嚇得魂不附體。寶樓經這一遭掃興，「把個好小官念頭竟自撇在水窨子裏」。但范麗娘卻怕只有短暫的效用，擔心又有變易，爲了長久之計，「遂著人到蘇州去，只揀標致的小廝，討了兩個，憑他早晚受用。」爲了能使寶樓安心待在家而不外出遊蕩，不得已的爲他選擇標致小官進駐家中一起分享丈夫，才能保全這個家。而作者在結尾評：「所以說，人家賢慧的內眷們也是不可少的，那寶樓若不是范麗娘那番見識，那能夠又得個重整家筵日子。」肯定范麗娘此舉才是「賢慧」的見識及舉動，充滿了諷刺味。由此可以看到男權的膨脹。

並非所有妻子對於丈夫搞小官都能像范麗娘一樣，可以有「成人之美」的包容力。另一則故事呈現出丈夫搞小官，妻子的反應及處理上的不同。第九回儲玉章好拐小官，把家私花盡。妻子范氏是賢慧有名目人家的女兒，把好話說盡，仍無效果，只能無奈的由他去。後丈人拿一百兩銀交付他做生意，臨行時妻子擔心其好小官毛病又犯，特別叮嚀：「你我俱是三十多歲的人，從來不曾育個兒女。若是此去賺得些兒，切莫學前番又浪費在小官身上，倒是娶了一個妾回來的，是個正經道理。」當妻子的擔心是後嗣的問題，而同性戀最爲人爭議的也是「無後」的問題。後來儲玉章還是帶了個假扮女裝的小官柳細兒回家，范氏心裡也是中意的，期望能爲其家生

出兒子來。兩個月後卻發現他是「身邊有貨」的男兒，氣得大打出手，趕出柳細兒，造成家裡的紛亂。後來儲玉章為了思念柳細兒，「未及年把就得了個症候」，妻子也只好無可奈何托人找回柳細兒，「范氏恰才曉得服著了這貼藥，這遭把他待得才像模樣。」不過最後儲玉章還是為了柳細兒拋家棄妻，二人至另處別作經營，范氏最終仍留不住好小官的丈夫。書中一再地表達具有重要地位的家妻竟比不上小官的訊息。

書中也觸及到丈夫狎妓而懼內的特點。第三回湯信之邀了小官來家中，「才吃得一杯茶，只見裏面鬧吵起來，管園的一步一跌忙不及的趕來說道：大官人不好了，裏面得知，打將出來了，沒要緊省得淘氣罷。」原來「這湯信之的妻子最是利害，日常間聽得丈夫在外相處了個小官，就要倒了葡萄架，便是湯信之生怕的也是這一著。」湯信之卻抱怨道：「偏生撞著這個不賢慧的東西，好掃興哩。」湯信之雖然抱怨妻子不夠「賢慧」的可以任其玩小官，但還不至於敢在家中搞，只得安排在外面。第七回姚瑞妻「是一個最利害的」，知道他在外面與小官史小喬日則同食，夜則同寢，馬上打點轎子抬出來探訪動靜，姚瑞知道後畢竟還會怕了幾分，暫時打發小喬到友人處。

這些妻子畢竟還強勢些，讓其丈夫不至於太囂張，但也因「河東之吼，每未減於敝軒」，這些強勢的悍婦有可能使丈夫對於女色無好感，故轉向外面的同性關係尋求慰藉，彌補在婚姻生活中造成的男性尊嚴喪失與個人情慾的不滿足。

妻子對丈夫的好小官，剛開始規勸無效時，也會對丈夫哭鬧、撒潑，丈夫受不了時，雖會暫時隱瞞，還是無法阻擋丈夫對小官的耽溺，最後則是無可奈何，只能聽之任之。這時妻子不滿的怒氣只好轉嫁施發到小官身上，表現出明顯排他性的嫉妒、仇恨之心理，嚴重者甚至做出殘害小官並虐待致死的行為。十四回的洪東從「發兌男貨的鋪子」被一個富翁用了百把銀子買了回去，不到半個月，妻子容不得他，洪東便「硬了肚腸，尋了個自盡。」什麼情況會把人逼上絕路？這裡面一定有讓人熬不過的壓迫。十七回陳員外妻子吃家奴馬天姿的醋，跟員外起衝突，於是把他灌醉，裝在袋子拋入水中，欲結束他性命。後雖被救起，賣到戲班當戲子，又被當作商品反間轉回到陳員外家裏，但「恐院君作吵，不像模樣」，而逃到別處做戲子。寧可到處流浪做戲子養活自己，也不敢跟在員外旁。男色對家庭的危害，大都不是小官的直接傷害，他只是被動的被帶入家庭中捲入糾葛。

小官的職業壽命短，通常巴望能遇到有錢的大老官，固定侍奉，但年老色衰後，不可能因為生育而鞏固自己地位。缺少了家庭、子女的社會關係及社會承認，於是或奴役終身，或不見容於正妻而被逐出家門，他們何嘗不是屬於一種社會邊緣人而焦慮感傷。

即使妻子沒有出面干涉，家中成員也會插手。尤其等到小官失去靠山後，那些主顧的親人便不擇手段的加以迫害。第二回的李員外，「平日間最喜的是後庭花」，甚而把家中使女李翠兒打扮成小官模樣。「兩個早早晚晚盡情頑耍，不上兩年，把個李員外斷送上路。」他兒子曉得父親沉溺這個假小官賠上了性命，算計定了，只要等到閉靈之後，打算處置他。後逃跑被抓回，「被李大官人著實打了一頓，還剝了衣服，端然現出原身，又做了使女。猶恐他日後做出什麼歹事，遂把他並與了個得力的家童，不上做親一年，生了個兒子。」十六回小官何冕跟了有名的大老官，但大老官身故後，其兒子凶狠的把他驅逐出門，漂流在外，沒個倚靠。

歸結上述小官介入家庭所帶來的衝擊與危害，其實與丈夫好女色無異，不外家財的損失、夫妻感情的疏淡、家妻的妒嫉吃醋所引起的吵鬧、甚而迫害介入的第三者等等。但與女色不同的是，小官無法奪取正妻的地位。丈夫如果執意不回頭，比較悲慘的結局是丈夫爲了小官可以拋妻棄家。如第九回柳細兒被儲妻打出家門，儲爲柳離家；十一回沈葵割捨不下韓玉仙，「把自家前程，尋個頂首」，攜家帶小來與玉仙共作生意。

中國古代的宗法家庭觀念很重，因此對男女的接觸甚爲嚴謹，以免擾亂了家庭和宗室的秩序。同性戀則是另一回事，它既不會生兒育女，造成血統紊亂；又不會擾亂宗室家庭秩序，使社會瓦解，於是社會在嚴格控制異性行爲的同時，對同性性行爲就寬鬆多了，使得男男的情慾有了發展的空間。當小官介入家庭人際關係時，受到最大衝擊者當然是家庭中的妻子，但在男權社會中，聽不到家室中妻女的發聲，其也無權干涉。所以大多的情況是任其丈夫爲所欲爲，也因而給家庭帶來了紛擾。

男風興盛的晚明時期，社會上對於男色危害固有家庭倫理制度，已有危機意識。《禪眞逸史》中有「禁狎暱婢僕」：「凡美婢俊僕，每能奪主之愛，侵嫡之權，殊當痛革。」〔註46〕表達出男色影響家庭倫理的顧忌。明清時期，常出現寵僕被

<hr>

〔註46〕清溪道人：《禪眞逸史》（上海：上海古籍出版社，1990 年 8 月）二十一回，頁 344。除了「奪主之愛」，危害夫妻之間的和諧關係，還常容易發生寵僕因受到特別寵愛，有較多機會接近家主的妻妾女婢而奸通，迫害家庭秩序的穩定，甚至喪命的威脅。雙性戀的特質使得在中國男色歷史中，常發生男寵一旦引進家門，容易衍生出敗壞家風的情況，男寵與妻妾間發生違禮的私情關係。如《宜春香質‧花集》中的單秀言先設計勾搭鐵一心，再侵占其妾婢，由於擔心被鐵生識破，於是買通一班光棍，誣陷罪狀，將鐵生驅逐出境，並順勢接收了其妻妾與家庭。「不不山人」便對此作了以下的評論：「主翁疲於外，室中不無怨尤。此千古格言。屢見侯門公子、肥痴富兒，外邊貪花戀酒，撒漫使錢；家中獻笑市色，輸身買俏，日易一夫者不少。主人敗外，室人敗內，內外婬婬，是誰之過歟？」詳見醉西湖心月主人：《宜春香質‧花集》第

社會警示與指責的言論，〔註47〕可見其所引起的恐慌。

明清小說夾雜同性戀情節中，幾乎是男主人公好龍陽，其妻妾也會與其龍陽私通，交相淫亂而混亂家庭倫理的情形。〔註48〕《龍陽逸史》並未落入此模式，其與眾不同之處是丈夫好男色並未與妻子分享，反而妻子都充滿妒意，希望丈夫可以回頭，較爲符合人之常情。

家庭制度是中國傳統道德的一項核心內容，同性戀對家庭的威脅，也注定其會受到社會家庭各方面的負面評價因素之一。且重視生殖目的一向是中國傳統家庭制度的重心，多數人不會輕易的違逆傳宗接代的使命，而娶個男子回家。《龍陽逸史》故事中雖然重男色但也不偏廢女色，嫖客除了迷戀小官，但也大多娶妻生子，其同性戀關係多以享樂和獵色爲特點，雖不至於對封建社會的家庭宗室構成干擾，但仍對家庭秩序的穩定性帶來一定的威脅。

故事中儲玉章爲了柳細兒拋家棄妻，另築愛巢；沈葵爲了韓玉仙捨下自家前程，連同姊姊一起娶過來，《龍陽逸史》所反應的同性戀與家庭的關係，確實引出了許多思考層面。

同性戀者是否可能結婚、共組家庭，讓一個男子取代正妻，甚至是母職的地位？〔註49〕李漁的《無聲戲・男孟母教合三遷》顛覆既有的男女組合成夫妻的家庭倫理關係。〔註50〕康正果認爲：「即使在表現理想關係的同性戀時，大都套夫婦關係的模式來編造同性戀的神話。凡是女人在男人的世界裡經歷的事情，幾乎都被不倫不類地照搬到同性戀中被動一方的身上。」〔註51〕。

三回，頁 198。

〔註47〕 李詡：《戒庵老人漫筆》卷六〈論堪輿〉摘引當時的家訓第五條：「家無俊僕」，第二十四條：「家童無鮮衣惡習」（北京：中華書局，1997 年），頁 245。晚明陳龍正《家矩》：「勿蓄優伶。」清劉宗周《人譜類記》卷五：「警蓄俊僕。」並認爲「養生家每言男淫損神，尤倍於女。況比頑童者，閨門必多醜聲，最宜防戒。」轉引自吳存存：《明清性愛風氣》（北京：人民文學出版社，2000 年），頁 131。

〔註48〕 如《繡榻野史》東門生爲了討好自己的龍陽趙大里，不惜讓妻子供趙大里淫亂。《桃花影》丘慕南以魏玉卿爲龍陽，將妻花氏供玉卿淺欲。《桃花艷史》中白守玉愛姜勾本，爲得其歡心，拱手送上自己的妻妾。《歡喜緣》中，崔隆以吳蕊爲龍陽，任吳蕊與自己的妾與妹交歡。更有甚者，在《碧玉樓》、《春情野史》中，王百順、點子漢出外時，乾脆把妻妾丫環都移交給自己的龍陽君使用。詳見李夢生：《中國禁毀小說百話》（上海：上海古籍出版社，1994 年），頁 82～83。

〔註49〕 男身生育是不可能的，但卻可以代替母職，經歷母性的經驗。《弁而釵・情奇記》李又仙以男身行女事，做了十五年的母親，這種超越性別的障礙，顛覆了以往傳統的母親形象及母子關係，挑戰了母親性別的必然性。

〔註50〕 詳見李漁：《無聲戲》（《李漁全集》第八卷）第六回〈男孟母教合三遷〉，頁 107～130。

〔註51〕 康正果：《重審風月鑑——性與中國古典文學》（台北：麥田文化，1996 年），頁 139。

　　除了看到男風程度的更上一層，長久以來僵化的男女關係模式已被打破顛覆了。難怪在《斷袖篇》中提到：「俞大夫華麗，有好外癖，嘗擬作疏奏上帝，欲使童子後庭誕育，可廢婦人。」〔註52〕提議以變童作爲生育後代，便可以永遠廢棄婦人不用。這種在現今社會聽起來仍驚世駭俗之豪語，也只有在當時允許雙性戀關係中的社會才會出現吧。

〔註52〕吳下阿蒙：《斷袖篇・俞大夫》（《筆記小說大觀》五編第七冊，台北：新興書局，1988
　　　　年），頁 4309。

第六章　《龍陽逸史》中的「小官」文化（下）

　　本章著眼於《龍陽逸史》中與小官營生產生互動的各色人等研究，進一步探討小官活動過程中與社會其他相關階層的關係，希望藉此能夠更加深入瞭解若干問題。比如小官在社會中所扮演的角色、地位？社會其他階層如何與小官互動？又給小官帶來何種影響？透過此，使得在瞭解小官的形象及生活層面更為擴展，有了社會生活視角的廣度及深度。把小官這個特殊階層置於社會人際網絡中，呈現出與其他相關階層別富意味的互動關係。最後再介紹在小官階層中所衍生出的特殊習俗信仰與傳說，以求更全面深入認識小官此一階層的文化。

第一節　小官與相關階層的互動

　　小說所塑造的人物是存在於小說內構的社會生活中，透過與其他社會階層的互動，更能顯現人物的角色扮演與身份地位。明清的狎邪世情小說裡，對於狎妓題材敘述得最精彩的，即是整個「狎妓文化」的生態結構。「狎妓文化」的氾濫，除了有時代背景為其溫床及人性的性慾望在作祟外，更重要的是有一大個結構在那裡鼓動和支撐。這個結構的大批成員從傳統的社會結構游離出來，從而形成一個龐人而分散的不工、不農、不商、不士的獨立於四民之外的社會群體，即游民群體。〔註1〕這個群體又與經濟型城市出現，讓越來越多人棄農從商有關。〔註2〕一些農民破產

〔註1〕陳寶良：《中國流氓史》（北京：中國社會科學出版社，1993年），頁21。「游民」的概念出現得很早，《禮記・王制》云：「無曠土、無游民。」「游民」即指行無定所、居無恆產的游蕩無業之民。

〔註2〕何良俊：「昔日逐末之人尚少，今去農而改業為工商者，三倍於前矣。昔日原無遊手之人，今去農而遊手趁食者，又十之二三矣。大抵以十分百姓言之，已六七分去農。」詳見《四友齋叢說》（北京：中華書局，1997年）卷十三，頁112。

之後，失去生存條件，或賣身爲奴，或流入城鎮「游手趁食」，以閒游爲專職，成爲社會的不穩定因素。當時城市經濟的發達帶動娛樂業，尤其是妓院業的發展，讓這些無業的「游手趁食」之人有趁隙之空間。

　　《龍陽逸史》反映嗜男風的氾濫與擴大，背後當然也有促成及加溫的生態圈。當中出現一群依附在小官周圍的食利階層者，包括牽頭、人口販子、無賴、光棍、幫閒拐子、乞丐等特爲突出。本節將針對小官與牽頭、人口販子、無賴光棍等階層，分別論述小官行業與這些階層之間彼此往來互動相依或相互利用的種種關係。

一、小官與牽頭之互動

　　牽頭角色在《龍陽逸史》中，所佔份量頗重，小說中特別針對牽頭的特質、功能、手段、如何中介的情節加以描述。書中出現與牽頭同義的稱謂，如「老白相」（第九回）、「白日鬼」（第三回、十一回、十二回）。在明清小說中也常出現類似牽頭此種幫嫖的人物，名稱雖異，但內涵相似，可透過此更了解牽頭的意義。

（一）與牽頭相關的語詞代稱

1. 牽　頭

　　關於「牽頭」形象，最爲人熟悉的莫過於《金瓶梅》中出謀策劃，拉攏西門慶與潘金蓮的王婆。王婆自我介紹說：

> 　　　老身自從三十六歲沒了老公，丟下這個小廝，無得過日子。迎頭兒跟著人說媒，次後攬人家些衣服賣，又與人家抱腰，做小的，閒常也會做牽頭，做馬伯六。〔註3〕

王婆媒介西門慶與潘金蓮的偷情。在明代市民小說中，常出現拉攏撮合男女不正當關係的女性牽頭。〔註4〕女性身分有易於穿家踏戶之便，社會上或小說中普遍存在的「三姑六婆」族群，代表市井階層中中老年齡、社會經歷豐富、處事圓融巧滑、老成精明的女性。他們身分卑微卻又舉足輕重，提供了閨閣向外伸展的管道。〔註5〕不過這類人物一向以談說風月、壞人心術，進而促成婚外不正常關係的負面形象受到否定。

〔註3〕蘭陵笑笑生：《金瓶梅》（台北：三民書局，1983年）第二回，頁22。

〔註4〕如《拍案驚奇》卷六：「且說那叫趙尼姑這個謊子打扮的人，姓卜名良，乃是婺州城裡一個極淫蕩不長進的。看見人家有些顏色的婦人，便思勾搭上場，不上手不休。亦且淫濫之性，不論美惡，都要到手，所以這些尼姑，多是與他往來的。有時做他牽頭，有時趁著緯趣。」頁98。《拍案驚奇》卷二九：「看官，你道這些老媽家，是馬泊六的領袖，……還好私下牽合他兩個，賺主人錢。」（江蘇：古籍出版社，1990年），頁513。

〔註5〕林景蘇：〈三姑六婆與時代評價——以詞話金瓶梅爲例〉，（《女學學誌：婦女與性別研究》，第16期，2003年），頁174。

　　牽頭亦有男性身分，如《二刻拍案驚奇》卷十四：「官人看見杯內還有餘瀝，拿過來吮嗶個不歇。婦人看見，嘻的一笑，急急走了下去。官人看見情態可動，厚贈小童，叫他做著牽頭，時常弄他上樓來飲酒。以後便留同坐，漸不推辭，不像前日走避光景了。眉來眼去，彼此動情，勾搭上了手。」〔註6〕《十二笑》第一笑中，敘及進士花樞欲娶小妾，來到揚州挑選對象，此地有一特殊人物，稱做「牽頭引線」，「凡往來仕宦，或公子王孫，要在此地娶妻討婢，畢竟要用著他們，才有熟腳。他們靠此為生，上中下三等女子，通在他肚子裡，所以終日在街坊招攬主顧，卻與媒婆一般。」〔註7〕可知「牽頭引線」也可由男性擔任，與媒婆的工作有高度的同質性。他們皆必須是眼觀六路、耳聽八方的消息靈通人物，更要擅於調節，有時也是人口買賣的居間仲介者。

2. 老白賞

　　《石點頭》十四卷中潘文子長至十七，標緻風流，「有一等老白賞，要勾搭去奉承好男風的大老官。」〔註8〕《豆棚閒話》將一班人稱為「老白賞」，得名的原因是：

　　　　有好嫖的就同了去，撞寮門、覓私窠、騙小官，有好賭的就同去入賭場，或鋪牌，或擲色，或鬥搦，件件皆能。極不濟，也跟大老官背後撮些飛來頭，將來過活。……這班人單身寄食於人家，怎麼不叫「客」？大半無家無室，衣食不周的，怎麼不叫「清」？〔註9〕

可以清楚得知此種人所具有的特色：無正當職業，趨附性強，那兒有好處往那兒沾附，靠著厚顏無恥的一些小本領攛掇奔走。而且這些人大多是些單身光棍，可以隨意的四處走動，依附著大老官趁機撈點小利過活。

3. 白日鬼

　　在宋代，有時將流氓稱作「白日鬼」。〔註10〕明郎瑛《七修類稿》：「宋時指賊人曰『白日鬼』，見誕謾者亦曰『白日鬼』。……以為空手得錢謂之白入也，反以鬼字為詆。」〔註11〕可知其善用欺騙手段徒手得錢的特質。

〔註6〕 凌濛初：《二刻拍案驚奇》（江蘇：古籍出版社，1990年）卷十四〈趙縣君喬送黃柑，吳宣教乾償白鏹〉，頁274。

〔註7〕 墨憨齋主人：《十二笑》（《古本小說集成》，上海：古籍出版社，1994年），頁18。

〔註8〕 天然癡叟：《石點頭》（台北：三民書局，1998年）十二卷，頁339。

〔註9〕 艾衲居士：《豆棚閒話》（台北：新文豐出版公司，1982年）第十則〈虎丘山賈清客聯盟〉，頁126～127。

〔註10〕 陳寶良：《中國流氓史》（北京：中國社會科學出版社，1993年），頁10。

〔註11〕 郎瑛：《七修類稿》（《筆記小說大觀》第33編第1冊，台北：新興書局，1988年）卷二十四「辯證類」，〈俗言詆〉，頁371。

4、老白相

徐珂《清稗類鈔》：

> 上海之流氓，即地棍也。……平日皆無職業，專事遊蕩，設井陷人。
> 今試執其一而問之曰：「何業？」則必囁嚅而對曰：「白相。」自號白相人。
> 一若白相二字，爲惟一之職業也者。〔註12〕

魯迅也談到：「要將上海之所謂『白相』，改作普通話，只好是『玩耍』；至於『吃白相飯』，那恐怕還是用文言譯作『不務正業，遊蕩維生』。〔註13〕而「老白相」的「不務正業，遊蕩維生」的特質，容易從事牽頭這種不用本錢的生意。

（二）牽頭的特質

《龍陽逸史》中牽頭這一類人物在當時男色關係中扮演重要角色，遊走於小官與嫖客之間，其中有職業性質及非職業性質，增加了與各人物的互動場景，牽動著人物動向及情節發展。雖然他們不是故事中的主角，卻替小說加料加味，有時成爲貫穿故事的重要角色。以下先以簡表列出牽頭身分、牽合方式、食利情形及牽合後的結局等等與小官之間的種種互動關係。

爲職業性質者：

回 數	牽 頭	身 分	牽合方式	食 利	牽合結局
第二回	羅海鰍	職業牽頭	幫大老官邵囊設計，以錢利誘小官李小翠，卻從十貫中貪取三貫，被雙方丟開。得不到利潤之下，以反間計讓小官跳槽	十貫中拿三貫	李小翠最後還是投奔舊主顧，羅海鰍替兩方立包養議單
第三回	喬打合	職業牽頭小官販子	喬與和尚牽頭搶生意，利誘小官唐半瑤跳槽，造成大老官爭風吃醋並調停之	未 言	介紹幽會空間、幫唐半瑤打發掉舊主顧
	寺裏和尚	職業牽頭			
第九回	劉瑞園	職業牽頭	介紹小官柳細兒給儲玉章	五 兩	雙方意合
十二回	老 蔣	幫閒、職業牽頭	在大老官高綽家幫閒，介紹小官滿身臊，又聯合賭場主人及二光棍詐賭騙財	六十兩四人瓜分	高綽本來喜歡滿身臊，後又愛上滿身騷

〔註12〕徐珂《清稗類鈔·棍騙類·上海之地棍》第十一冊（北京：中華書局，1984 年），頁 5386。

〔註13〕魯迅：〈吃白相飯〉，（《魯迅全集》第七卷《淮風月談》，台北：唐山出版社，1989 年），頁 26。

非職業性質：

回　數	牽　頭	身　分	牽合方式	食　利	牽合結局
第一回	詹復生	小官之舅	爲錢當介紹人	欲索十兩黃金，但只得五兩銀	自己先搞上韓濤的小官
第四回	袁　通	小　官	獻苦肉計予寶樓對付寶妻，並介紹小官許無瑕	未　言	寶樓與許無瑕出遊，後被寶妻騙回
第七回	無籍光棍	史小喬之夥伴	趁史小喬睡覺時，把他騙賣給姚瑞	二百兩	錢拿到落跑，史小喬後也被姚瑞打發
十二回	章小坡	賭場主人	介紹小官滿身騷給高紳	一頓酒席	高紳與滿身騷如膠似漆，滿身騷後闖禍逃走
十七回	唐　窮	窮似乞丐	無意中搭救落難小官馬天姿，介紹至戲班	百十兩百二十兩	爲錢又把馬天姿反間給別人，拿了錢落跑
十九回	成　林	小官之友	以利誘引小官花姿跳槽到有錢的范公子。又從中幫忙向范公子騙三十兩	未　言	花姿被舊情人烏良中傷，新情人打發之

　　《龍陽逸史》中，在二、三、九及十二回中出現職業牽頭，皆爲男性市井小民，其中甚至有廟裡和尚，更見世風的淫靡。另外幾回中也有雖不以牽頭爲職業，但擅於此道，或慣於在此圈子中打混，熟悉所需，或剛好碰到可以牽合的機會，其所爲行徑是與牽頭無異的人物。其皆爲男性，身分較雜，包括小官親友、小官、光棍、賭場主人等市井小民。小官親友與小官生活親近；而小官本人對於營生場域的熟悉度高，都易於便利當起牽合人。書中的「小官塌坊」及「發兌男貨鋪子」其實也可算是更大的仲介場所。此等人的出現，穿針引線的職業特質與小官的命運緊緊扣合。

　　《龍陽逸史》中，因爲要撮合對象的關係是同性，故這個中介者的身分有其特殊的必要，一定是非男性不可。同樣是男人，他們較懂男人間陰私而深沉的慾望，對於這個圈子中的特殊場域，同樣是男性，有其來往活動的便利性。牽頭的出現、來源自然有其市場需求的因應而生，如《二刻拍案驚奇》卷八所言：「大凡世情如此，才是有個撒漫使錢的勤兒，便有那幫閒齪懶的陪客來了。」〔註14〕這群人的興起根植於明代富豪財主對享樂的追求，他們專靠逢迎承歡爲謀生手段，利用在外的走街

〔註14〕凌濛初：《二刻拍案驚奇》（江蘇：古籍出版社，1990年）卷八〈沈將仕三千買笑錢王朝議一夜迷魂陣〉，頁161。

串巷，做些說媒拉皮條、幫閑拐帶的勾當，設法從中獲得利益，不算是什麼崇高的職業。

這些牽頭的特徵，大多是單身光棍，如第三回「沒個妻小兒女」的喬打合；在年齡上也以上了年紀的居多，突顯他們具有豐富的社會歷練，表現出老成精明的世故與圓滑，並運用其三寸不爛之舌，為人籌謀策劃，為自己賺進大筆銀兩。以下即針對牽頭在男色關係中所扮演的角色功能及人格特質提出具體說明。

1. 貪財食利

作為仲介角色當然是希望有利可圖，往往在趨奉討巧中分一杯羹或藉機敲詐訛騙、獲取財利。從上表中可看到那些牽頭食利了或多或少的佣金，甚至貪圖一頓豐盛的酒菜。食利過程有時也以非正當手段，或貪、或騙、或賣的呈現出貪財好利的嘴臉。如第二回邵囊欲灌醉逼酒李小翠，「這半晌羅海鰍為何沒一句話說，這個主兒原是個隨碗醉的，趁著他兩個一面纏，他在背後落得吃個爽利，先自弄得壁泥般醉。」牽頭羅海鰍只顧自己口腹之欲的滿足，莫管小官被灌醉的處境。後來生意成交，邵囊託羅海鰍打點十貫錢送至李小翠家，「所以說做牽頭的人十分心狠，竟把十貫錢落了他三貫。過了幾日兩邊會帳起來，才曉得是羅海鰍沒行止。」第七回史小喬的光棍夥伴藉機把他騙賣給姚瑞得兩百兩；十七回唐窮搭救從員外家落難的馬天姿，介紹至戲班得一百一十兩，戲班主人之弟湯彪也喜歡馬天姿，唐窮於是要了反間計，騙說員外要一百兩贖身錢，故從湯彪處又騙得了一百二十兩，雙重食利；十二回老蔣聯合賭場主人及二光棍詐賭詐騙大老官錢財；十五回中角色似牽頭的人口販子華思橋碰到落難的同鄉人崔英，且得知與崔父是舊識交好，但為了錢，「主人家既要，也管不得是同鄉人，就是親生兒子，只得要奉承了。價錢吃得著實增幾倍哩。」討價還價下以二十兩成交。這裡特別凸顯了牽頭貪財好利的性格，這當然也與當時的世風不謀而合。

2. 穿針引線

《龍陽逸史》中描述小官當道情形，行業競爭可謂相當激烈。在這種激烈的行業競爭中，小官們要想籠絡到一批相熟的客人，保證穩定的生意來源而立於不敗之地，沒有牽頭的介紹和攛掇幫助，是很難做到的。如同第二回所言：「不因漁父引，怎得見波濤。」有個面廣識熟的牽頭幫忙，自然能認識到較好的大老官及不斷的客源，如第二回入話所述：

> 相處小官，大約要些緣分。緣分中該得有些兒光景，比如一個在天東，一個在天西，轉彎抹角，自然有個機會湊著。這個機會，雖是緣分所使，中間也決少不得一個停當的牽頭說合攏來。

鑽頭覓縫原就是做牽頭的本領，第九回好小官的儲章玉來到蘇州向投宿主人打探標致小官，主人卻回道：「我這裡小官儘多，只是我在下不甚在行，還要尋著那老白相，才得妥當。」故又介紹他認識牽頭劉瑞園。劉瑞園是個「做得好小官牽頭，憑你要怎樣標致的，俱在他肚裏，這時要這時就有。」（第九回）可知並非隨便人都可以勝任此種牽合工作，牽頭靠著其生活接觸面甚廣，與上、下層社會人際網絡均有往來聯繫，熟知人情世故，社會經驗豐富，故小官往往藉由他來中介客源，如第三回小官唐半瓊對牽頭喬打合道：

> 一向在家裏坐吃山空，日常間積攢得些，都消磨盡了，再沒一些來路。如今沒奈何，只得捨著臉皮又要出來做那把刀兒，那裏有好相處的，千萬替我尋個。

牽頭的消息靈通，不只小官靠他，連大老官「買貨」也須向他打探消息，如做「白日鬼」的喬打合：

> 平日間並不作些經營，只是東奔西撞。見了個標致小官，畢竟要訪了他的姓名住處，就牢牢放在肚裏。不料他在這小官行中，混了兩三年，倒行起一步好時運來，就結交了幾個大老官。後來一日興了一日，要買貨的也來尋他，要賣的也來尋他。

這些牽頭遊走市井，無固定行業，生計的來源，無非是利用小官從中牟利，或靠設計誘騙、訛詐等手段獲得，專作損人利己之事以為生。為了財利，牽頭們殷勤的走串門戶，尋覓可以賺錢的門路，抓住小官貪財、大老官貪色的心態，成功的促成生意。但也因其貪財成性，故在撮合關係後往往就發生被雙方撇開的情形，如第二回牽頭羅海鰍因從中食利被發現，故「兩家都熟落了，正好順水推船，把羅海鰍丟開。」第一回裴幼娘之舅詹復生當介紹人，雙方在一起後，詹復生拿不到錢，便道：「可見如今的人，都是難相與的。只要引上了路，兩家對客做了，就把我們中間人撇開。」於是忙寫信去要十兩金子的介紹費。

3. 狡猾設計

穿針引線同時又加上心機靈巧，善於揣測兩方心計，竭力獻策撮合兩方。從上表中的牽合方式可看出，牽頭大多替大老官或小官，更多時候是為自己的利益出謀設計。如第四回小官袁通獻苦肉計予寶樓對付寶妻，並介紹小官訐無瑕。第二回牽頭羅海鰍幫大老官邵囊設計，以錢利誘小官李小翠，並言：

> 近來小官也為那些沒體面的哄怕了，所以個個都要見兔放鷹。我和你如今先把個體面，做幾兩銀子不著，只揀那好花樣的生活，買幾疋，送到他家裏去，那小官家見了，叫做有奶的就是娘，自然心悅誠服，要到手，

可不是甕中擒鱉。

促成後羅海鰍自己卻從中食利，故雙方熟絡後便順水推舟把羅海鰍丟開。羅海鰍在得不到利潤之下，氣得「尋思個反間計，又挽出個大老官，便教他跳了槽。」後替雙方調解立議單，議單內容「立議單人羅海鰍，有友邵囊，原與李小翠交好。詎料未經一載，李生歹見，頓背深情。不意粗心無遂，束手空還。可謂走盡天邊路，難覓皮寬樹也。今者李既悅歸，邵其笑納。往事不必重提，新議何妨再酌。」議單中把箭頭指向李小翠的背情，卻不提是因他的反間才使李小翠跳槽，可見牽頭的狡獪。第三回喬打合為了與和尚牽頭搶生意，利誘小官唐半瑤跳槽，造成大老官爭風吃醋並調停之。第十二回老蔣在大老官高綽家幫閑，介紹小官滿身臊，又聯合賭場主人及二光棍詐賭騙財。第七回史小喬的光棍朋友趁其睡覺時，把他騙賣給姚瑞。十七回的唐窮無意中搭救落難小官馬天姿，賣給戲班後，又用反間計，拿了雙份的錢落跑。十九回小官花姿打算跳槽，成林以利誘引其跳槽到有錢的范公子，並道：「難道有了這副好面孔，趁著少年時節，有心破了臉，不結識得個大老官，賺他些錢鈔，也枉做個小官，虛得其名，不得其實。」二人並向范公子騙三十兩。十五回華思橋把自己同鄉子弟崔英賣給專安歇販小官客人的童勇巴，哄誘他下船，兩方串通把崔英灌醉，華思橋趁機開溜。後來童勇巴又把他出脫到了個大財主人家去。

以上情節呈現出牽頭的種種行徑，故第三回入話述及：

> 有一樣最聽不得的，是那做牽頭的嘴。他若說是生得好，焦面鬼也還去得。他若說是沒多年紀，姜太公還是小官。只要弄得你上路，便快快活活吃現成，用現成。那小官倒不曾打點個起發的念頭，他到背地裏攛哄不了。撞著個不甚手鬆的大老官，他就弄得你當真不得，當耍不得。好歹便教那小官跳了槽，隨你什麼有算計的，只索沒法去處，總不如依著。俗語兩句說得好，任他到處香醪美，不飲從他酒價高。

小官就像是牽頭手下的棋子般，只要從中食利的錢財不能讓他滿意，往往有辦法讓小官轉來賣去，生死由他。

4、調停幫閑

牽頭雖然身為配角人物，但常在撮合兩方中扮演靈魂人物，他們有時為有財有勢的大老官陪玩、獵色、幫腔、攛掇、出謀策劃。當大老官們因為爭風吃醋，兩方陷入糾紛中時，少不了牽頭們出馬解圍，靠說合才重修舊好的，故牽頭們的作用不可謂不重要。

提到牽頭此種調停幫閑的特色，可以令人想到明清小說中特多這一類活動在妓

院中幫嫖、幫襯〔註15〕或幫閑的人物。他們常受官僚或富豪豢養，陪其玩樂，爲其幫腔的門客一類的人。《古今小說》曾提到：「世間有四種人惹他不得，引起了頭，再不好絕他。是那四種？游方僧道、乞丐、閑漢、牙婆。」〔註16〕《金瓶梅》中也出現一群令人注意幫閑、幫嫖人物。西門慶曾結拜過十兄弟，其中以「幫嫖貼食」的應伯爵及「游手好閒」的謝希大兩人爲甚。

　　《龍陽逸史》中的牽頭角色，十二回老蔣就在「高官人家裡管些閒事」，所謂的「閒事」不外替好男風的主子找些樂子，覓得小官。第二回羅海鰍因自己耍反間計而讓兩方有爭議，便適時站出來調停，還替雙方立下議單「議定每年包倒他多少家用，多少衣服。這遭兩家才又過得熱熱絡絡起來。」第三回的喬打合「終久做牽頭的在行幫襯」，還介紹幽會場所給湯信之與唐半瑤，當唐半瑤的舊主顧汪通吃醋出來攪局時，喬打合還教訓了他一番，湯信之與唐半瑤在家中「眼望旌捷，耳聽好消息」，喬打合邀功的說：「不是這個苦肉計，如何送得那蠻徽上路？這遭你把什麼謝我？」湯信之答道：「憑你開口要那一件就是。」十九回花姿欲跳槽，全賴其朋友成林安排新主顧，踢掉舊情人，還把花姿弄醉後竭力的在床上幫嫖。

　　這些牽頭大多無以爲生，靠著善於逢迎拍馬、插科打諢、精於言詞，緊緊地攀著些富門大戶，整日裏逢迎諂笑、出謀劃策、就中取利。他們在「嫖文化」裡穿針引線、抽回扣，無所不爲，專門在最不花本錢的色情事業上動腦筋。其有極爲突出的寄生性，有的既爲虎作倀，又具跳樑丑角的柔媚下作，墮落成爲既幫閒又幫兇的另類。在男風圈的結構中，牽頭人物是背後推波助瀾的重要「幫嫖」階層，也是值得注意的一股勢力。

　　以上牽頭的貪財食利、穿針引線、狡猾設計、調停幫閑等特質，其實是並具的。他們與小官皆屬身分低賤的一群社會邊緣人，加上生意上的關聯，面對大老官這樣一個共同的衣食父母時，雙方的關係其實存在一種人身依附的關係。小官對牽頭的重要性自是不待多言，小官是牽頭手上的商品，等於是作一種不用本錢的生意。反過來，牽頭對小官的生存狀態及職業活動也有著極大的影響。對於小官們的艱難處

〔註15〕馮夢龍曾在《醒世恒言》中對「幫襯」有過一段饒有風趣的論述：「幫者，如鞋之有幫；襯者，如衣之有襯。但凡作小娘的，有一分所長，得人襯貼，就當十分。若有短處，曲意替他遮護，更兼低聲下氣，送暖偷寒，逢起所喜，避其所諱，以情度情，豈有不愛之理？這叫做幫襯。風月場中，只有會幫襯的最討便宜，無貌而有貌，無錢而有錢。」詳見《醒世恒言》（台北：三民書局，1988 年）第三卷〈賣油郎獨占花魁〉，頁 30。

〔註16〕馮夢龍：《古今小說》（江蘇：古籍出版社，1991 年）第一卷〈蔣興哥重會珍珠衫〉，頁 15。

境，牽頭們是很清楚的，可以說，同為低下階層，他們該為一體，但牽頭對小官卻鄙薄、作賤、利用之，這就是牽頭與小官所面臨的尷尬處境。從其互動中也可看出小官的身分地位更為低賤，這是時代風氣利慾薰心所造成的結果。小說中也透露出對牽頭這一類人的貶抑，十四回中透過陰間「赤腳蓬頭，披枷帶鎖」的報應，「這些裏面，也有在陽間作牽頭的，也有在陽間拐小官的。」特針對此種人貶抑之。經營「發兌男貨鋪子」的卞若源死後，閻羅天子道：「本當發到刀鋸地獄去，把你碎屍萬段，替那小官雪冤。」（十四回）以因果報應方式讓他投胎做小官，並「為了前生的孽帳，所以還這二十多年的孽債」，最後患病而死。

二、小官與人口販子的互動

上節介紹的牽頭往來於小官圈中，深知其為有利可圖的籌碼，於是更有野心者，就不只是仲介而已，更把它視為貨品買斷，注重「商品」的外表包裝，再以高價賣出，不乏因此而致富的人。先以簡表列出《龍陽逸史》中小官販子的主要事蹟：

回　數	人販子	主　要　事　蹟
第三回	喬打合	「平日間並不作些經營，只是東奔西撞。見了個標致小官，畢竟要訪了他的姓名住處，就牢牢放在肚裏。不料他在這小官行中，混了兩三年，倒行起一步好時運來，就結交了幾個大老官。後來一日興了一日，要買貨的也來尋他，要賣的也來尋他。」
十四回	卞若源	「做的生業不在三百六十行經紀中算帳的，你道他做的是那一行？專一收了些各處小官，開了個發兌男貨的鋪子。好的歹的，共有三四十個。」「不上開得十年鋪子，倒賺了二三十萬」「有幾個出脫不去的老小官，卻沒有取用。都教他帶了網子留在家中，做些細微道路。便是這幾個也感他的好處，時常去浸潤他。」
	光　棍	「那些各路販買人口的，聞了這個名頭，常把那衰朽不堪叫做小官名色的，把幾件好衣服穿了，輯理得半村半俏走去，就是一把現銀子」
十五回	崔　舒	「有個崔舒員外，不做一些別的經營，一生一世專靠在小官行中過活。你道怎麼靠著小官就過得活來？他見地方上有流落的小官，只要幾分顏色，便收到家裏，把些銀子不著，做了幾件時樣衣服，妝粉了門面，只等個買貨的來，便賺他一塊。後來外州外府都聞了他的名，專有那販小官的，時常販將來交易，兩三年做成天大人家。」
十五回	華思橋	「那灘邊泊著一隻小船，內中坐著六七個小官，也有披髮的，也有攏髮的。那船頭上坐著個漢子，你道姓甚名誰？他姓華號思橋，也原是晉陵人氏，是個專販小官的客人。他正在別路販了些小官回到汴京，遂把船泊在灘頭。」
十五回	童勇巴	是「專安歇販小官客人的主人家」「落船去收領小官，拿出天秤，共總兌了五十兩，兼來七兩一個。」 「童勇巴一心要了崔英，也不在乎銀子，扯了老華回到家裏，一口氣兌了二十兩。」又把崔英「出脫到了個大財主人家去，快活享用。」

　　小官的買賣，大致有兩種情況。一是因貧窮爲父母所賣或自賣，如《龍陽逸史》十七回無生存能力的馬天姿被轉賣；第四回范麗娘爲安定丈夫的心，派人到蘇州買了兩個標致的小廝，憑他早晚受用。《弁而釵‧情奇記》中李又仙因父運糧被盜入獄而沿街賣身救父，被買入「南院」充男妓。另外一種是被人口販子拐賣，《龍陽逸史》中大部分小官是被拐賣或騙賣，反映出明代人口買賣的陰暗社會面。這些年紀尚小的小官，無成熟警覺的識人能力，被拐賣的機率高，如十四回的洪東「在生時原是毘陵大族人家兒女，十六歲上被一個販子拐來賣在老卜家裏。」第七回史小喬交友不慎被騙賣，其它有更多無名無姓的小官被當作物品買賣般的買新賣舊，隨意的轉來賣去。其身價從十五回小官被列單開價，得知是「七兩一個」，標致些的就成爲人口販子與買主間討價還價的籌碼。再轉手賣出去可以是一二百兩，難怪有人兩三年就可以靠此業「做成天大人家」，可以說藉由小官身上牟取暴利。有時人口販子甚至與販買來的小官便利性的產生男色關係，如卜若源、童勇巴。

　　古代人口買賣問題，較常見於奴婢侍妾，以婦女佔較大比例，城市經濟興起後，更見買良爲娼事件。隋唐五代時期，不僅有人口市場，而且出現了專門經紀人口買賣的牙儈等人物。〔註17〕南宋有專門經營買賣娼妓的「娼儈」，〔註18〕許多利欲薰心的妓院龜鴇大量買良爲娼，甚至還出現了一些專門掠賣良家女爲娼的所謂「牙儈」，〔註19〕當時買良爲娼活動十分猖獗，元代開始以法律的形式來禁止賣良爲娼的活動。〔註20〕此後，掠賣良家子女爲娼的現象便逐漸減少。明代社會經濟發達，人欲橫流，官僚、地主、商人蓄養購買家奴姬妾之風又盛行起來。當時娼妓的來源範圍似乎有所擴大，除罪人的妻女淪爲娼妓外，〔註21〕人口販子的買賣也起了推波

〔註17〕 馬玉山：《中國古代的人口買賣》（北京：商務印書館，1997年3月），頁163。人口買賣的現象在先秦時期就已存在，《呂氏春秋》卷四〈尊師〉：「段干木，晉國之大駔也。」高誘注：「儈（儈）人也。」《漢書》卷九一〈貨殖傳〉云：「子貸金錢千貫，節駔儈。」顏師古注：「儈者，合會兩家交易者。」可知「駔」、「儈」、「駔儈」等詞，均指買賣中間人。
〔註18〕 王書奴：《中國娼妓史》（長沙：岳麓書社，1998年9月），頁111。
〔註19〕 程洵：《尊德性齋小集》曾記有人被「牙儈所欺，鬻之娼家」事。（北京：中華書局，1991年）卷三〈滕府君行狀〉，頁59。
〔註20〕 《元史‧刑法志》記：「諸賣買良人爲娼，賣主買主同罪，婦還爲良，價錢半沒官，半付告者。或婦人自陳，或因事發覺，全沒入官。」宋濂：《元史》〈刑法志〉第五一，頁2644。又記：「諸娼妓之家，輒買良人爲娼，而有司不審，濫給公據，稅務無憑，輒與印稅，並嚴禁之，違者痛繩之。」（台北：鼎文書局，1979年）宋濂：《元史》〈刑法志〉第五三，頁2687。
〔註21〕 祝允明《猥談》：「奉化有所謂丐戶，俗謂之大貧，聚處城外，自爲匹偶，良人不與接，皆官給衣糧。其婦女稍妝澤，業枕席，其始皆宦家，以罪殺其人而籍其帑。官

助瀾的作用。姚旅《露書》也記一則買妾的價格，而該名「女子」竟然是男兒身：

> 甲辰，有人載一女子，手纖足小，顏色妖麗，至金陵上新河賣之，一太學納百四十金得之，定情之夕，一男子也。訴之朱侍御，侍御曰：「從江上來，何從跡之？」又一太學見之，願以八十金與求，此生反不忍捨之。〔註22〕

有人花一百四十兩卻買到男扮女裝的「假貨」，又再以八十兩轉手。直至清代南方蘇、杭一帶，人口販售市場仍然興盛。〔註23〕

　　明代小說中也把這種人身買賣的社會現象寫進來，《金瓶梅》中，潘金蓮被輾轉賣過五次，春梅被賣過三次，秋菊被賣兩次。〔註24〕既是買賣，免不了有一些人從中斡旋，進而從中取利，也就出現專門從事人口買賣行業的人物。《陶庵夢憶》和《五雜俎》中提到的「揚州瘦馬」〔註25〕，多為良家女子，父母迫于生計，把她們賣給別人為妾為婢，或賣入妓院為娼。另外還有拐賣方式，〔註26〕明代男風興盛，在男風圈中自然也會出現男性的買賣，這又給專事拐賣兒童的販子流氓很大的賺錢機會，尤其拐兒童比拐婦女更容易，經營者通常收養孤兒或飢荒時被賣的男孩，教他們演唱等技藝，然後將他們當作男妓出租或賣給有錢人做男童。經營管理辦法與出租妓女或賣給人當小老婆基本上是沒有區別的。

　　《龍陽逸史》中這些人口販子大多以船運方式從事販賣活動，（見附圖6-1）而且顯然他們不是孤立活動的，在地方上還有連結網絡，可以一呼即應，以類相從的人。〔註27〕這些地方上的人販子為遠來販賣人口者做嚮導，形成一個人口買賣的生

穀之而徵其淫賄，以迄今也。金陵教坊稱十八家者亦然。」轉引自徐君、楊海：《妓女史》（台北：華成圖書，2004年8月），頁108。

〔註22〕姚旅：《露書》（《四庫全書存目叢書》子部雜家類111，台南縣：莊嚴文化事業公司，1995年）卷七「雜篇」，頁669。甲辰為萬曆三十二年（1604）。

〔註23〕唐甄：《潛書》記：「吳中之民，多鬻男女于遠方。男之美者為優，惡者為奴；女之美者為妾，惡者為婢，遍滿海內矣。」（台北：河洛圖書出版社，1974年）下篇上〈存言〉，頁114。

〔註24〕有關《金瓶梅》中人身賣買問題，可詳見王孝廉：《神話與小說》（台北：時報文化出版，1991年），頁186～197。

〔註25〕《陶庵夢憶·揚州瘦馬》：「娶妾者切勿露意，稍透消息，牙婆駔儈，咸集其門，如蠅附羶，撩撲不去。黎明，即促之出門，媒人先到者先挾之去，其餘尾其後，接踵伺之。」（台北縣：漢京文化，1984年）卷五，頁50。《五雜俎》卷14：「揚人習以為奇貨，市販各處童女，加意裝束，教以書畫琴棋之屬，以邀厚值，謂之『瘦馬』。」

〔註26〕有關明代拐賣兒童之事例可詳見張應俞：《江湖奇聞杜騙新書》十九類「拐帶騙」，〈刺眼削腳陷殘疾〉，頁132；以及陸粲：《說聽》（《筆記小說大觀》第16編第5冊，台北：新興書局，1979年）卷上，頁2675～2676。

〔註27〕清人顧仙根〈買人船〉曾寫揚州城內許多人口販賣的活動情形，其中「荒歲市不通，

意網絡。《龍陽逸史》十五回中人口販子華思橋「在別路販了些小官」到了汴京，就有「專安歇販小官客人的主人家」，童勇巴忙來迎接問道：「這番洽帶得幾個像樣的來？」交易中並有「小官單」可供參考。第六回錢員外「特地爲訪小官來到縣中。那些歇家，聽說盧陵，個個扮著奪著要接回去。」歇家章曉初識出錢員外是好男色的，連忙尋了個小官過來。此「歇家」往往也涉及人口仲介或買賣，且自有行裡的一套經營規矩。這些人販子常游走江湖，其活動常又與流氓、無賴、游手好閒之徒掛鉤在一起，小官落在其手中成爲一種商品，處於被驅使、擺佈，甚至宰割的境地。

三、小官與無賴光棍的互動

《龍陽逸史》另一突出不得忽視的族群，是不事生產，專以訛詐取財爲生或專門誘拐小官的無賴、光棍等惡徒，這類人意近現代的地痞、流氓。這與城鎮行業的複雜影響社會人口結構也隨之複雜有關。〔註28〕當時城鎮中許多游手無賴之輩吸引一些浪蕩公子，使民風敗壞。這些人不事生產，結爲團夥，專事敲詐勒索，甚至鬥毆殺人。當中一些人還開設賭場、販賣人口，或者拐騙財物、偷盜搶劫，如此大量的寄生人口在城鎮居住，成爲城市生活中的最不穩定因素。

「光棍」又叫做「赤棍」，元代以後的書籍中時常出現。《俗語考原・光棍》說：「俗謂無賴匪徒以敲詐爲事者爲光棍。今俗亦以無妻之獨夫，謂爲光棍漢。」〔註29〕「無賴光棍」就是稱呼那些游逛市井，專吃閒飯，挾詐取財者，他們的行徑比幫閒的作爲更加惡劣。這類流氓棍徒經常拉幫結黨，壯大聲勢，做惡行騙時也能互相照應。

「流氓」是一個十分古老的概念，名稱也迭有變異。〔註30〕而「光棍」一稱始

來有買人船。船不上碼頭，長泊野水邊。……兩三共爲侶，去來若閒閒。」也是說明人口販賣的集團。詳見（張應昌編：《清詩鐸》卷一七〈鬻兒女〉，北京：中華書局，1983 年），頁 572。活動

〔註28〕 明朝人在談到當時的社會結構時，已將傳統的所謂四民、六民發展而爲二十四民。除去士、農、工、商及兵、僧之外，又增加了道、醫、蔔、星命、相面、相地、弈師、駔儈、駕長、舁人、篦頭、修腳、修養、倡家、小唱、優人、雜劇、響馬巨窩等。這樣的分類明顯表現出城鎮社會中行業的複雜性。詳見（明）姚旅：《露書》（《四庫全書存目叢書》子部雜家類 111，台南縣：莊嚴文化事業公司，1995 年）卷九，頁 696。

〔註29〕 李鑑堂編：《俗語考原・光棍》（上海：上海文藝出版社，1985 年），頁 18。

〔註30〕 先秦時期的「流氓」一詞，從廣義上講是指「游民」，並非現代意義上的「流氓」。所謂「游民」就是士、農、工、商四民之外的人。在當時，眞正與「流氓」含義相近的稱呼，叫做「惰民」、「罷民」、「閒民」、「謫民」、「輕民」等等。從秦漢、魏晉、南北朝，直至隋唐時期，流氓稱呼大體可析爲三類：一是各種「惡少年」，二是各種

於明代,是當時對流氓的專稱,直至清末,才將歷來的所謂「無賴遊民」正式稱為「流氓」。〔註31〕光棍、流氓的興起與發展,其實與城市的發展有密切的關係。城市中有各種物質消費,豐富的娛樂誘惑,更吸引流氓的趁食機會。謝肇淛《五雜俎》曾記述到當時京師北京的情況:

> 京師風氣悍勁,其人尚鬥而不勤本業。今因帝都所在,萬國梯航,鱗次畢集。然市肆貿遷,皆四遠之貨,奔走射利,皆五方之民。土人則游手度日,苟且延生而已。〔註32〕

這些不務農、工、商、賈等正當職業,被視為「游手遊食」之人大批湧入城市,成為一群提供聲色娛樂服務階層的人。《陶庵夢憶》展現出明末社會的複雜人口景象:

> 虎丘八月半,土著流寓、士夫眷屬、女樂聲伎、曲中名妓戲婆、民間少婦好女、崽子孌童及游冶惡少、清客幫閒、傒僮走空之輩,無不鱗集。

〔註33〕

各色人等群集,提供一些惡少為非作歹的機會。〔註34〕另外,明代葉權《賢博篇》及沈德符《萬曆野獲編》皆記浙江特有的一種社會階級「丐戶」,〔註35〕至萬曆間,浙

「游俠」、「輕俠」,三是各種「游手」、「游民」、「浮浪人」等。至宋代,一般將流氓稱作「搗子」,又稱「閒人」、「閒漢」、「玩徒」、「無賴」、「白日鬼」等等。元代稱「流氓」為「無徒」,元劇中多罵為「潑無徒」,後來在官方文書與元劇中又稱「潑皮」、「綽皮」、「賴皮」等等。詳見劉為民:《痞子文化》(北京:中國經濟出版社,1995年),第5頁。

〔註31〕陳寶良:《中國流氓史》(北京:中國社會科學出版社,1993年),頁14～15。

〔註32〕謝肇淛:《五雜俎》卷三「地部一」,頁3322～3323。

〔註33〕張岱:《陶庵夢憶·虎丘中秋夜》(台北縣:漢京文化,1984年)卷五,頁46～47。

〔註34〕張岱《陶庵夢憶·龍山放燈》:「有無賴子于城隍廟左借空樓數楹,以姣童實之,為『簾子胡同』。」卷八,頁71。顧起元也以南京為例,概括了城中「莠民」惡少的種種表現,《客座贅語》云:「十步之內,必有惡草;百家之內,必有莠民。其人或心志凶譎,或膂力剛強,既不肯勤生力穡以養身家,又不能橋項黃識而老牖下,於是恣其跳踉之性,逞其狙詐之謀,糾黨凌人,犯科捍網,橫行市井,狎視官司。」(北京:中華書局,1997年)卷四〈莠民〉,頁106。

〔註35〕葉權《賢博編》:「浙之寧、紹、溫、處、台、金、衢、嚴八府,俱有丐戶,一名墮民,俗呼大貧。蓋國初不治理,游手游食之人,著於版籍,至今不齒于庶民。民間吉凶事,率夫婦服役,鼓吹歌唱,以至舁轎、篦頭、修足,一切下賤之事,皆丐戶為之。……吾鄉長老傳言,國初里人有一二姓,被籍破落戶,出入三尺實,戴狗皮帽,不齒於眾。想此法處處行之,即如浙江杭、嘉、湖、必俱有,顧彼八府特嚴,故至今不落籍耳。」(北京:中華書局,1987年),頁31～32。沈德符《萬曆野獲編》:「今浙東有丐戶者,俗名大貧。其人非必貧也。或云本名惰民,訛為此稱。其人在里巷間任猥下雜役,主辦吉凶及牙儈之屬。其妻入大家為櫛工。及婚姻事,執保媼諸職,如吳中所謂伴婆者。或迫而挑之,敢拒,亦不敢較也。男不許讀書,女不許纏足,自相配偶,不與良民通婚姻。即積鏹巨萬,禁不得納貲為官吏。」卷二四〈丐

江紹興、寧波八府的丐戶已將及萬人，形成一個具有相當影響力的社會群體。而且此處多戲文子弟、小唱孌童，當與丐戶這一群體的活動及影響有種重要關係。〔註36〕

明代流氓集團的猖狂活動，也反映在當時通俗世情小說中，〔註37〕其中《三言》、《二拍》中許多關於社會欺詐和犯罪的故事，這些故事中的流氓人物或因事發端、興風作浪；或奸詐百出、欺上瞞下，或鑽縫覓隙、借機牟利，或勾結權要、橫行一方。《二刻拍案驚奇》卷十記：「在城有一夥破落戶管閒事、吃閒飯的沒頭鬼光棍，⋯⋯專一捕風捉影，尋人家閒頭腦，挑弄是非，打幫生事。」〔註38〕可見有些牽頭甚至接近流氓性質，專門招搖撞騙，行為放縱、散漫，成為流氓們的相同表徵。

先以簡表列出《龍陽逸史》中無賴光棍的流氓行徑：

回　數	光　棍　主　要　行　徑
第三回	「只見有幾個生青毛倚著吃了幾鍾餓碗頭，就在那人隊裏鬧起禍來。那些看的人，有一半怕惹事的，恐怕新年新歲，沒要緊惹到自己身上，都走散了。」「取笑了我們這個小官，正要打個不了帳哩。」
第七回	「史小喬，十來歲上，就喪了父母，養在叔父身邊，到了十四歲，地方上幾個無籍光棍見他年紀幼小，又生得有幾分姿色，日日哄將出去，做那不明不白的事情。」
第八回	「劉松是個光棍，倒也喝水成冰，著實有些手段。也是花柳場中，數得起的一個有名豪傑。凡是那娼妓人家有些爭鬧，只要他走將出來，三言兩語，天大的事，就弄得沒蹤沒影。日常間所靠的是放課錢，收水債。不上三四年，吃他做了老大的人家。」
	「地方上又出了個不怕事的光棍，叫做魯春。他就一口氣兌出塊銀子來，買了五十多間，思量要造一個小官塌坊。」
	「你看這魯春，終久是個做光棍的人，會得做些事業。隨那公差說得火緊，他卻慢慢哼哼，講的都是冰窖說話。隨即把東道擺將出來。」
十二回	「那地方上有兩個相識光棍，一個叫做假斯文，一個叫做真搗鬼，都原是做過大老官的，後來也為這呼盧裏破了家私，做不得別樣生意，只好在這賭場裏打溷，做個相識，將就賺些閒錢。他兩個一向聞說高綽是個大把賭輸贏的，況且又是個酒頭，巴不得看相他一道。」
	「你道這兩個做相識的精光棍，可是拿得出三五十兩銀子來的？連夜去做了三四十兩假銀子。」
	「老蔣是個做密騙的，點頭知尾。」

戶〉，頁 624。

〔註36〕方志遠：《明代城市與市民文學》（北京：中華書局，2004 年），頁 116。

〔註37〕《金瓶梅》中也寫西門慶找了兩個平日受他恩惠的地痞光棍去毒打敲詐太醫蔣竹山。《型世言》三四回張繼良從小與市井俗流、遊食光棍四處詐騙，後來投靠何知縣、陳代巡，以男色拉攏、取悅他們，使得他們生活腐化，官事更加昏庸。

〔註38〕凌濛初：《二刻拍案驚奇》（江蘇：古籍出版社，1990 年）卷十〈趙五虎合計挑家釁，莫大郎立地散神奸〉，頁 206。

　　《龍陽逸史》中的無賴光棍與小官都是來自社會的最下階層，因常容易鬼混一起，小官有時也被視爲同類，如第八回禁男風的告示中：「近有無恥棍徒，景入桑榆，濫稱小官名色」，但無賴光棍比小官更惡劣的是常誘導、教壞小官再利用他去詐財，小官成爲被剝削的工具。

　　明代小說還常出現一些胡作非爲的惡公子，在他們身邊也隨之附黏上一些游食游手、諂媚阿諛的光棍，教其墮落遊蕩、玩耍獵色，適時充當仲介牽合不正當的淫亂關係。這些人有時結成一伙，合伙設局賭博騙錢，稱爲「賭棍」。如第十二回老蔣聯合地方上光棍及賭場主人大家打做一路，誘騙富家子弟高綽，「教他把銀子多帶些來，待我這裏也暗拴了幾個朋友，打點三五十兩，只揀個是他的對手和他硬斫一番。」後「連夜去做了三四十兩假銀子，約莫有二十多錠，次早又去借了兩件時樣衣服，著一個小的拿了拜匣，打了馬傘，兩個闊闊綽綽，擺擺搖搖，竟不是日常間的眞假二兄模樣。」明朝末年，賭風盛行，流氓無賴開設賭局騙人錢財，《留青日札》》記：「游手光棍賭博者，小則飲食，大則錢鈔。即今風俗薄惡，日甚一日。」〔註39〕《赤山會約》也言：「民間大害無過賭博，……大張騙局，一入其網，不盡不止。」〔註40〕他們久在社會上鬼混，熟知市井習氣，如有錢後就開起賭場、妓戶，這是他最熟悉的行業，各色流氓伎倆高明，與流氓階層關係密切的各色人物，如牽頭、破落戶、和尚道士、閒漢、妓院人物等，常勾結施展諸如詐騙錢財、奸人妻女、拐賣人口、搬弄訴訟、引誘富家子弟墮落借機騙取其家產、甚至謀害他人性命的惡行。可說明代經濟繁華更讓流氓的伎倆手段大有用武之地。

　　《龍陽逸史》中的流氓雖非主要角色，形象不甚鮮明突出，但不難觀察書中到處充斥這類人，與小官的命運息息相關。

　　以上介紹的牽頭、人口販子、無賴光棍三種人物，角色身分有時是交疊的，呈現一種自趨下流、自甘墮落但又狐假虎威的特質。這三種階層人物都是市井中的下層市民，長期生活在社會底層，對社會情況比較了解，知曉各式各樣的人，能夠從容應付各種狀況。他們是社會陰暗面滋生的一個特殊階層，與小官同爲操賤業的社會邊緣人，屬於浮游寄生階層。但「利」字當頭，這群人利用小官的身分卑下或生活無依來坑陷金主錢財，或寄生周旋於富豪大族或小戶人家，走街穿巷以求營生；或尋釁訛詐、專行詐騙；或幫閒湊趣，作淫色牽合；或專作買賣人口勾當；或利用人們羨富、好色的浮躁心理，設置各種圈套使人破財。不只危害社會的治安，也牽

〔註39〕田藝衡：《留青日札》（台北：廣文書局，1969 年）卷一〈賭博〉，頁 15。
〔註40〕蕭雍：《赤山會約・禁賭》（《百部叢書集成》之《涇川叢書》，台北縣：藝文印書館，1967 年），頁 15。

繫著小官的命運，使彼此的牽連成爲一種既依附又利用的商業化關係，談不上任何情義關係。這中間，小官更是受到了來自各個方面的踐踏和剝削，也使他們在這個被壓榨、被宰割的過程中喪失了基本的自尊和自重。透過其互動，呈現出瑣屑雜亂的市民生活及其世俗精神的頹敗，也反映當時社會某一層面的世態人情。

第二節　小官的傳說與習俗信仰

隨著小官行業的發達，及更多人數投入此陣容，屬於其本行特有的習俗及信仰活動也隨之出現。針對小官的興盛，作者在第六回創造各處爲何多小官的傳說。第十回作者以玄怪筆法寫出了被祈拜的小官頭目、小官精及網巾精；第十四回寫小官的果報。這些非現實傳說與習俗信仰的內容更爲小官這個特殊行業添加獨特的民俗文化材料。

一、小官的傳說

小官是中晚明突起的一個新興階層與行業，對於小官爲何興盛，作者以非現實手法創造小官精怪，讓小官們有屬於其獨特的傳說故事，爲此行業增添別具意味的文化色彩。

（一）小官興盛的傳說

《龍陽逸史》第六回中提到小官的淵源：「這個小官，說將起來，開天闢地就有他的。……當初還未作興小官的時節，先出一個都小官。」這個都小官的出跡是：

> 都小官是壽星老子三十六代的玄孫，父親叫做洞玄君，當是洞玄夫人一個暑天，開了南軒乘涼，卻被南風吹得爽利，打了一個盹竟睡了去。正睡得去，夢見滾圓一塊瑩白的東西滾到肚裏，忽然驚醒，就說與洞玄君知道。洞玄君一時間再也解說不來。洞玄夫人自得了這個夢，遂有了孕，整整懷了六十個年頭，方才生下。你道生下來什麼東西？原來是塊肉毬。洞玄君看了大怒，便想得向年之夢，應在今日，就去取了把刀，要把這肉毬剁得粉碎。正待動手，只聽那内球裏說起話來，口口聲聲叫道：「我是世上的都小官。」洞玄夫人道：「是個怪物，不消說了，且不要傷他性命，割將開來，看裏面怎麼一個形狀。」洞玄君便向中間劃了一刀，撲的迸開，果然是小小巧巧一個披髮小官。

自稱是世上的「都小官」卻是個怪物，長相又醜陋：

> 一頭胎髮，兩臉寒毛。獅子鼻掀得利害，叉袋口開得蹊蹺。活突突眼

> 睛亂動，顫抖抖耳朵□□。雖則是不能夠閣浮世上留千載，少不得也要向
> 風月場中走一遭。

洞玄君見也是個人，不忍傷害他，養到十來歲，卻已好雞姦事，洞玄君知不是好事，
於是把他鎖起來，不料竟化爲一股白氣往空中散去：

> 是那股白氣半空中四散得不好了，後來一日一日各處出了小官，人
> 上頭也就一日一日把小官作興了。各處出了小官，各處就出了好小官的
> 主兒。

自此之後，「惡氣週流散，孌童到處生」，受到這股由都小官化做的白氣瀰漫之處，
使得男色興盛。

作者創作這則南風投胎的故事，以受「南風」而孕的雙關語，解釋當時男風爲
何興盛的原因，且以「開天闢地就有」強調男風的源遠流長，爲小官的出跡尋找淵
源及來歷。故事雖然荒謬無稽，但對於當時社會同性戀這種反常態現象卻可以造成
沸沸揚揚的風潮，作者大概有所諷喻吧！

（二）小官精怪的傳說

小說第十回談小官頭目變成精怪出現，其來源：

> 昔日西昌地方有個小官營，共有百十多個小官，便有一個頭目管下。
> 後來洞蠻作反，那百十多個齊寫了個連名手本，就向那所屬衙門裏投遞，
> 一齊要去平蠻。

因小官平蠻有功，大家競爭要做頭目，官府爲了革去小官營，便在營裡建了個小官
祠堂，立了個小官頭目塑像，這個小官頭目的生像：

> 朝夕被人焚香禮拜，就也通起靈來。凡是祈保些甚麼吉凶，無不應驗。
> 各處都聞了名，一日日祠中鬧熱起來。不上熱鬧得兩三年，烘的被火焚了。
> 地方人都說是頭目顯了靈通。原來那泥塑的東西，見了火一些也不損壞，
> 端然團團圖圖。眾人就抬將去，向地面上打了一個深坑，將他直條條的放
> 在裏面，上面搬了些燒毀的磚頭瓦屑鋪平了。只指望慢慢的還把個祠堂重
> 建起來，那裏曉得拖了好幾個年頭，畢竟再造不起。

官府建了小官祠堂，立了小官頭目供人祭拜，起初用意是要小官們「每月朔望齊赴
祠中聽點」，以方便管理。後來火燒的這塊地，被刺史衛恒從新打掃齊整，造了一座
花園。巧的是其中一個兒子衛逵爲了小官呆啞了，並在父親死後，樂得在花園包養
三個小官。有天夏日晚上，衛逵在花園裡遇上了小官精怪，長相是：

> 頭如巴斗，身似木墩。捲羅髮披在兩邊，大鼻頭長來三寸。髭鬚根黑
> 黑叢叢，卻像的未冠祖宗。眼珠子活活突突，誰識是小官頭目。（頁243）

小官精怪卻要向衛逵討一頂網子戴。後來網子竟也成了網巾鬼，且自言爲何要出現的原因：

> 近日的小官，捨著個老面孔，再不想起戴網子，叫我埋在土中，幾時
> 得個出頭日子？因此氣他不過，特來尋個替代。

被衛逵包養的三個小官見了這場異事，「只恐網巾鬼日後又來尋替代，忙不及的都上了頭。這還不足爲奇，連那西昌城中那些未冠，也恐這個干係，三五日裏都去買個網子戴在頭上。」（第十回）交代了小官頭上何以戴網子的由來。

作者寫此故事應是想交代小官的歷史是源遠流長，如「那小官營從來是上志書的」（第十回），提出古書早有記載小官之事。被埋在地底的小官頭目因不甘長久埋沒而顯靈。

或許年深日久的事物都會成精作怪，第一回韓濤因思念裴幼娘成疾，他母親不知緣由，沒處訪個病原，時常在背後思想道：「這決是他日常間好拐小官，這番撞著個鬼了。」可見當時人也把好男色與鬼神信仰牽連一起了。

有關小官鬼怪，《情史‧情外類》反映一種名叫「五郎神」的神祈，對美貌男子的覬覦、誘引及強行霸佔，而帶來悲慘下場：

> 蘇州山塘全大用爲象山尉，有贅婿江漢，年弱冠，風儀修美，遂與五
> 郎神遇，綢繆燕婉，情甚伉儷，其室人竟不敢與夫同宿。江郎病瘠日甚，
> 全氏設茶筵燕之，終不能絕。後遇異人，飛篆禳除乃已。萬曆丙午年事。
> 〔註41〕
> 蘇城查家橋店人張二子，年十六，白晢，美風儀。一日遇五郎見形其
> 家，誘與爲歡。大設珍肴，多諸異味，白晝命刀手置燒鰻數器，酣飲歡呼，
> 倏忽往來，略無嫌忌。後忽欲召爲小胥，限甚促。父母乞哀，不許。尋而
> 其子死焉。〔註42〕

同書的〈呂子敬秀才〉寫活人與五通神爭奪美男的故事，記述呂子敬的孌童韋國秀死後被挾至仙霞嶺五通神廟中，透過五通神所畏懼的天師幫忙，得以相見，韋國秀說：「五通以我有貌，強奪我去。我思君未忘，但無由得脫耳。」〔註43〕此「五通

〔註41〕馮夢龍編：《情史》卷二二「情外類」〈金氏子‧張氏子〉，頁909。此故事乃根據（明）錢希言：《獪園》（《四庫存目叢書》子部第247冊，台南：莊嚴文化事業，1995年）卷十二〈五郎神〉十三，頁247～684。

〔註42〕馮夢龍編：《情史》〈金氏子‧張氏子〉，頁909。此故事乃根據（明）錢希言：《獪園》卷十二〈五郎神〉十九，頁247～686。

〔註43〕馮夢龍編：《情史》卷二二「情外類」卷十二〈呂子敬秀才〉，頁910。「五通」即「五郎」神。

神」即爲「五郎神」，爲江南民間的邪神。〔註44〕

五通神到明代香火鼎盛，清王世禎《香祖筆記》談及五通歷史，〔註45〕特別在江南地區，他們經常幻化成人，施崇降災，並且特別好色，不但是好女色，就連男子也會受到誘擾。神鬼亦好男色，應也是人間習尚的反映。

二、小官的習俗信仰

信仰習俗是出於一種社會群體內在的自身需求，衍生出共同遵循的生活習俗、信仰和行爲準則，也是一個社會群體獨特性質得以維持的重要因素。在不同的文化階層中，皆會衍生其獨特的習俗信仰來。

《龍陽逸史》第三回特別提到一群小官聚在土地廟中，才知道：

這是我們做小官的年年舊例。一到新正來，是本境住的小官，每一個

要出五分銀子，都在這土地廟裏會齊，祈許五夜燈宵天晴的願心。

而果然上元佳節被那些小官祈保著了一日直晴。這裡看到屬於小官們自己組織行業特有的祈願聚會，「新正」成爲他們自己特有的節日，在一年的開始祈求天晴以便好作生意的心願。此既是一種集體的心理活動和外在的行爲表現，也成爲日常生活的一個組成部分。這種公開的信仰活動，表明其已有了集體自我意識，已成爲一種獨立的、不可忽視的社會階層，雖然身分地位低賤，其行業卻爲社會所承認並具有一定的影響。〔註46〕可見小官人數已聚成到一定的數目，才有共識產生這種集體活動。藉著這種集體公開的習俗信仰活動，小官階層內部得以維繫，形成彼此間團結親善的一種精神紐帶，易於產生認同感，也易於加強團結。可看到《龍陽逸史》中的小官地位雖卑賤，但在落難時，彼此能夠相挺互助。此種習俗行爲背後所隱含的文化心態，可看出其行業雖卑微，但與信仰形成了某種調和，這種調合體現了一種庇護心態，似乎可以藉此得到某種心靈的慰藉，從而在卑微的心態中求得某種平衡，也

〔註44〕陳永正編《中國方術大辭典》中載「五通神」：「舊時江南民間供奉的邪神，傳爲兄弟五人具有五神通，故稱五通、五聖、五猖、五郎神、五顯靈公等。」（廣東：中山大學出版社，1991 年），頁 595。

〔註45〕王世禎：「嘗見一書，言今江浙所祀五通邪神，乃明太祖伐陳友諒陣亡士卒，詔令五人一對，得受香火，云云。而《武林聞見錄》又在宋嘉泰中大理寺決一囚，數日後見形獄吏『泰和樓五通神虛位，某欲充之，求一差檄，言差充某神位，得此爲據可矣。』如其言。經數月，東庫人聞樓上五通神日夜喧哄，如爭競狀，吏乃泄前事，爲增塑一神像，遂寂然。則宋時已有五通之說，不自明初始。至於決囚鑽營偽牒，得補神位，則其爲邪魅，昭然矣。吳越之人信而畏之，理不可解。」詳見《香祖筆記》卷三（上海：上海古籍出版社，1982 年），頁 56。

〔註46〕吳存存：《明清性愛風氣》（北京：人民文學出版社，2000 年），頁 193

具有他們自身發展出來獨特的信仰文化。

　　男色行業自宋、明興起後，也發展出自己獨特的宗教信仰。由明入清，男風依然，並且由於距今較近，相關材料變得更加豐富。這一時期最具代表性的現象之一可以講是對男色之神的崇祀。〔註47〕此形成一個特殊的議題，值得探究。〔註48〕

　　自古各行各業都有自身宗奉的神靈作爲其祖師爺或守護神，〔註49〕同是賣淫，後來的男妓並沒有選擇與女妓相同的行業神供奉祭祀，〔註50〕反而對於男色之神崇祀信仰發展出多采豐富且獨特的文化。

　　關於男色的民俗活動，明代陳懋仁《泉南雜志》曾記載美童迎神賽會的場面：

　　　迎神賽會，莫盛於泉。遊閒子弟，每遇神聖誕期，以方丈木板搭成抬案，索絢綺繪，週翼扶欄。置几於中，加幔於上，而以姣童妝扮故事。……

　　　旗鼓雜沓，貴賤混幷，不但靡費錢物，恆有鬪奇角勝之禍。〔註51〕

《野叟曝言》也提到祭祀男色保護神，迎神賽會的具體習俗活動。〔註52〕可見皆有其民俗文化背景。

　　《龍陽逸史》一書中談及的小官習俗信仰活動，已透露出男色獨特信仰之端倪。

〔註47〕 張在舟，《曖昧的歷程——中國古代同性戀史》（鄭州：中州古籍出版社，2001年），頁692。

〔註48〕 梁紹壬：《兩般秋雨盦隨筆》記載男性賣淫者專門祀禱的廟：「汲縣有紂王廟，凡龍陽骨禱於是。潁之魏靈公廟，閩之吳天保廟，亦然。……此皆淫妄之祀。世俗誕妄，真是匪夷所思。」（台北：廣文書局，1980年）卷一〈世俗誕妄〉，頁6。俞蛟《夢厂雜著》也記「聾隸」爲「龍陽之媒」事。詳見俞蛟：《夢厂雜著》（台北：廣文書局，1980年）卷二，「春明叢說」下，〈聾隸〉，頁5。另有閩地的吳天保廟，「專司人間男悅男之事」的兔兒神，詳見袁枚：《子不語》（上海：上海古籍出版社，1986年）卷一五〈兔兒神〉，頁5517～5518。施鴻保《閩雜記》卷七〈胡天保胡天妹〉中，有「胡天保胡天妹廟」，俗稱「小官廟」，詳見張在舟：《曖昧的歷程——中國古代同性戀史》（鄭州：中州古籍出版社，2001年），頁692。還有爲相愛的兩個美少年，因爲城中惡棍強姦，二人不從被殺，所立廟祀之的「雙花廟」，詳見袁枚：《子不語》（《筆記小說大觀》二編第九冊，台北：新興書局，1988年）卷二三〈雙花廟〉頁5614～5615。連有名的「斷袖之癖」董賢死後也被立爲神，詳見袁枚：《子不語》卷二〈董賢爲神〉，頁5167～5168。

〔註49〕 行業神可分爲祖師神與保護神兩類。祖師神也稱祖師、祖師爺、師祖、本師、先師、師傅等，人多爲本行業的開創者，也有與開創本行業無關，而被認作祖師，受到崇祀。保護神是根據行業某種需要而供奉的具有某方面職司的神。詳見李喬：《中國行業神崇拜》（台北：雲龍出版社，1996年），頁4。

〔註50〕 娼家的保護神遠較其他行業爲多，其中有管仲、白眉神、呂洞賓、勾欄女神、五大仙、教坊大王、煙花使者、脂粉仙娘等等。詳見徐君、楊海：《妓女史》（台北：華成圖書，2004年），頁195～202。

〔註51〕 陳懋仁：《泉南雜志》（北京：中華書局，1985年）卷下，頁26。

〔註52〕 夏敬渠：《野叟曝言》（台北：文化圖書，1992年）六七回，頁574～579。

小官階層本就屬社會上黑暗角落的特殊族群，對於其習俗信仰難以被注意之處，《龍陽逸史》留下珍貴的材料。發展至清，這方面資料突然大量增多，除了透露同性戀風氣越演越熾，明清兩代的同性戀之風實是有所相因沿，又各獨具風貌，此可作爲探究同性戀現象從明代「復盛」到清代「興盛」的延續性因素探討。關於上述的傳說及信仰習俗，當中雖然不乏迷信的成分，也爲此一特殊行業階層留下可貴的文化資料。

附圖 6-1：《龍陽逸史》第十五回圖

第七章 結 論

　　本論文主旨以晚明話本小說《龍陽逸史》爲文本，試圖探索文本內在的男色環境與社會文化，並揭示明末以同性賣淫營生的小官特殊階層與新興行業，釐清小說中男色生態背後所蘊涵的文化意識。

　　在形形色色的性現象中，同性戀很能代表當代社會文化因素影響下的產物。明代中葉以後，由於特定的社會條件及文化心理、經濟的轉型勃發、市民階層興起及上流階層腐朽奢侈的生活等影響，引起社會風氣的變動。理學的各種禁錮也面臨挑戰，男女之間的情慾及性愛方式的各種可能，遂被人們重新思考。文學的通俗及商業化，社會縱慾風氣流行，使文壇和社會上也掀起了一股慕新好奇的思潮，男同性戀題材於是被大量反映在晚明的文獻中。

　　同性戀雖有其自身性的發生原因，但人類的性關係不僅僅是一種生、心理現象，也是一種時代世風下的社會和文化現象。晚明時期的社會性質及其時代特點，爲大家所公認是一個變化與轉折的時代。當時產生這種男色通俗讀物的時代背景，弔詭的是禁欲與縱欲相互對峙，另一方面亦相生相成，禁忌不但助長了流傳，也成爲縱欲產生的重要機制。大環境下的文化思潮及經濟條件，誘引人的私慾，刺激娛樂的要求；社會體制中官妓制度的廢除、戲業的發達加上男旦體制的規定等等，使得男色重新被評價，助長了男色的有利發展空間。整體情慾氛圍的鬆動，加上中國文化的特殊國情，男性在人際關係上較自由、縱容而肆無忌憚。社會各個階層出現或隱或顯的同性戀現象，男色題材的通俗讀物也大量反映，意味著市井階層滲入了文人意識，文藝創作態度隨之轉變。士商合流後的世俗化、商業化，面對廣大市井讀者群的有利可圖，媚俗地寫出在慾望牽引之下，追求生活，享受娛樂，所譜出拙樸粗俗的格調，其中「色」成爲重要的題材。大量出版的艷情小說即是此時期之下的產物，且不只是要「艷」，還要「奇」，情慾恣揚到達顛峰，

誇大、扭曲的慾望也緊隨出現。《龍陽逸史》所呈現的即是一股反常的性歧變風潮，小官成爲當時男子趨之若鶩的搶手獵物，呈現出男色無所不在的現象。晚明特定的社會條件，讓這類小說湧現，小說內容又借各種有利條件傳播蔓延，更帶動了同性戀風潮。

《龍陽逸史》展示小官文化的各個面向，表現出下階層年幼小官昏昧無明的貪癡慾望、有錢大老官的享樂縱欲，他們在現實生活中各取所需的摩擦、衝突、浮沉，也帶引出諸多社會問題，如男童賣淫狀況、人口拐賣問題、好男色對家庭的影響、社會上貪財欺騙的世風、城市無籍流民的人口複雜問題等等，交織出當代文化的一個重要側面。本論文以三大面向去深掘小官在《龍陽逸史》所呈現的豐富男色文化，首先從小官自身出發，探討所體現出的形象審美、營生活動、生活方式等等；再由自身擴展至他人，小官與其生活密切的性對象及家庭的互動種種，去探討其中的倫理觀念、性愛態度、價值取向；最後再將其置於大環境下的階層互動場域，觀察其社會角色、行爲習俗、宗教信仰等特徵的文化。透過層層揭開，全面的關照此族群的特殊文化。

《龍陽逸史》以樸拙的筆法、下階層的粗鄙話語，寫男色的全面性，充分的裸露人欲，描寫人間的醜態、世態的黑暗、人情淪喪和人性的弱點，描寫社會上各類風俗人情，城市男子淫樂場所的活動等，窺見晚明時社會的特殊面貌。這也是當時充斥於社會上離經叛道思想觀念的投影和越禮逾制生活方式的眞實寫照。當筆者試圖把作品某部分問題與史籍文獻、地方志加以比對時，發現往往有極大的共通性。可注意到這一類通俗讀物的男色題材已深入了當時的群眾經驗，呼應時代風潮，進一步與世風及文人格調的世俗化相結合，反映當時男子從妓文化，也表現出複雜多彩的男色生活樣貌，從而形成獨特的時代意涵。將之視作晚明社會文化的研究史料，有不可抹滅的珍貴參考價值。

歷代男色形象從魏晉時代詠「孌童」的詩，就可以了解到這種偏愛具有女性美的「小童」的審美傾向。《龍陽逸史》的小官樣態，大致也得到一個固定形象，是與眞正女子無異的陰柔美，男子女性化的維持又與年齡有絕大關係，所以特別突出其年紀輕所帶來的稚氣美，年紀問題成了小官營生最重要的關鍵，從中還可知當時酷嗜小官者的審美口味，在大老官心中，小官強過甚至壓倒同樣也是具有柔媚動人特徵的女性。這種審美趣味也可看出中國文化中對男性美的定義，明清才子佳人的小說戲曲，男主人公不管有否「同性戀」之虞，往往是一副女性體態，〔註1〕這在中

〔註1〕 清代同性戀小說《品花寶鑑》把這種情況詮釋得最徹底。書中扮旦角的男伶，全部是十二至十八的男孩，無論樣貌、動作、聲調、神情跟生理上的女人均沒什麼不同。

國文化中文藝創作的男性形象上呈現特殊的意涵。〔註2〕

　　同性戀者長久以來就被描繪成女性化，這也是同性戀本身的含糊。雖然同性戀和女性化之間並沒有必然的和實際的聯繫，但時至今日，男同性戀者仍易被貼上「娘娘腔」的標籤，這正顯示了中國文化中的男權主義，康正果認爲「權力可以在很大程度把一個男人改變成女人，所謂的『臣妾之道』，便十分明顯的體現了男女之間與男人之間在權力關係上的一致性，在男人的內部，一部分男人也同樣以對待女人的方式奴化另一部份男人。」〔註3〕這種現象尤其容易存在於帝王與弄臣、權貴與孌童，以及如《龍陽逸史》中嫖客與男妓的關係中。

　　對小官的女性化要求，可說是與中國古代同性戀並不存在同性戀／異性戀的截然區分有關。用今天的標準衡量，絕大多數的古代同性戀其實是「雙性戀」。〔註4〕從書中男女色並陳，大多好男風者也不排斥異性戀，如《龍陽逸史》第七回姚瑞與妓女遊湖時對小官史小喬一見鍾情；十一回沈葵的狎童是由狎妓開始的；第一回韓濤與裴幼娘第一次性關係是帶到妓女院，二人與妓女搞在一起；第六回秋一色被錢員外帶回家，卻「落得包私窠子，拐人家婦女」等等，大老官也大都有妻室、小官成人後也會結婚生子，這說明當中的同性戀關係實際上是較近於現代定義下的雙性戀關係。同性戀關係當時被視爲補充異性戀活動的一種方式，並非具有眞正獨立的同性戀文化與身分認同。一方是出於娛樂刺激的狎玩獵奇；另一方則是迫於生活，無奈被動的選擇同性性關係。加上處於一個以異性戀爲主流的社會，周遭環境所及都是異性戀氛圍，也使得異性戀的思維及互動模式容易套在同性戀關係上，影響被玩賞一方的角色扮演及審美形象。

　　而在同性性行爲的性互動上，亦是採用異性戀模式的類比。《龍陽逸史》中男男關係大多爲財色主導，其中又以商人爲主要消費族群，性關係即是一種商業買賣行

　　《紅樓夢》中賈寶玉也是一個極致女性化了的美男子：「面若中秋之月，色如春曉之花；鬢若刀裁，眉如墨畫。」（詳見《紅樓夢》第三回，台北：桂冠圖書，2001年，頁59）。

〔註2〕高羅佩考察明代春宮畫與一般版畫後認爲，唐宋時代的男性美是長著鬍鬚的中年男子，高大魁梧、體力是英俊男子的品質之一。明清理想的情人是一個面色蒼白、肩膀瘦削的文弱書生。對男性美的風格理想改變的原因是滿族人佔領時期，軍事藝術被征服者壟斷，文人的反應則是把體育視爲只有「滿清韃子」才從事的庸俗活動。詳見（荷）高羅佩著，吳岳添譯：《中國豔情──中國古代的性與社會》（台北：風雲時代出版社，1994年），頁347。

〔註3〕康正果：《重審風月鑑》（台北：麥田文化，1996年），頁111。

〔註4〕宋耕：〈從《情史·情外類》看「情」的本質〉（辜美高、黃霖主編：《明代小說面面觀》，上海：學林出版社，2002年），頁339。

爲，因而建立在交易享樂的關係上。即使不是純粹賣淫，權力操控強烈滲透其中，刻意強調出雙方各方面存在的不平等，包含社經地位、年紀等多重條件的差距，階級差距形成權力的運作，性互動時成爲一種主人與孌童式的或是在上者對在下者的洩慾。在性行爲的角色扮演上，以固定不可易位的「男」強對「女」弱的性別角色對待模式，透過插入/被插入，象徵權力的展示。在獵奇的心態下，或許征服男人比征服女人更來得刺激、有成就感，也藉此滿足男人的自尊和雄風。周華山認爲：

> 大男人文化裡只有女人才會被插入；插入男人，就是把他娘腔化。父權社會排斥和否定一切代表女性的價值觀，斥之爲次等、從屬和低微的卑賤俗物，雞姦男人就等於閹割、剝奪他的男性雄風氣概，間接令他變成柔弱無能的女人。〔註5〕

被插入的受奸者代表男性化的倒退與消失，從而彰顯插入施奸者的快感雄風與權力的肯定。雖然女性人物在這場男男關係中是缺席的，但隱含的「男尊女卑」的觀念仍是以另一種面目彰顯出來，很難以今天的情慾實踐方式，來判斷他們是同性「戀」，「同性」才是重點所在。雙方性活動表面上暴露了強度的欲望，竟然暗藏著強力的權力運作，難怪雙方關係隨時有瓦解的可能，其脆弱性及短暫性是顯而易見的。這與現代的同性戀者不必然都是表現出女性化的特質，也不見得扮演固定的角色，更強調雙方一種平等互惠的關係是不同的。因而得以見到書中人物幾乎無人把同性戀當作堅定、單一且一貫的性選擇，也讓人思考到同性戀關係長遠的可能性。與異性戀相比，除了基本的感情性愛，同性戀關係沒有婚姻、法律保障，更缺乏家人、朋友、社會支持與認同，能夠力排眾難一貫維持，實屬不易，更何況如果連最根本的眞情、道德都沒有，難怪成爲苟合受人非議。所以小說作者認爲「雞奸一事，只可暫時遣興」（第三回），以享樂式的創作態度不否定男男之交，而反對「著實了，小則傾家廢業，大則致命傷身」（第三回），譴責圍繞著同性戀生活的錢財敲詐及賣淫行爲。

小說中這些同性戀的模式，大多與異性戀機制糾纏不清，落入異性戀思維中男/女、上/下、強/弱、陽/陰、主動/被動等二元架構與角色扮演，把它移植到同性戀的情慾狀態中，本質上還是含著支配與控制的不對等成分及性別歧視。這些似女性形貌和地位的「男人」只不過被當成被剝削的性商品，尤其這類小說本身又夾雜著金錢與性的宰制關係，更談不上平等。所以《龍陽逸史》在形象的塑造到雙方的互動上，雖然反映當時性別逾越的特殊文化現象，但也不難看出男性作家在處理男男關係時，仍複製了傳統中男/女性別及權力的不平等，美色問題中讓男性可以優於女性

〔註5〕周華山：《同志論》（香港：同志研究社，1995年），頁324。

的性別觀念，看似顛覆，實是承（抄）襲。

種種的不相等對待，還表現在作者對於角色特質的塑造上，小官被描寫成是一群「有錢便是好朋友」（第四回）的濫交卑賤又極反面無情的人物，對其在性愛態度上的為財苟歡、為財跳槽或財盡生變處處予以諷刺批評；而對真正抱著淫樂態度玩弄小官的另一方則保留了批評。既把小官塑造成「妓」的身份，又要求其貞節，這仍是作家男權中心的膨脹與矛盾。劣勢階層的小官成了既卑猥又被輕視、凌壓的族群。即使與相同卑賤的階層人物互動，他仍是處於被利用、剝削的命運。這群依附在小官周圍的食利階層者，包括牽頭、人口販子、無賴光棍、幫閒拐子等因社會陰暗面所滋生的一個特殊階層，與小官同為操賤業的社會邊緣人，小官落在其手中成為一種商品，處於被利用、驅使、擺佈，甚至宰割的境地。小官在這個過程中被鄙薄、作賤，喪失了基本人性尊重，呈現出瑣屑雜亂的市民生活及頹敗的世俗精神，也反映當時社會風氣的利慾薰心。小官卑賤的原因也正是整個背後大環境所造成的，讓人真正省思到「倉廩實」才能「知廉恥」，為謀生而自甘下流乃社會底層不可忽視的現象。

商業機制及權力運作注定書中只能充斥一種金錢與性交易的穢褻角力，偶然的性事隨時都有可能發生，如此一種隨意也隨便的氛圍，和放蕩的異性性交沒什麼兩樣，表現了隨心所欲、隨欲即性之唾手可得的性滿足。佛洛伊德在《愛情心理學》中提到：

> 性慾一開始就給以全然的解放，是不會有好結果的。一旦情慾的滿足
> 太過輕易，它便不會有什麼價值可言。〔註6〕

書中看到金錢侵蝕了人性的光輝、道德的昇華及羞恥心。作者以滿足個人欲望、利益作為創作價值取向，是在商業經濟為基礎下以利為準則的功利文化，文學若涉及欲望則被冠之以「淫鄙」之名。淫的內容是一種粗鄙的物質結合，是追求功利性質的互利關係，表現了人的自然性的惡與醜，雙方皆以需要而結合，一時固可如膠似漆，一但功利變化，或各自東西，或反目成仇。作者並在性行為、性技巧上津津樂道，大過於性心理的細膩描寫，刻意表現的縱欲行為，誇張的描繪交歡能力，性欲代替了美好的感情，詩情畫意消失在狂亂的肉體歡樂之中，造成淫鄙不堪。反而對小官的心理描寫薄弱，以致無法感受到小官在面對此種關係時的心態，只突出其對金錢的貪妄，而造成沒有感情血肉的平面薄弱形象。性欲是一種本能，也是一種意識行為，在本能行為過程中，心理活動也一定是複雜、生動的。沒有真情基礎的本

〔註6〕 佛洛伊德（Freud）著，林克明譯，《性學三論──愛情心理學》（台北：志文出版社，2000年），頁197。

能性行爲，說明小說中的性描寫只是做爲讀者情緒慾望的宣洩和感官的娛樂所設置。作者還未意識到在人欲解放的追求中依然可以啓蒙衆人去意識到「人的意識」的存在與「人的進化」的必要。〔註7〕

　　本論文以小官爲中心去看待雙方關係，嚴格來看，大老官的態度實際上更符合同性戀傾向。書中的大老官有些甚至爲了小官可以拋家棄業，這樣的同性戀動機已不只是純粹的沉溺於性享樂而已。娶妻生子的大老官們是否就能代表是「雙性戀」？傳宗接代對每個傳統男子而言是逃脫不掉的天職，結婚成家後並沒有消弭丈夫沉溺男色的的狀況。傳統認爲男男關係不以生殖爲目的，被視爲不會對傳統家族宗室造成干擾，故而受到寬容放任，但部分文獻證明男色確實有比婢妾對家庭帶來更大殺傷力的情況。《龍陽逸史》中第四回妻子爲重整家庭，最後不得不安置小官在家以挽著丈夫的心；第九回儲玉章將小官扮女裝帶回，事發被儲妻不容，儲寧可選擇爲柳離家，而放棄有名目身份的正妻；十一回沈葵則爲了小官把自家前程結束。男色與家庭的問題在此呈現一種挑戰性思想，有別於傳統的看法，也對同性戀共組家庭的可能性啓動了思考空間，顛覆、轉化了性別角色傳統規範的種種可能。

　　小說爲中國性文化的重要一環，因爲透過文字書寫、符號轉換的吊詭運作，原有陰陽上下的倫理秩序、兩性性別空間與男女傳統的互動關係，都出現重新調整的可能。傅柯說：「性不是命定，它是創造性生活的可能性。」〔註8〕同性戀有可能形成一種更廣義的文化，揭示了一種新型人際關係和生活方式的可能性，也揭示了超越性別界線的可能性。過去的觀點認爲，所有的非異性戀形式的性活動都是越軌的，甚至是變態的，但同性戀者還是不會減少，是否異性戀／同性戀的二元區分會侷限了身分與慾望的流動？這挑戰了幾千年來，人類社會普遍實行的一夫一妻制關係，也昭示出人類新型人際關係和新的生活方式之可能。從《龍陽逸史》對少數邊緣群體的小官研究，轉而可以關注同性戀關係對整個人類社會發展的啓示。

　　同時期出產的其他兩本男色小說《弁而釵》、《宜春香質》，同一作者取材大致相同，寫出看似內容迥然相異，但思想觀點實同的兩本書，多少說明了同性戀問題的複雜性。《龍陽逸史》與兩本相比，寫實風格又大異其趣，作者「怡情」的創作態度也與之明顯不同，不是如《弁而釵》的才子佳人模式套在男男關係中，標舉「情」的至上可以超越性別藩籬；也非《宜春香質》張揚小官的淫蕩及卑鄙惡

───────────────

〔註7〕　陳東有，《人欲的解放》（南昌市：江西高校出版社，1996年），頁301。
〔註8〕　轉引自李銀河：《同性戀亞文化》（北京：中國友誼出版社，2002年），頁413。

劣行徑之因果報應。《龍陽逸史》以更寫實的方法，雖然格調低下、文筆粗劣，書中所敘之男風，幾乎都是「大老」淫「小官」，出現的都是市井的各色猥鄙人物，整體內容更切近生活實面，成為透視市井文化的窗口。小說的俗鄙處，不僅表現在同性性關係上的淫，而且也反映出當時社會整個人際關係上的醜陋，它將人的物質欲望、貪財戀色公然行諸筆墨，所有人都圍著「財」、「色」二字打轉，人與人之間只有赤裸裸的功利關係，人的尊嚴變成了交換價值，在讀者面前呈現出一個道德倫喪、人欲橫流的世界。這些男色小說題材的資料是探究當時代同性戀文化的珍貴材料。

　　一般文獻不易詳細論及具體的性行為及性心理，市民文學較能據實呈現生活實況，當涉及有關「性」的內容時，小說的表現方式往往又較詩詞、散文更具體、詳盡，也更能反映社會中市井百姓的生活種種。男色題材的豐富在明代小說發展成熟的背景下順應而出，從一些小說只把同性戀作為異性戀的點綴或補充，到了《龍陽逸史》專以特殊的男色題材為書寫重心，藉寫小官，也鋪陳了當時社會中下階層市井活動的人情世態，在同性戀文學史上具開創性意義。從文學藝術表現上看，雖比較粗糙且失之猥褻，屬形而下的低級趣味，但筆法上的樸拙卻相對地使它較好地保留了當時社會的原始面貌。〔註9〕它所反映的社會面很廣，也很深入，尤其是關於同性戀男妓階層的內容非常豐富。展現了過去所完全沒有看到過的晚明社會生活的一個面向，尤其是對小官文化的種種認識，從中得到大量的關於男性同性戀風氣、道德觀念、審美傾向、賣淫狀況的資料，具有重要的社會文化史價值，也是具有開拓性的意義的。雖然小說情節內容虛擬的成分較高，但書中的人物形象、發生的事件、人物的互動亦能反映折射出部分當時的社會生活。文學作品是社會歷史條件下的產物，尤其以小說文體更能廣泛、細緻的反映人生百態的生活，勢必也透露當時社會的一些面向及人們的慾望。

　　從反映同性戀題材的空間背景與人物來看，《龍陽逸史》反映層面廣大，從自家私領域到社會公領域，以一種公開化且平常性的態度，人物從各階層中的士人、商人、僧道到下階層市井小民。後代同性戀文學如《品花寶鑑》也只有以梨園、相公堂子為背景，人物以士人與男伶為主，空間背景的侷限，並不足以展現出同性戀者的全貌，把同性戀劃入特定的區域性，同時也就窄化了同性戀文化，反而在一定程度上助長了主流社會對於同性戀的偏見。

　　從文學藝術技巧的角度來看，《龍陽逸史》並無高明之處，不過「雖小道，亦有

〔註9〕吳存存：《明清性愛風氣》（北京：人民文學出版社，2000年），頁137。

可觀者焉」，其對於文學、語言學、社會風俗、性學的研究，仍然是一重要史料，也給了後世文學借鑑的參考。其出版數年後，《宜春香質》、《弁而釵》相繼出現，文學藝術性較成熟，情節也較曲折離奇。明末清初的李漁亦寫了兩篇構思巧妙，引人注目的短篇小說《無聲戲·男孟母教合三遷》及《十二樓·萃雅樓》。到了清代更出版洋洋大觀的長篇小說《品花寶鑑》，對士人與歌伶間的同性戀極盡張揚之能事。這種在明清時期出現男色題材專一、主題集中的小說，構成了中國很具特色的同性戀文學體系，《龍陽逸史》開風氣之先，可說成爲中國同性戀文學史及社會文化史上不可忽視的里程碑。

參考書目

一、古籍史料（按作品年代、作者筆畫排列）

1. 《晏子春秋集釋》（台北：鼎文書局，1977 年）。
2. 〔漢〕司馬遷：《史記》（台北：鼎文書局，1992 年）。
3. 〔漢〕班固：《漢書》（台北：鼎文書局，1979 年）。
4. 〔北齊〕魏收：《魏書》（台北：鼎文書局，1979 年）。
5. 〔梁〕沈約：《宋書》（台北：鼎文書局，1979 年）。
6. 〔唐〕李延壽：《南史》（台北：鼎文書局，1979 年）。
7. 〔唐〕孫棨：《北里志》（《筆記小說大觀》5 編第 3 冊，台北：新興書局，1979年）。
8. 〔唐〕崔令欽：《教坊記》（北京：中華書局，1985 年）。
9. 〔宋〕朱彧：《萍州可談》（清·張海鵬集刊：《墨海金壺》34 集，進興書局印行）。
10. 〔宋〕吳自牧：《夢梁錄》（台北：廣文書局，1980 年）。
11. 〔宋〕周密：《癸辛雜識》（北京：中華書局，1988 年）。
12. 〔宋〕陶穀：《清異錄》（北京：中華書局，1985 年）。
13. 〔明〕不題撰人：《檮杌閒評》（北京：人民文學出版社，1983 年）。
14. 〔明〕天然癡叟：《石點頭》（台北：三民書局，1998 年）。
15. 〔明〕毛奇齡：《武宗外紀》（《百部叢書集成》之《藝海珠塵》，台北縣：藝文印書館，1965 年）。
16. 〔明〕王夫之：《永曆實錄》（長沙：岳麓書社，1982 年）
17. 〔明〕王同軌：《耳談》（《四庫存目叢書》子部第 248 冊，據北京圖書館明刻本，台南縣：莊嚴文化事業，1995 年）。
18. 〔明〕王艮：《王心齋全集》（台北：廣文書局，1987 年）。

19. 〔明〕王弇洲編:《艷異編》(瀋陽:春風文藝出版社,1988 年)。

20. 〔明〕王琦:《寓圃雜記》(北京:中華書局,1984 年)。

21. 〔明〕史玄:《舊京遺事》(北京:北京古籍出版社,1986 年)。

22. 〔明〕田汝成:《西湖遊覽志餘》(《中國方志叢書》484,據明嘉靖三十九年刊本,台北:成文出版社,1983 年)。

23. 〔明〕田藝蘅:《留青日札》(《續修四庫全書》子部雜家類 1129,上海:上海古籍出版社,2002 年)。

24. 〔明〕石天基:《傳家寶》(《明清善本小説叢刊續編》,台北:天一出版社,1990 年)。

25. 〔明〕竹溪風月主人浪編:《童婉爭奇》(《明清善本小説叢刊初編》第七輯《鄧志謨專輯》,台北:天一書局,1985 年)。

26. 〔明〕西湖漁隱主人:《歡喜冤家》(陳慶浩、王秋桂編:《思無邪匯寶》10、11,台北:大英百科出版公司,1994 年)。

27. 〔明〕何良俊:《四友齋叢説》(北京:中華書局,1997 年)。

28. 〔明〕余懷:《板橋雜記》(江蘇:廣陵古籍出版社,1990 年)。

29. 〔明〕余繼登:《典故紀聞》(北京:中華書局點校本,1981 年)。

30. 〔明〕吳任臣:《字彙補》(《續修四庫全書》經部小學類 233 冊,上海:上海古籍出版社,1995 年)。

31. 〔明〕吳門徐昌齡:《如意君傳》(陳慶浩、王秋桂編:《思無邪匯寶》24,台北:大英百科出版公司,1994 年)。

32. 〔明〕宋鳳翔:《秋涇筆乘》(《筆記小説大觀》6 編 7 冊,台北:新興書局,1979 年)。

33. 〔明〕宋濂:《元史》(台北:鼎文書局,1979 年)。

34. 〔明〕李詡:《戒庵老人漫筆》(北京:中華書局,1997 年)。

35. 〔明〕李樂:《見聞雜記》(《筆記小説大觀》44 編第 8 冊,台北:新興書局,1988 年)。

36. 〔明〕李樂:《續見聞雜記》(《筆記小説大觀》44 編第 9 冊,台北:新興書局,1988 年)。

37. 〔明〕李贄:《焚書》(台北:漢京出版社,1984 年)。

38. 〔明〕沈德符:《敝帚軒剩語》(台北:廣文書局,1969 年)。

39. 〔明〕沈德符:《萬曆野獲編》(北京:中華書局,1997 年)。

40. 〔明〕京江醉竹居士浪編:《龍陽逸史》(《中國歷代禁毀小説集粹》第 6 輯第 3 冊,台北:雙笛國際事業出版公司,1996 年)。

41. 〔明〕京江醉竹居士浪編:《龍陽逸史》(陳慶浩、王秋桂編:《思無邪匯寶》5,台北:大英百科出版公司,1994 年)。

42. 〔明〕芙蓉主人輯，情癡子批校：《癡婆子傳》：(《中國歷代禁毀小說集粹》第 2 輯第 2 冊，台北：雙笛國際事業出版公司，1994 年)。

43. 〔明〕金木散人編著：《鼓掌絕塵》(江蘇：古籍出版社，1990 年)。

44. 〔明〕周新：《名義考》(台北：學生書局，1971 年)。

45. 〔明〕周楫：《西湖二集》(江蘇：江蘇古籍出版社，1994 年)。

46. 〔明〕姚士麟：《見只編》(北京：中華書局，1985 年)。

47. 〔明〕姚旅：《露書》(《四庫全書存目叢書》子部雜家類 111，台南縣：莊嚴文化事業公司，1995 年)。

48. 〔明〕范濂：《雲間據目抄》(《筆記小說大觀》22 編第 5 冊，台北：新興書局，1978 年)。

49. 〔明〕郎瑛：《七修類稿》(《筆記小說大觀》33 編第 1 冊，台北：新興書局，1988 年)。

50. 〔明〕風月軒又玄子：《浪史》(陳慶浩、王秋桂編：《思無邪匯寶》4，台北：大英百科出版公司，1994 年)。

51. 〔明〕凌濛初：《二刻拍案驚奇》(江蘇：江蘇古籍出版社，1990 年)。

52. 〔明〕凌濛初：《拍案驚奇》(江蘇：江蘇古籍出版社，1990 年)。

53. 〔明〕袁中道：《珂雪齋集》(上海：上海古籍出版社，1989 年)。

54. 〔明〕袁宏道：《花陣綺言》(上海：上海古籍出版社，1992 年)。

55. 〔明〕袁宏道：《袁宏道集箋校》(上海：上海古籍出版社，1979 年)。

56. 〔明〕張廷玉：《明史》(台北：鼎文書局，1982 年)。

57. 〔明〕張岱：《琅嬛文集》(上海：上海古籍出版社，1991 年)。

58. 〔明〕張岱：《陶庵夢憶》(台北縣：漢京文化，1984 年)。

59. 〔明〕張應俞：《江湖奇聞杜騙新書》(天津：百花文藝出版社，1992 年)。

60. 〔明〕張瀚：《松窗夢語》(北京：中華書局，1985 年)。

61. 〔明〕情顛主人：《繡榻野史》(陳慶浩、王秋桂編：《思無邪匯寶》2，台北：大英百科出版公司，1994 年)。

62. 〔明〕清溪道人：《禪真後史》(《中國歷代禁毀小說集粹》第 5 輯第 5 冊，台北：雙笛國際事業出版公司，1994 年)。

63. 〔明〕清溪道人：《禪真逸史》(上海：上海古籍出版社，1990 年 8 月)。

64. 〔明〕陳洪謨：《治世餘聞》、《繼世紀聞》(北京：中華書局，1985 年)。

65. 〔明〕陳懋仁：《泉南雜志》(北京：中華書局，1985 年)。

66. 〔明〕陸人龍：《型世言》(北京：中華書局，1993 年)。

67. 〔明〕陸容：《菽園雜記》(北京：中華書局，1985 年)。

68. 〔明〕程洵：《尊德性齋小集》(北京：中華書局，1991 年)。

69. 〔明〕馮夢龍：《古今小説》（江蘇：江蘇古籍出版社，1991 年）

70. 〔明〕馮夢龍：《笑府》（《馮夢龍全集》41，上海：上海古籍出版社，1993 年）。

71. 〔明〕馮夢龍：《醒世恒言》（台北：三民書局，1988 年）。

72. 〔明〕馮夢龍編：《古今譚概》（《馮夢龍全集》，上海：上海古籍出版社，1993 年）。

73. 〔明〕馮夢龍編：《情史》（《馮夢龍全集》37、38，上海：上海古籍出版社，1993 年）。

74. 〔明〕馮夢龍編：《掛枝兒‧山歌》（《馮夢龍全集》42，江蘇：江蘇古籍出版社，1993 年）。

75. 〔明〕黃省曾：《吳風錄》（《百部叢書集成》之《百陵學山》，台北縣：藝文印書館，1967 年）。

76. 〔明〕葉權：《賢博編》（北京：中華書局，1987 年）。

77. 〔明〕齊東野人：《隋煬豔史》（《中國歷代禁毀小説集粹》第 1 輯第 7 冊，台北：雙笛國際事業出版公司，1994 年）。

78. 〔明〕談遷：《國榷》（北京：中華書局，1958 年）。

79. 〔明〕談遷：《棗林雜俎》（《筆記小説大觀》第 22 編 6 冊，台北：新興書局，1978 年）。

80. 〔明〕墨憨齋主人：《十二笑》（《古本小説集成》，上海：上海古籍出版社，1994 年）。

81. 〔明〕醉西湖心月主人：《弁而釵》（陳慶浩、王秋桂編：《思無邪匯寶》6，台北：大英百科出版公司，1994 年）。

82. 〔明〕醉西湖心月主人：《宜春香質》（陳慶浩、王秋桂編：《思無邪匯寶》7，台北：大英百科出版公司，1994 年）。

83. 〔明〕蕭雍：《赤山會約》（《百部叢書集成》之《涇川叢書》，台北縣：藝文印書館，1967 年）。

84. 〔明〕錢希言：《獪園》（《四庫存目叢書》子部第 247 冊，據北京圖書館明刻本，台南：莊嚴文化事業，1995 年）。

85. 〔明〕謝肇淛：《五雜俎》（《筆記小説大觀》八編第六冊，台北：新興書局，1984 年）。

86. 〔明〕謝肇淛：《文海披沙》（台北：新文豐出版公司，1978 年）。

87. 〔明〕羅貫中，施耐庵：《水滸傳》（北京：人民文學出版社，1975 年）。

88. 〔明〕蘭陵笑笑生：《金瓶梅》（台北：三民書局，1983 年）。

89. 〔明〕顧起元：《客座贅語》（北京：中華書局，1997 年）。

90. 〔清〕三韓曹去晶：《姑妄言》（陳慶浩、王秋桂編：《思無邪匯寶》，台北：台灣大英百科出版公司，1997 年）。

91. 〔清〕不題撰人：《一片情》（陳慶浩、王秋桂編：《思無邪匯寶》14，台北：

大英百科出版公司，1994 年）。

92. 〔清〕不題撰人：《桃花艷史》（陳慶浩、王秋桂編：《思無邪匯寶》23，台北：大英百科出版公司，1994 年）。

93. 〔清〕王世禎：《香祖筆記》（上海：上海古籍出版社，1982 年）。

94. 〔清〕王增祺：《燕台花事錄》（《筆記小說大觀》五編第九冊，台北：新興書局，1979 年）。

95. 〔清〕古棠天放道人編次，曲水白雲山人批評：《杏花天》（陳慶浩、王秋桂編：《思無邪匯寶》17，台北：大英百科出版公司，1994 年）。

96. 〔清〕古粵順德無名氏著：《燕京雜記》（《筆記小說大觀》14 編第 10 冊，台北：新興書局，1988 年）。

97. 〔清〕艾衲居士編：《豆棚閒話》（依翰海樓本排印，台北：新文豐出版公司，1982 年）。

98. 〔清〕吳下阿蒙：《斷袖篇》（《筆記小說大觀》五編第七冊，台北：新興書局，1988 年）。

99. 〔清〕吳下阿蒙：《斷袖篇》（清‧蟲天子輯：《香艷叢書》九集卷二，古亭書屋印行）。

100. 〔清〕吳敬梓：《儒林外史》（台北：文化圖書，1988 年）。

101. 〔清〕李漁：《十二樓》（台北：三民書局，1998 年）。

102. 〔清〕李漁：《比目魚》（《李漁全集》第五卷《笠翁傳奇十種》，杭州：浙江古籍出版社，1992 年）。

103. 〔清〕李漁：《肉蒲團》（台北：微風草堂文化，2001 年）。

104. 〔清〕李漁：《連城璧》（《李漁全集》第八卷，杭州：浙江古籍出版社，1992 年）。

105. 〔清〕李漁：《無聲戲》（《李漁全集》第八卷，杭州：浙江古籍出版社，1992 年）。

106. 〔清〕里人何求纂：《閩都別記》（福建：福建人民出版社，1994 年）。

107. 〔清〕東魯古狂生：《醉醒石》（上海：上海古籍出版社，1992 年）。

108. 〔清〕俞蛟：《夢厂雜著》（台北：廣文書局，1980 年）。

109. 〔清〕紀昀：《閱微草堂筆記》（天津：天津古籍出版社，1994 年）。

110. 〔清〕唐甄：《潛書》（台北：河洛圖書出版社，1974 年）。

111. 〔清〕夏敬渠：《野叟曝言》（台北：文化圖書，1992 年）。

112. 〔清〕徐珂：《清稗類鈔》（北京：中華書局，1984 年）。

113. 〔清〕袁枚：《子不語》（《筆記小說大觀》二編第九冊，台北：新興書局，1988 年）。

114. 〔清〕袁枚：《隨園詩話》（台北：宏業書局，1987 年）。

115. 〔清〕情痴反正道人編：《肉蒲團》（陳慶浩、王秋桂編：《思無邪匯寶》15，台北：大英百科出版公司，1994 年）。

116. 〔清〕曹雪芹：《紅樓夢》（台北：桂冠圖書，2001 年）。

117. 〔清〕梁紹壬：《兩般秋雨盦隨筆》（台北：廣文書局，1980 年）。

118. 〔清〕陳森：《品花寶鑑》（上海：上海古籍出版社，1990 年）。

119. 〔清〕無名氏編：《笑林廣記》（《清代筆記小說》第 48 冊，石家庄：河北教育出版社，1996 年）。

120. 〔清〕煙水散人：《燈月緣》（《中國歷代禁毀小說集粹》第 3 輯第 27 冊，台北：雙笛國際事業出版公司，1995 年）。

121. 〔清〕嘉禾餐花主人編次：《濃情快史》（陳慶浩、王秋桂編：《思無邪匯寶》21，台北：大英百科出版公司，1994 年）。

122. 〔清〕褚人獲：《堅瓠集》（浙江：浙江人民出版社，1986 年）。

123. 〔清〕趙翼：《陔餘叢考》（京都：中文出版社點校本，1979 年）。

124. 〔清〕劉廷璣：《在園雜志》（《近代中國史料叢刊》第 38 輯，台北：文海出版社，1969 年）。

125. 〔清〕錢泳：《履園叢話》（北京：中華書局，1979 年）。

126. 〔清〕錢謙益：《列朝詩集小傳》（上海：上海古籍出版社，1983 年）。

二、近人論著（按作者筆畫排列）

1. 丁守和主編：《中國文化研究集刊》第 1 輯（上海：復旦大學大學出版社，1987 年）。

2. 大庭脩：《舶載書目》（京都市：關西大學東西學術研究所，1972 年）。

3. 小明雄：《中國同性愛史錄》（香港：粉紅三角出版社，1984 年）。

4. 尹恭弘：《金瓶梅與晚明文化》（北京：華文出版社，2002 年）。

5. 方正耀：《明清人情小說研究》（上海：華東師範大學，1986 年）。

6. 方志遠：《明代城市與市民文學》（北京：中華書局，2004 年）。

7. 毛文芳：《物·性別·觀看——明末清初文化書寫新探》（台北：學生書局，2001 年）。

8. 牛建：《明代中後期社會變遷研究》（台北：文津出版社，1997 年）。

9. 王平：《中國古代小說文化研究》（濟南：山東教育出版社，1998 年）。

10. 王孝廉：《神話與小說》（台北：時報文化出版，1991 年）。

11. 王書奴：《中國娼妓史》（長沙：岳麓書社，1998 年 9 月）。

12. 王強：《遮蔽的文明——性觀念與古中國文化》（台北：文津出版社，2003 年）。

13. 王從仁、黃自恒：《中國歷代禁毀小說漫談》（台北縣：雙笛國際事業出版公司，1996 年）。

14. 王啟忠：《金瓶梅價值論》（上海：文藝出版社，1991 年）。

15. 王溢嘉：《性、文明與荒繆》（台北縣：野鵝出版社，2001 年）。

16. 王溢嘉：《情色的圖譜》（台北縣：野鵝出版社，2001 年）。

17. 王瑛：《宋元明市語匯釋》（貴陽：貴州人民出版社，1997 年）。

18. 王爾敏：《明清時代庶民生活》（長沙：岳麓書社，2002 年）。

19. 王德威：《被壓抑的現代性》（台北：城邦文化，2003 年）。

20. 王德威：《想像中國的方法——歷史、小說、敘事》（北京：三聯書店，2003 年）。

21. 王曉傳輯錄：《元明清三代禁燬小說戲曲史料》（北京：作家出版社，1958 年）。

22. 史成禮、史葆光、黃健初：《敦煌性文化》（廣州：廣州出版社，1999 年）。

23. 史唯性：《歷史性文獻》（台北：史唯性發行，1996 年）。

24. 史楠：《中國男娼秘史》（北京：中國華僑出版社，1994 年）。

25. 矛鋒：《同性戀文學史》（台北：漢忠文化，1996 年）。

26. 矛鋒：《同性戀美學》（台北：揚智文化，1996 年）。

27. 石人：《中國古代同性戀秘聞》（香港：天地圖書有限公司，2004 年）。

28. 白先勇：《孽子》（台北：允晨文化，1989 年）

29. 吉大豐，丁山編著：《人類性文化探秘》（台北：立得出版社，1994 年）。

30. 向楷：《世情小說史》（杭州：浙江古籍，1998 年）。

31. 朱傳譽主編：《小說字彙》（《明清善本小說叢刊續編》台北：天一出版社，1990 年）。

32. 江曉原：《中國的性神秘》（河北：國際文化出版社，1993 年）。

33. 何春蕤編：《同志研究》（台北：巨流圖書，2001 年）。

34. 何春蕤編：《從酷兒空間到教育空間》（台北：麥田出版社，2000 年）。

35. 何滿子，李時人主編：《明清小說鑒賞辭典》（浙江：浙江古籍出版社，1992 年）。

36. 何滿子：《中國愛情與兩性關係》（台北：商務印書館，1995 年）。

37. 余英時著：《中國近世宗教倫理與商人精神》（台北：聯經出版公司，1987 年）。

38. 吳存存：《明清性愛風氣》（北京：中華書局，1997 年）。

39. 吳建國：《雅與俗之間的徘徊——16 至 18 世紀文化思潮與通俗文學創作》（長沙：岳麓書社，1999 年）。

40. 吳剛：《中國古代城市生活》（台北：台灣商務印書館，1998 年）

41. 完顏紹元：《流氓的變遷》（上海：上海古籍出版社，1993 年）。

42. 李小江、朱虹、董秀玉主編：《性別與中國》（北京：生活·讀書·新知三聯書店，1994 年）。

43. 李申：《金瓶梅方言俗語匯釋》（北京：北京師范學院出版社，1992 年）。

44. 李時人：《中國禁毀小説大全》（合肥：黃山書社，1992 年）。

45. 李時人等：《中國古代禁毀小説漫話》（上海：漢語大辭典出版社，1999 年）。

46. 李書崇：《東西方性文化漫筆》（合肥：安徽文藝出版社，2000 年）。

47. 李喬：《中國行業神崇拜》（台北：雲龍出版社，1996 年）。

48. 李夢生：《《中國禁毀小説百話》（上海：上海古籍出版社，1994 年）。

49. 李銀河：《同性戀亞文化》（北京：中國友誼出版社，2002 年）。

50. 李鑑堂編：《俗語考原》（上海：上海文藝出版社，1985 年）。

51. 周心慧：《中國古版畫通史》（北京：學苑出版社，2000 年）。

52. 周明初：《明士人心態及文學個案》（北京：東方出版社，1997 年）。

53. 周華山：《同志論》（香港：同志研究社，1995 年）。

54. 宗力，劉群：《中國民間諸神》（河北：河北人民出版社，1986 年）。

55. 林中澤：《晚明中西性倫理的相遇》（廣州：廣東教育出版社，2003 年）。

56. 武舟：《中國妓女生活史》（長沙：湖南文藝出版社，1990 年）。

57. 長澤規矩也編：《明清俗語辭書集成》（上海：上海古籍出版社，1989 年）。

58. 侯忠義主編：《明代小説輯刊》（成都：巴蜀書社，1995 年）。

59. 洪淑苓、鄭毓瑜、蔡瑜、梅家玲、陳翠英、康韻梅合著：《古典文學與性別研究》（台北：里仁書局，1997 年）。

60. 胡邦煒、岡崎由美：《古老心靈的回音——中國古典小説的文化心理學闡釋》（四川：文藝出版社，1991 年）。

61. 范揚：《陽剛的墮沉》（台北：雲龍出版社，1991 年）。

62. 茅盾等：《中國古代小説中的性描寫》（天津：百花文藝出版社 1993 年）。

63. 苗壯主編：《中國古代小説人物辭典》（山東：齊魯書社，1991 年）。

64. 孫一珍：《明代小説簡史》（瀋陽：遼寧教育，1993 年）。

65. 孫康宜：《性別詩學》（北京：社科文獻，1999 年）。

66. 孫琴安：《中國性文學史》（台北：桂冠圖書，1995 年）。

67. 孫楷第：《中國通俗小説書目》（北京：人民文學出版社，1982 年）。

68. 徐君、楊海：《妓女史》（台北：華成圖書，2004 年）。

69. 徐志平：《清初前期話本小説之研究》（台北：台灣學生書局，1998 年）。

70. 徐岱：《小説形態學》（杭州：杭州大學出版社，1992 年）。

71. 殷登國：《古典的浪漫》（第二輯）（台北：聯經出版事業，1987 年）。

72. 馬玉山：《中國古代的人口買賣》（北京：商務印書館，1997 年）。

73. 馬美信：《晚明文學新探》（桃園縣：聖環圖書有限公司，1994 年）。

74. 馬書田：《華夏諸神》（北京：燕山出版社，1990 年）。

75. 商傳：《明代文化志》（上海：上海人民出版社，1998 年）。

76. 康正果：《交織的邊緣——政治和性別》（台北：東大出版社，1997 年）。

77. 康正果：《重審風月鑑——性與中國古典文學》（台北：麥田文化，1996 年）。

78. 張在舟：《曖昧的歷程——中國古代同性戀史》（鄭州：中州古籍出版社，2001 年）。

79. 張次溪編纂：《清代燕都梨園史料》（北京：中國戲劇出版社，1988 年）。

80. 張宏生編：《明清文學與性別研究》（南京：江蘇古籍出版社，2002 年）。

81. 張京媛編：《新歷史主義與文學批評》（北京：北京大學出版社，1997 年）。

82. 張國風：《金瓶梅描繪的世俗人間》（北京：書目文獻出版社，1992 年）。

83. 莊慧秋等著：《中國的同性戀》（台北：張老師出版社，1991 年）。

84. 郭立誠：《郭立誠的學術報告》（台北：文史哲出版社，1993 年）。

85. 郭英德、過常寶：《明人奇情》（台北縣：雲龍出版社，1996 年）。

86. 郭英德：《癡情與幻夢——明清文學隨想錄》（台北：錦繡出版社，1992 年）。

87. 陳大康：《明代小說史》（上海：文藝出版社，2000 年）。

88. 陳大康：《通俗小說的歷史軌跡》（長沙：湖南出版社，1993 年）。

89. 陳平原、王德威、商傳編：《晚明與晚清：歷史傳承與文化創新》（武漢：湖北教育出版社，2001 年）。

90. 陳田輯撰：《明詩紀事》（上海：上海古籍出版社，1993 年）。

91. 陳東有：《人欲的解放》（南昌：江西高校出版社，1996 年）。

92. 陳東有：《金瓶梅——中國文化發展的一個斷面》（廣州：花城出版社，1990 年）。

93. 陳東有：《金瓶梅文化研究》（台北：貫雅文化，1992 年）。

94. 陳虹：《中國古時的男女社交》（台北：傳記文學，1971 年）。

95. 陳益源：《古典小說與情色文學》（台北：里仁書局，2001 年）。

96. 陳翠英：《世情小說之價值觀探論》（台北：台灣大學文學院，1996 年）。

97. 陳鋒、劉經華：《中國病態社會史論》（河南：人民出版社，1991 年）。

98. 陳學文：《明清社會經濟史研究》（台北縣：稻禾出版社，1991 年）。

99. 陳寶良：《中國流氓史》（北京：中國社會科學出版社，1993 年）。

100. 陳寶良：《飄搖的傳統——明代城市生活長卷》（長沙：湖南出版社，1996 年）。

101. 陸德陽：《流氓史》（台北：華成圖書，2004 年）。

102. 陸澹安編：《小說詞語匯釋》（上海：古籍出版社，1983 年）。

103. 陶慕寧：《青樓文學與中國文化》（北京：東方出版社，1993 年）。

104. 單光鼐：《中國娼妓——過去和現在》（北京：法律出版社，1995 年）。

105. 曾晴陽：《色情書——中國性學報告》（台北：皇冠文學，1994 年）。

106. 辜美高、黃霖主編：《明代小説面面觀》（上海：學林出版社，2002 年）。

107. 閔家胤編：《陽剛與陰柔的變奏——兩性關係與社會模式》（北京：社會科學出版社，1995 年）。

108. 黃仁宇：《放寬歷史的視界》（北京：三聯書店，2004 年）。

109. 黃仁宇：《萬曆十五年》（台北縣：食貨出版社，1993 年）。

110. 黃霖編：《金瓶梅大辭典》（四川：巴蜀書社出版，1991 年）。

111. 楊義：《中國敘事學》（嘉義縣：南華管理學院，1998 年）。

112. 葉德輝編：《雙梅景闇叢書》（海口：海南國際出版中心，1998 年）。

113. 熊秉眞，呂妙芬主編：《禮教與情慾——前近代中國文化中的後/現代性》（台北：中央研究院近代史研究所，1999 年）。

114. 趙世瑜：《狂歡與日常——明清以來的廟會與民間社會》（北京：三聯書店，2002 年）。

115. 劉俊餘、王玉川合譯：《利瑪竇全集一·利瑪竇中國傳教史（上）》（台灣光啟出版社，1986 年）。

116. 劉爲民：《痞子文化》（北京：中國經濟出版社，1995 年）。

117. 劉達臨：《中國古代性文化》（台北：新雨出版社，1995 年）。

118. 劉達臨：《性與中國文化》（北京：北京人民出版社，1999 年）。

119. 劉達臨：《縱橫華夏性史》（台北：性林文化出版社，1995 年）。

120. 樊雄：《中國古代房中文化秘探》（廣西：廣西民族出版社，1994 年）。

121. 蔣練：《中國人的性與愛》（台北：台視文化，1990 年）。

122. 蔡勇美、江吉芳：《性的社會觀》（台北：巨流出版社，1987 年）。

123. 鄭思禮：《中國性文化》（台北：書林出版社，1996 年）。

124. 鄧之誠：《骨董瑣記、續記、三記》（台北：大立出版社，1985 年）。

125. 魯迅：《魯迅小説史論文集》（台北：里仁書局，2003 年）。

126. 魯威：《市井文化》（瀋陽：遼寧教育出版社，1993 年）。

127. 燕仁：《中國民間俗神》（台北縣：漢欣文化，1998 年）。

128. 蕭相愷：《世情小説史話》（瀋陽：遼寧教育，1993 年）。

129. 蕭相愷：《珍本禁毀小説大觀稗海訪書錄》（鄭州：中州古籍出版社，1998 年）。

130. 蕭國亮：《中國娼妓史》（台北：文津出版社，1996 年）。

131. 龍潛庵編著：《宋元語言詞典》（台北：上海辭書出版社，1985 年）。

132. 薛亮：《明清稀見小説匯考》（北京：社會科學文獻出版社，1999 年）。

133. 謝臥龍編：《兩性、文化與社會》（台北：心理出版社，1996 年）。

134. 謝桃坊：《中國市民文學史》（四川：人民出版社，1997 年）。

135. 韓鵬杰、朱金萍：《中國古代的江湖騙子和騙術》（北京：商務印書館，1997

年）。

136. 譚帆：《優伶史》（上海：上海文藝出版社，1995 年）。

137. 嚴明：《中國名妓藝術史》（台北：文津出版社，1992 年）。

138. 嚴紹璗：《漢籍在日本的流布研究》（江蘇：江蘇古籍出版社，2000 年）。

139. 〔荷〕羅佩著，吳岳添譯：《中國豔情——中國古代的性與社會》（台北：風雲時代出版社，1994 年）。

140. 〔荷〕高羅佩著，李零、郭曉惠等譯：《中國古代房內考》（台北：桂冠圖書，1991 年）。

141. 〔荷〕高羅佩著，楊權譯：《秘戲圖考》（廣東：人民出版社，1992 年）。

142. 〔美〕馬克夢著，王維東、楊彩霞譯：《吝嗇鬼、潑婦、一夫多妻者——十八世紀中國小說中的性與男女關係》（北京：人民文學出版社，2001 年）。

143. 〔法〕米歇爾‧傅科（Michel Foucault）著，余碧平譯：《性經驗史》（上海：人民出版社，2000 年）。

144. 〔法〕米歇爾‧傅科（Michel Foucault）著，謝石，沈力譯：《性史》（台北：結構群文化事業，1990 年）。

145. 〔加〕卜正民（Timothy Brook）著，方駿、王秀麗、羅天佑譯：《縱樂的困惑——明代的商業與文化》（北京：三聯書店，2004 年）。

146. 〔美〕理查德 A‧波斯納（Richard A. Posner）著，蘇力譯：《性與理性》（北京：中國政法大學出版社，2002 年）。

147. 〔美〕葛爾‧羅賓等著，李銀河譯：《酷兒理論》（北京：時事出版社，2002 年）。

148. 佛洛伊德（Freud）著，林克明譯：《性學三論——愛情心理學》（台北：志文出版社，2000 年）。

149. 哈夫洛克‧靄理士（Havelock Ellis）著，潘光旦譯註：《性心理學》（台北縣：左岸文化出版社，2002 年）。

150. 韋約翰（John White）著，溫肇垣譯：《禁果——被污染的性愛》（臺北：校園書房，1988 年）。

151. 瓊‧瑞尼絲（June M. Reinisch）、露絲‧畢思理（Ruth Beasley）作，王瑞琪等譯：《金賽性學報告》（臺北：張老師出版社，1992 年）。

152. 譚馨‧史帕哥（Tamsin Spargo）著，林文源譯：《傅科與酷兒理論》（台北：貓頭鷹出版，2002 年）。

153. Eric Marcus 著，林賢修譯：《當代同性戀歷史》（台北：開心陽光出版社，1997 年）。

154. Jacques Corraze 著，陳浩譯：《同性戀》（台北：遠流出版社，1992 年）。

155. Susan A.Basow 著，劉秀娟、林明寬譯：《兩性關係——性別刻板化與角色》（台北：智揚文化，1996 年）。

156. Bret Hinch，Passions of the Cut Sleeve：The Male Homosexual Tradition in

China，（LA：University of California Press，1990）.

三、學位論文（按作者筆畫排列）

1. 王鴻泰：《流動與互動──由明清間城市的生活特性探測公眾場域的展開》（台大歷史所博士論文，1998 年）。

2. 何志宏：《男色興盛與明清的社會文化》（清華大學歷史研究所碩士論文，2001 年）。

3. 李進益：《明清小說對日本漢文小說影響之研究》（文化中文所博士論文，1992 年）。

4. 周淑屏：《清代男同性戀文學作品研究》（香港：私立能仁書院中國文史研究所碩士論文，1997 年）。

5. 林慧芳：《〈弁而釵〉、〈宜春香質〉與〈龍陽逸史〉中的男色形象研究》（中正大學，2004 年）。

6. 翁文信：《〈姑妄言〉與明清性小說中的性意識》（淡江大學中文研究所碩士論文，1997 年）。

7. 喻緒琪：《明末清初世情小說之研究》（高雄師範大學國文研究所碩士論文，1999 年）。

8. 劉慎元：《明清艷情小說的繼承、呈現與影響》（南華大學文學研究所碩士論文，2002 年）。

9. 蔡祝青：《明末清初小說中男女扮裝之性別與文化意義》（南華大學文學研究所碩士論文，2000 年）。

10. 蕭涵珍：《晚明的男色小說：〈宜春香質〉與〈弁而釵〉》（政治大學中文所中文研究所碩士論文，2004 年）。

四、期刊論文（按作者筆畫排列）

1. 王振忠：〈契兄、契弟、契友、契父、契子──《孫八救人得福》的歷史民俗背景解讀〉（《漢學研究》18 卷第 1 期，2000 年 6 月）。

2. 王興亞：〈明代中後期河南社會風尚的變化〉（《中州學刊》第 4 期，1989 年）。

3. 王鴻泰：〈青樓：中國文化的後花園〉（《當代》第 137 期，1999 年）。

4. 矛鋒：〈斷袖──漫談《紅樓夢》、《品花寶鑑》中的同性情愛〉（《聯合文學》13 卷第 4 期，1997 年 2 月，頁 45～50）。

5. 江曉原：〈「天地陰陽交歡大樂賦」發微〉（《漢學研究》9 卷第 1 期，1991 年 6 月）。

6. 吳存存：〈《龍陽逸史》與晚明的小官階層〉（《中國文化》第 12 期，1995 年，頁 211～219）。

7. 吳存存：〈明中晚期社會男風流行狀況〉（《中國文化》第 17、18 期，2001 年，

頁 256～269）。

8. 吳存存：〈清代士人狎優蓄童風氣敘略〉（《中國文化》第 15、16 期，1997 年
   12 月）。

9. 李孝悌：〈十八世紀中國社會中的情慾與身體——禮教世界外的嘉年華會〉（《中
   央研究院歷史語言研究所集刊》，第 72 本第 3 分，2001 年 9 月，頁 543～593）。

10. 杜守華、吳曉明〈試論明末清初艷情小說〉，（《上海師範大學學報》第 1 期，
    1993 年，頁 20～23）。

11. 汪維眞、牛建強：〈明代中後期江南地區風尚取向的更移〉（《史學集刊》第 5
    期，1990 年）。

12. 孟彭興：〈明代商品經濟的繁榮與市民社會生活的嬗變〉（《中國古代史》第 9
    期，1994 年 2 月，頁 53～60）。

13. 林麗月：〈晚明「崇奢」思想隅論〉（《國立臺灣師範大學歷史學報》第 19 期，
    1991 年 6 月）。

14. 施曄：〈明清同性戀現象及其在小說中的反映〉（《明清小說研究》第 63 期，2002
    年，頁 61～73）。

15. 徐泓：〈明代社會風氣的變遷〉（《第二屆國際漢學會議論文集：明清與近代組》
    （台北：中央研究院，1989 年），頁 137～159。

16. 徐泓：〈明清浙東的惰民〉（《歷史月刊》第 7 期，1988 年 8 月）。

17. 徐曉望：〈從「閩都別記」看中國古代東南區域的同性戀現象〉（《尋根》第 1
    期，1999 年，頁 36～41）。

18. 徐曉望：〈從「閩都別記」看古代東南社會的同性戀問題〉（《歷史月刊》第 133
    期，1999 年 2 月，頁 101～107）。

19. 殷登國：〈追溯同性戀歷史檔案〉（《自立早報》大地副刊，1993 年 11 月 17、
    18 日）。

20. 浦部依子：〈從李樂《見聞雜記》看晚明風氣〉（《中國典籍與文化》第 1 期，
    2002 年，頁 121～127）。

21. 商傳：〈晚明社會轉型的畸型因子〉（《歷史月刊》105 期，1996 年 10 月，頁 89
    ～96）。

22. 崔榮華：〈明清社會「男風」盛行的歷史透視〉（《何北學刊》24 卷第 3 期，2004
    年，頁 92～102）。

23. 常建華：〈中國娼妓史研究概述〉（《歷史月刊》107 期，1996 年 12 月，頁 26
    ～31）。

24. 常建華：〈論明代社會生活性消費風俗的變遷〉（《南開學報》，1994 年第 4 期，
    頁 53～63）。

25. 張瀛太：〈照花前後境，情色交相映——《品花寶鑑》中的男色世界〉（《中國
    文學研究》，1999 年 5 月）。

26. 陳益源：〈《紅樓夢》裡的同性戀與世界對話〉(《國文天地》10 卷第 11 期，1995 年 4 月，頁 10～25)。

27. 陳益源：〈明末流行風——小官當道：明代的三部同性戀小說〉(《聯合文學》 13 卷第 4 期，1997 年 2 月，頁 41～44)。

28. 陳惠美：〈論明清小說中的人口買賣仲介者——以「牙婆」爲例〉(《僑光學報》 第 16 期，1988 年 11 月)。

29. 黃約瑟：〈Bret Hinsch 著 Passions of the Cut Sleeve（斷袖之情）〉(《新史學》2 卷第 1 期，1991 年 3 月)。

30. 黃霖：〈《杜騙新書》與晚明世風〉(《文學遺產》第 1 期，1995 年，頁 92～102)。

31. 劉瑞明：〈近代漢語及方言趣難辭「兔子」辨釋〉(《成都大學學報》社科版第 3 期，2003 年，頁 59～62)。

32. 劉達臨：〈明代的「花榜」、「嫖經」與花柳病診斷〉(《歷史月刊》107 期，1996 年 12 月，頁 48～52)。

33. 暴鴻昌：〈論晚明社會的奢靡之風〉(《明史研究》第 3 輯，1993 年)。

34. 潘建國：〈明鄧志謨「爭奇小說」探源〉(《上海師範大學學報》（社會科學版） 31 卷第 2 期，2002 年，頁 95～102)。

35. 鄭生仁：〈同性戀是不是舶來品？〉(《國文天地》第 6 期，1985 年，頁 88～90)。

36. 鄭培凱：〈天地正義僅見於婦女：明清的情色意識與貞淫問題〉(《當代》16、 17 期，1997 年，頁 45～58、頁 58～64。)

37. 蕭馳：〈明清勸善書中的戒娼〉(《歷史月刊》107 期，1996 年 12 月，頁 53～56)。

38. 閻愛民：〈斷袖之歡——歷史上娼妓中的男色〉(《歷史月刊》107 期，1996 年， 頁 36～40)。

書　影

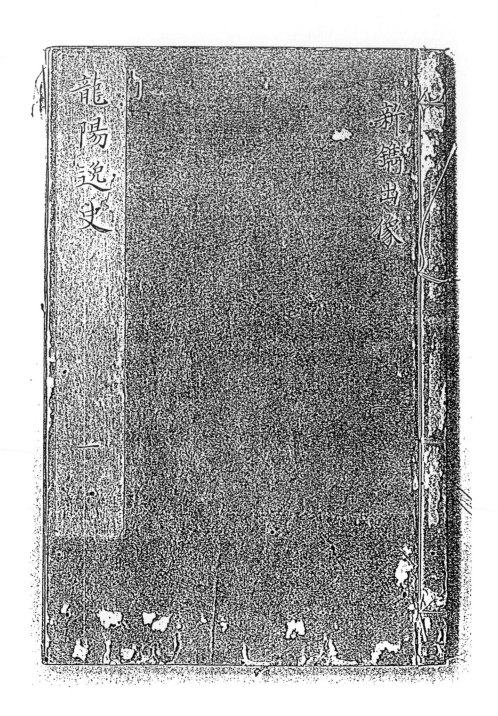